「店じまいか!?
お前んトコで買うつもりはねェよ!
ヒャヒャヒャヒャヒャ!」
窮知《きゅうち》の箱《はこ》の
メステルエクシル
キヤズナの最高傑作である機魔《ゴーレム》／造人《ホムンクルス》。
何度殺されようとも再生し、
蘇るたびに己の死因を克服することが可能。
「はははははははは!」
軸《じく》のキヤズナ
天才的な工術の才能をもつ魔王自称者。
凶暴性の赴くままメステルエクシルを
六合上覧に参戦させる。
軸《じく》のキヤズナの恐ろしさを知る者ならば、巻き込まれる前にその場を離れ、あるいは遠巻きに眺めて関わらないようにする。同じ人族《じんぞく》に恐れられ忌避されることは、生まれながらに悪意に満ちた軸《じく》のキヤズナにとっては、むしろ愉悦でしかなかった。

「いいぜ。シャルク。世界ごとブチ裂いてやる」
地平咆《ちへいほう》メレ
村の守り神として親しまれる巨人《ギガント》。
地平線の果てから地形すら変えてしまう程の威力の矢を放つ。
落雷のように空気が哭いた。
恐ろしく巨大で、煮えたぎった土の矢が、シャルクの存在地点を通過した。
大気を貫く速度があまりに速すぎるために、断熱圧縮の高温で土が燃えているのだ。
それが地表を通過しただけで、竜《ドラゴン》の息《ブレス》に凍てついていた大地は岩盤ごと溶融した。
必殺の破壊力。
……だが、真に恐るべき点は――。

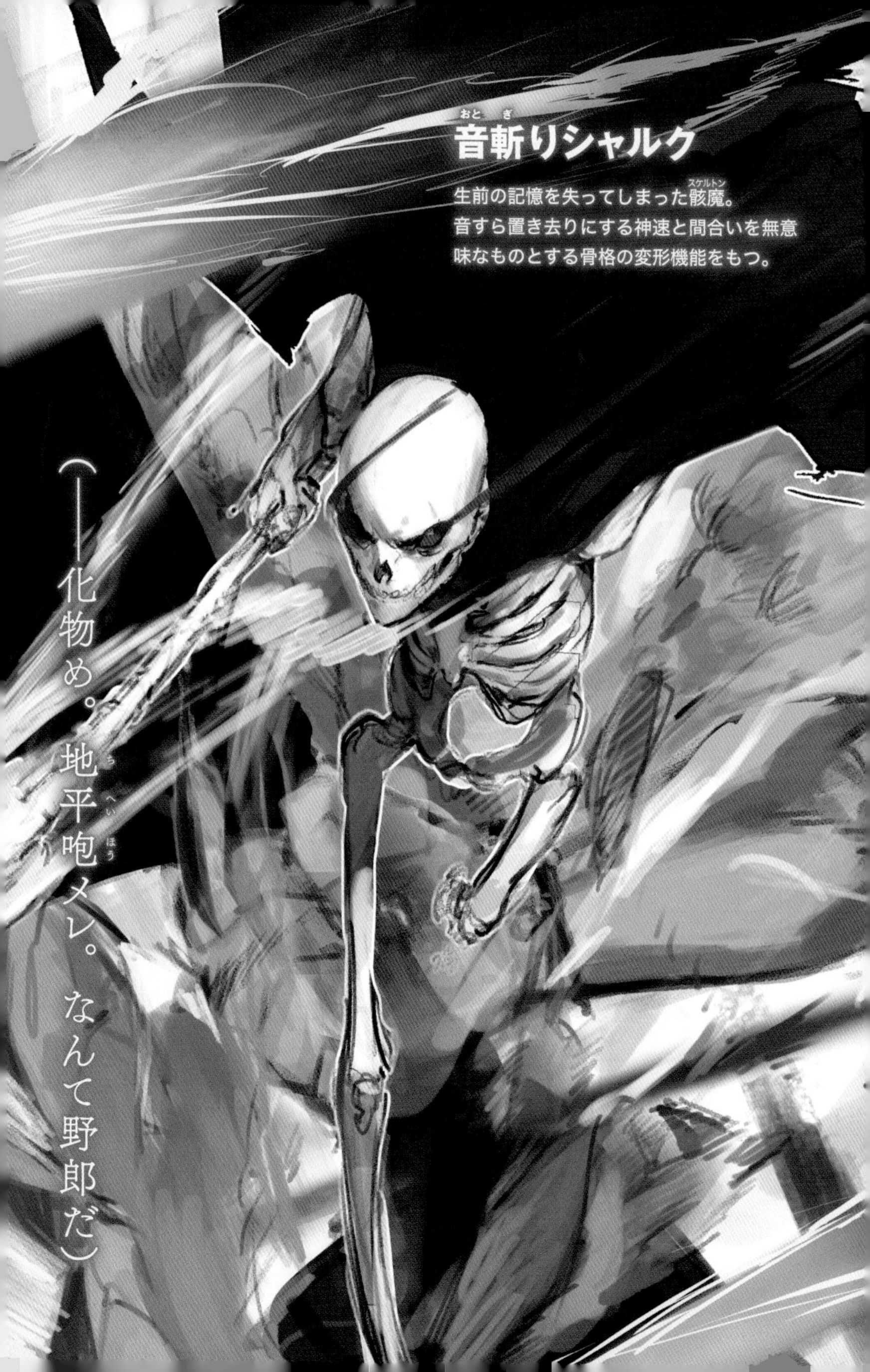
音斬《おとぎ》りシャルク
生前の記憶を失ってしまった骸魔《スケルトン》。
音すら置き去りにする神速と間合いを無意
味なものとする骨格の変形機能をもつ。
（――化物め。地《ち》平《へい》咆《ほう》メレ。なんて野郎だ）

遠《とお》い鉤爪《かぎづめ》のユノ
滅亡したナガン市の生き残りの少女。ある秘密を知ってしまい、弾火源《だんかげん》のハーディの下を離れることとなる。

「ユ、ユノ、さま」

「私を、すぐ殺すべきだったでしょう……！

だって、私は……」

黒曜《こくよう》リナリス
諜報ギルド“黒曜の瞳”を継ぐ血鬼《ヴァンパイア》。血液感染させる必要がある血鬼《ヴァンパイア》の支配能力を空気感染によって行使できる。

組み伏せている体は、とても細かった。

もしかしたら、このまま首を折ってしまえるのかもしれない。

涙に潤んだ瞳が、ユノを見上げている。

刑とは、もっとも重大な刑罰である。
を犯し勇者刑に処された者は、勇者としての罰を与えられる。
は、突如として魔王軍を発生させる魔王現象の最前線で、魔物に殺され
も蘇生され戦い続けなければならないというもの。
百年戦いを止めぬ狂戦士、史上最悪のコソ泥、詐欺師の政治犯、自称・国
テロリスト、成功率ゼロの暗殺者など、全員が性格破綻者で構成される懲罰
部隊。
彼らのリーダーであり、《女神殺し》の罪で自身も勇者刑に処された元聖騎士
長のザイロ・フォルバーツは、戦の最中に今まで存在を隠されていた《剣の女
》テオリッタと出会う。
二人が契約を交わすとき、絶望に覆われた世界を変える儚くも熾烈な英雄の
物語が幕を開ける。

勇者刑に処す 懲罰勇者9004隊刑務記録』 [著]ロケット商会 [絵]めふぃすと
発行:株式会社KADOKAWA

電撃の新文芸より2021年9月17日発売!!

電撃の新文芸

世界は極悪《勇者》どもに託された。
絶望に抗うファンタジー超大作!

勇者刑に処す
懲罰勇者9004隊刑務記録

『異修羅』の
珪素氏、絶賛!!

極悪で最強で愉快な連中を
見たくはないか!?

[著] ロケット商会
[絵] めふぃすと

異修羅
珪素
ILLUSTRATION
クレタ
新魔王戦争
全員が最強、全員が英雄、
一人だけが勇者。
“本物”を決める激闘が今、幕を開ける——。
このライトノベルがすごい!2021(宝島社刊)
単行本・ノベルズ部門&新作部門
1位

STORY
ISHURA
魔王が殺された後の世界。
そこには魔王さえも殺しうる修羅達
一目で相手の殺し方を見出す異世
槍兵、伝説の武器を三本の腕で同
実現する全能の詞術士、
不可知でありながら即死を司る天使の
ありとあらゆる種族、能力の頂点を極め
勇者”という栄光を求め、新たな闘争の火
剣鬼
柳の剣のソウジロウ
能力は、つぶれた刃でも鉄を斬るほどの刀剣の絶技。そして、一目で相手の殺し方を見出す、予知能力の域に達した超直観。
神速
音斬りシャル
能力は、音すら置き去
神速。そして、あらゆる
味なものとする骨格の変
魔具
星馳せアルス
能力は、冒険で手に入れた超常の力を宿す伝説の武器、道具そのもの。そして、それらを三本の腕で組み合わせて扱う《全種の武器と道具》に対する異常な適正。
全能
世界詞のキア
能力は、全能。たった一言で、天候や地形までも支配する果てのない出力を擁する詞術を放つ。
STORY
最強最悪な
勇者部隊が魔軍を蹴散
電撃の新文芸より『異修羅』シリーズ1～4巻、好評発
最新5巻 2021年9月17日発売!!
[著]珪素 [絵]クレタ
発行:株式会社KADOK

異修羅 V

潜在異形種

珪素

ILLUSTRATION
クレタ

あらすじ STORY

地平の全てを恐怖させた世界の敵、“本物の魔王”を何者かが倒した。
その勇者は、未だ、その名も実在も知れぬままである。
“本物の魔王”による恐怖は、唐突な終わりを迎えた。

しかし、魔王の時代が生み出した英雄はこの世界に残り続けている。

全生命共通の敵である魔王がいなくなった今、
単独で世界を変えうるほどの力をもつ彼らが欲望のままに動きだし、
さらなる戦乱の時代を呼び込んでしまうかもしれない。

人族を統一し、唯一の王国となった黄都にとって、
彼らの存在は潜在的な脅威と化していた。
英雄は、もはや滅びをもたらす修羅である。

新たな時代を平和なものにするためには、
次世代の脅威となるものを排除し、
民の希望の導となる“本物の勇者”を決める必要があった。

そこで、黄都の政治を執り行う黄都二十九官らは、
この地平から種族を問わず、頂点の能力を極めた修羅達を集め、
勝ち進んだ一名が“本物の勇者”となる上覧試合の開催を
計るのだった――。

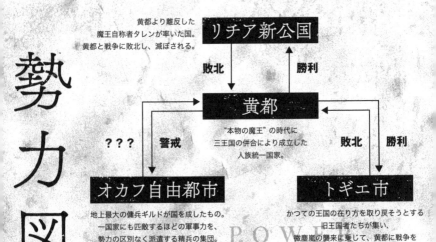

勢力図 POWER RELATIONSHIPS

“本物の魔王”の時代に
三王国の併合により成立した
人族統一国家。

警戒
敗北
勝利
オカフ自由都市
地上最大の傭兵ギルドが国を成したもの。
一国家にも匹敵するほどの軍事力を、
勢力の区別なく派遣する精兵の集団。
トギエ市
かつての王国の在り方を取り戻そうとする
旧王国者たちが集い、
微塵嵐の襲来に乗じて、黄都に戦争を
しかけるも敗北する。

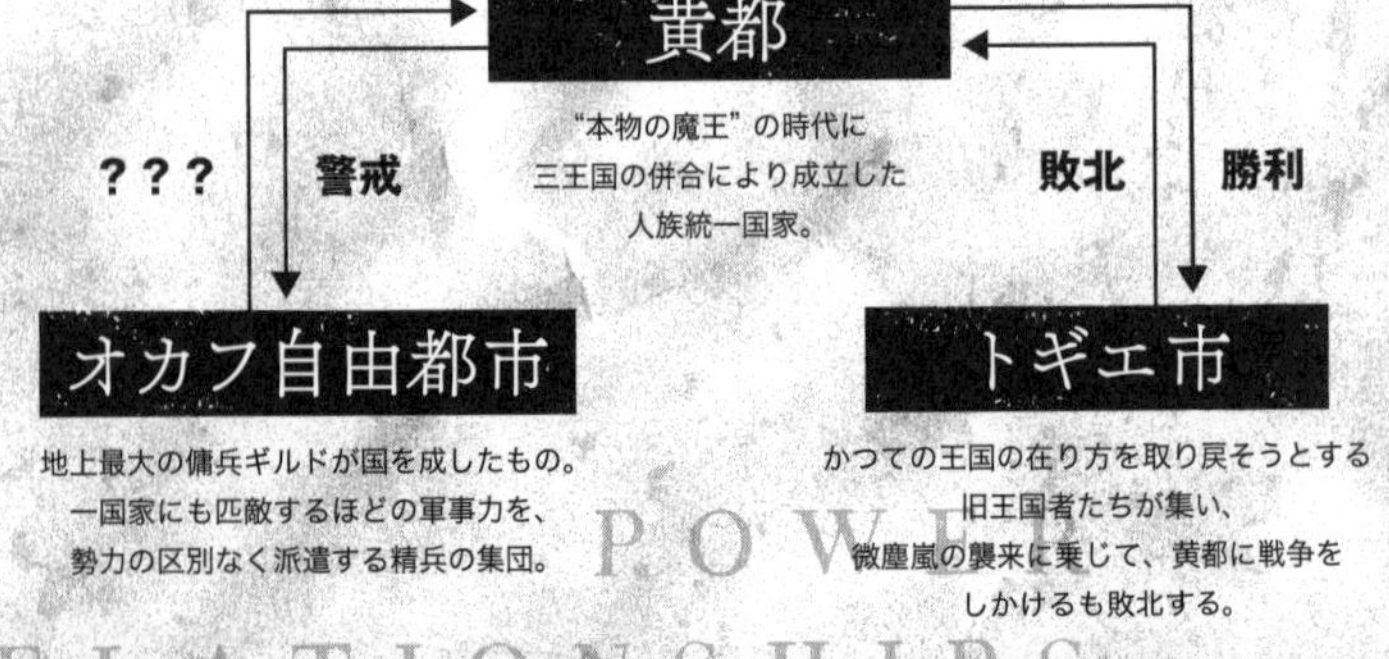

リチア新公国
黄都より離反した
魔王自称者タレンが率いた国。
黄都と戦争に敗北し、滅ぼされる。
敗北
勝利

用語説明

GLOSSARY

◈詞《し》術《じゅつ》

①巨人《ギガント》の体の構造など物理的に成立しないはずの生物や現象を許容し成立させる世界の法則。
②発言者の種族や言語体系を問わず、言葉に込められた意思が聞き手へと伝わる現象。
③また、その現象を用いて対象に“頼む”ことにより自然現象を歪曲する術の総称。
いわゆる魔法のようなもの。力術、熱術、工術、生術の四系統が中心となっているが
例外となる系統の使い手もいる。作用させるには対象に慣れ親しんでいる必要があるが、
実力のある詞術使いだとある程度カバーすることができる。

力術《りきじゅつ》

方向性を持った力や速さ、いわゆる
運動量を対象に与える術。

熱術《ねつじゅつ》

熱量、電荷、光といった、方向性を
持たないエネルギーを対象に与える術。

工術《こうじゅつ》

対象の形を変える術。

生術《せいじゅつ》

対象の性質を変える術。

◈客人《まろうど》

常識から大きく逸脱した能力を持っているがために、“彼方”と呼ばれる異世界から
転移させられてきた存在。客人は詞術を使うことができない。

◈魔《ま》剣《けん》・魔《ま》具《ぐ》

強力な能力を宿した剣や道具。客人と同様に強力な力を宿すがために、
異世界より転移させられてきた器物もある。

◈黄《こう》都《と》二《に》十九《じゅうきゅう》官《かん》

黄都の政治を執り行うトップ。卿が文官で、将が武官。
二十九官内での年功や数字による上下関係はない。

◈魔《ま》王《おう》自《じ》称《しょう》者《しゃ》

三王国の“正なる王”ではない“魔なる王”たちの総称。王を自称せずとも大きな力をもち
黄都を脅かす行動をとるものを、黄都が魔王自称者と認定し討伐対象とする場合もある。

◈六《りく》合《ごう》上《じょう》覧《らん》

“本物の勇者”を決めるトーナメント。一対一の戦いで最後まで勝ち進んだものが
“本物の勇者”であることになる。出場には黄都二十九官のうち一名の擁立が必要となる。

六合上覧
擁立者
静寂なるハルゲント
冬のルクノカ
凍術士　竜
擁立者
鎚のヒドウ
星馳せアルス
冒険者　鳥竜
擁立者
鉄貫羽影のミジアル
おぞましきトロア
魔剣士　山人
擁立者
蝋花のクウェル
無尽無流のサイアノプ
格闘家　粘獣
奈落の巣網のゼルジルガ
道化　砂人
擁立者
千里鏡のエヌ
窮知の箱のメステルエクシル
生術士／工術士　機魔／造人
擁立者
円卓のケイテ
魔法のツー
狂戦士　ー
擁立者
先触れのフリンスダ
通り禍のクゼ
聖騎士　人間
擁立者
暮鐘のノフトク

擁立者
赤い紙箋のエレア
擁立者
弾火源のハーディ
擁立者
光暈牢のユカ
絶対なるロスクレイ
騎士　人間
世界詞のキア
詞術士　森人
柳の剣のソウジロウ
剣豪　人間
移り気なオゾネズマ
医者　混獣
不言のウハク
神官　大鬼
千一匹目のジギタ・ゾギ
戦術家　小鬼
音斬りシャルク
槍兵　骸魔
地平咆メレ
弓手　巨人
擁立者
憂いの風のノーフェルト
擁立者
荒野の轍のダント
擁立者
遊糸のヒャッカ
擁立者
空雷のカヨン

黄都二十九官

第一卿
基図のグラス
初老に差し掛かる年齢の男性。
二十九官の会議を取り仕切る議長を担う。
六合上覧においては派閥に属さず中立を貫く。

第二将
絶対なるロスクレイ
英雄として絶対の信頼を集める男性。
自らを擁立し六合上覧に出場。
二十九官の最大派閥のリーダー。

第三卿
速き墨ジェルキ
鋭利な印象の文官然とした眼鏡の男性。
六合上覧を企画した。
ロスクレイ派閥に所属する。

第四卿
円卓のケイテ
極めて苛烈な気性の男性。
窮知の箱のメステルエクシルの擁立者。
屈指の武力と権力を有し、ロスクレイ派閥に対抗する。

第五官
空席
黄都の財政界に強大な影響力を誇った老獪なる黒幕、異相の冊のイリオルデの席であった。
彼が追放された現在、空席となっている。

第六将
静寂なるハルゲント
無能と馬鹿にされながらも権力を求める男性。
冬のルクノカの擁立者。
星馳せアルスと深い因縁がある。派閥には属さない。

第七卿
先触れのフリンスダ
金銀の装飾に身を包んだ肥満体の女性。
医療部門を統括する。
財力のみを信ずる現実主義者。
魔法のツーの擁立者。

第八卿
文伝てシェイネク
多くの文字の解読と記述が可能な男性。
第一卿　基図のグラスの実質的な書記。
グラスと同じく中立を貫く。

第九将
鏨のヤニーギズ
針金のような体格と乱杭歯の男性。
ロスクレイ派閥に所属する。

第十将
蝋花のクウェル
長い前髪に眼が隠れている女性。
無尽無流のサイアノプの擁立者。
常に怯えており、気が弱い。
ある理由で、二十九官の中でも最高の身体能力を持つ。

第十一卿
暮鐘のノフトク
温和な印象を与える年老いた男性。
通り禍のクゼの擁立者。
教団部門を統括する。

第十二将
白織サブフォム
鉄面で顔を覆った男性。
かつて魔王自称者モリオと刃を交え、現在は療養中。

第十三卿
千里鏡のエヌ
髪を全て後ろに撫で付けた貴族の男性。
奈落の巣網のゼルジルガの擁立者。感染により黒曜リナリスの手駒となった。

第十四将
光量牢のユカ
丸々と肥った純朴な男性。
野心というものが全くない。
国家公安部門を統括する。
移り気なオゾネズマの擁立者。

第二十五将
空雷のカヨン
女性のような口調で話す隻腕の男性。
地平咆メレの擁立者。

第二十六卿
囁かれしミーカ
四角い印象を与える厳しい女性。
六合上覧の審判を務める。

第二十七将
弾火源のハーディ
戦争を本心から好む老いた男性。
柳の剣のソウジロウの擁立者。
軍部の最大派閥を従える重鎮。
ロスクレイ派閥の最大対抗馬と目される。

第二十八卿
整列のアンテル
暗い色眼鏡をかけた褐色肌の男性。
ロスクレイ派閥に所属する。

第二十九官
空席

第二十卿
鎹のヒドウ
傲慢な御曹司であると同時に才覚と人望を備えた男性。
星馳せアルスの擁立者。
アルスを勝たせないために擁立している。

第二十一将
紫紺の泡のツツリ
白髪交じりの髪を後ろでまとめた女性。

第二十二将
鉄貫羽影のミジアル
若干十六歳にして二十九官となった男性。
物怖じをしない気質。
おぞましきトロアの擁立者。

第二十三官
空席
黄都から独立したリチア新公国を率いる歴戦の女傑、警めのタレンの席であった。
彼女が離反した現在、空席となっている。

第二十四将
荒野の轍のダント
生真面目な気質の男性。
女王派であり、ロスクレイ派閥に反感を抱いている。
千一匹目のジギタ・ゾギの擁立者。

第十五将
淵藪のハイゼスタ
皮肉めいた笑みを浮かべる壮年の男性。
素行不良が目立つ。

第十六将
憂いの風のノーフェルト
異常長身の男性。
不言のウハクの擁立者。
クゼと同じ教団の救貧院出身。
クゼとナスティークに殺害された。

第十七卿
赤い紙箋のエレア
娼婦の家系から成り上がった、若く美しい女性。諜報部門を統括する。六合上覧において不正を行ったとして、斬殺された。

第十八卿
片割月のクエワイ
若く陰気な男性。

第十九卿
遊糸のヒャッカ
農業部門を統括する小柄な男性。
二十九官という地位にふさわしくなるため気を張っている。
音斬りシャルクの擁立者。

CONTENTS

八節　六合上覧Ⅲ

ISHURA

AUTHOR: KEISO
ILLUSTRATION: KURETA

八節　六合上覧Ⅲ

一 融和

六合上覧開催《りくごうじょうらん》の小二ヶ月前。

黄都《こうと》外郭部の深い森林に隠れるように、清流の畔《ほとり》に佇《たたず》む旧《ふる》い邸宅がある。門前には一台の馬車が停《と》まっていた。

馬車から降りた黒い老紳士が、その邸宅の扉を三度叩《たた》いた。

小人《レプラコーン》の老婆が彼を出迎え、恭しく一礼をする。

「ああ、これはこれは、ミルージィ様。長旅お疲れ様でございます」

老人は帽子を胸に当てて、にこやかに礼を返した。

棺《ひつぎ》の布告《ふこく》のミルージィという。かつてレシプトとネメルヘルガなる強大無比な機魔《ゴーレム》を生成し軸《じく》のキヤズナと争った工術士《こうじゅつし》であった。

「いいえ、フレイ殿。こちらこそ感謝しております。あなた方の助力がなければ、黄都《こうと》の中になどとても立ち入れぬ身の上でしたので」

「我々にとっては安い御用でございます。お嬢様がお待ちしておりますので、どうぞ奥まで」

屋敷《やしき》内は隅々まで灯《あか》りで照らされ、今が夜間であることを忘れさせるほどであったが、全ての窓は黒く厚いカーテンに覆われており、光が漏れぬように閉塞されていた。

ミルージィとフレイは、やがて来客用の広間へと辿《たど》り着《つ》く。彼を出迎える者は、この屋敷の若く美しい主である。

「ああ――ようこそ、歓迎いたします。棺《ひつぎ》の布告《ふこく》のミルージィさま。リナリスと申します。お父さまに代わって、今日はもてなしをさせてくださいませ」

リナリスは首を少し傾《かし》げて、可憐《かれん》に笑った。

輝くように白いドレスを纏《まと》いながら、肩や背の素肌は、それ以上に眩《まぶ》しい。

〝黒曜の瞳〟最後の統率、黒曜《こくよう》レハートの一人娘。

「これはご丁寧に、ありがとうございます。夢にも思いませんでした。まさかあのレハート殿に、これほど美しいご令嬢がいるとは……今は〝黒曜《こくよう》〟とお呼びすべきでしょうか。リナリス嬢」

「いいえ」

彼女は困ったように微笑《ほほえ》んで、広間の最奥の席を見た。

その人物は椅子に深く腰掛けたままで、微動だにしていない。恐らくは、呼吸すらも。

「――黒曜《こくよう》はただ一人。お父さまの名にございますから」

「なるほど。そうかもしれません」

ミルージィは、生前の黒曜《こくよう》レハートの所業をよく知る者の一人だ。世界の闇で暗躍し続けた、冷酷なる〝黒曜の瞳〟の統率。レハートは、敵以上に味方に対してこそ無慈悲であった。

彼は血を与えた者の意思と行動を支配する血鬼《ヴァンパイア》の力こそ持っていたが、多くの者が、その血ではなく恐怖によって支配されていたように思う――このリナリスはどうだったのだろうか。

ミルージィは、令嬢と向かい合わせに広い食卓へとついた。

黒蜂蜜を塗った真鴨《まがも》の肉。根菜とチーズのサラダ。澄んだ琥珀《こはく》色の、牛骨のスープ。

「ミルージィさま。乾杯いたしましょう。友誼《ゆうぎ》を祝して」

「ええ。今日の出会いに」

二人は、軽くグラスを交わした。

上等な赤葡萄酒《ぶどうしゅ》の香りを味わい、口に含む。

「……〝黒曜の瞳〟。ああ。遠い昔の記憶でした。忘れようにも忘れられぬと、あの頃は思っておりましたが。あなた方の使いから再びその名を告げられるまで……あの日々の思い出とともに、ずっと眠っていたかのようです」

棺《ひつぎ》の布告《ふこく》のミルージィは、魔王自称者だ。かつては国を持ち、〝本物の魔王〟の時代には、〝最後の地〟と化す前のクタ白銀街と壮絶な資源戦争を戦ったこともある。

その戦争における〝黒曜の瞳〟は、彼の国家に最大の打撃を与えた敵であった。

「その頃は、私もただの幼い娘に過ぎませんでした。けれどミルージィさまがもたらした技術の素晴らしさは、それこそ英雄の詩歌《しいか》の如《ごと》く聞き及んでおります」

「それは、実に光栄なことです。リナリス嬢には……いえ。〝黒曜の瞳〟には、私への遺恨はございませんか」

「決して。かつて矛を交えた者同士が生きて再び出会い、友誼を結べること以上に素晴らしい物事がございますでしょうか。私達は、味方同士よりも互いの力を知っておりますわ。今こうして手を結べるのだとしたら、私にとって何よりの喜びにございます」

「……ならば互いの再会を祝して、あの頃の思い出話をいたしましょう」

「ええ。是非」

シャンデリアの下で、老いた魔王は穏やかに語った。

「貴女《あなた》がいつか幼子であったように……私も最初は、辺境の貴族に雇われた、一介の家庭教師でした。まったく意外ではありませんでしょうが、工術《こうじゅつ》を教えておりましてな。けれど生徒に教えるのは、うまくはなかった」

「ふふ……ご冗談がお上手なようで。とても信じられません」

「恥ずかしながら、私もまだ若かったのです。教えるたび、何故《なぜ》この程度の基礎を理解させられないのか――と。そんな苛立《いらだ》ちばかりを抱いていました。より良い教えを与えるために、逆にその貴族から、貴族文字を習いました。その貴族の家には祖先が記した古い学術記録があったからです。誰もその内容を知らない記録でした」

実験や観察、あるいは計算によって解明した自然科学の記録は貴族の家にあっては珍しいものではなく、貴族家系独自の文字は、そうした記録を残すべく作られたものが多い。古《いにしえ》の時代の貴族は、伝承し独占した知識の力によって支配を強固にしてきたのだという。

「ずっと手元にあった記録を、読まれた方がいらっしゃらなかったのですか？」

「ええ。その世代の者は、一度もその書を開いたことがなかったのだと。家庭教師を招いているというのに、おかしな話でしょう。しかしこれが、非常に仔細《しさい》な記録でして……私は来る日も学びました。古く、誤っている部分は改訂して、実験の記録があればその再現性を試し――」

こうした記録は家系による差異が大きく、出鱈目《でたらめ》ばかりが綴《つづ》られた記録もあるのだという。その点でミルージィは、幸運であった。彼の最初の師は、その書物であったのだから。

「……そして、気付いたのです。私は事実、教師に向いていなかった。自分で自分自身に工術《こうじゅつ》を教える方が、ずっと向いていたのだということを。家庭教師でありながら、教えるのでなく学ぶためにその貴族の館にいたことに気付きました」

「教師は皆、教えながら自らも学んでいるのだと伺ったことがございます。ミルージィさまも、きっとそうだったのでしょう」

「利己的だっただけです。……しかしそのお陰か、私は市で一番の工術士《こうじゅつし》と呼ばれるようになっていた。いつしか、国で一番と。精髄《せいずい》のバーナードという男と出会ったのも、その頃のことです。彼は〝客人《まろうど》〟で……生まれ育った〝彼方《かなた》〟の機関を再現できないことに悩んでいました。貴女もご存知でしょう。蒸気機関と呼ばれているものです」

「……ええ。一度、汽車に乗ったこともございます。素晴らしい発明です」

「蒸気が漏れることのないシリンダーの量産化のため、私は工術《こうじゅつ》でそれ以上の精度を持つ加工機械を組み上げました。その発明が評価されて、私達の周りには多くの人が集いました。私はバーナードとともに仲間を集め、従業員を増やし、機魔《ゴーレム》によるさらなる増産を目指し――」

「……」

リナリスは口を噤《つぐ》んで、彼の表情をただ見つめていた。

その先に何が起こったのかは、彼女も聞かされているのだろう。

「……いつしか我々は国となっていた。どの王国にも属さず、世界にこの新たなる機関による産業革命を起こそうと思った。しかし過大な力は、国家間の政治や戦争とは無縁でいられませんでした。正なる王にとって……私は危険な存在でした」

彼は、魔なる王であった。正なる王に与《くみ》することなく、力を持ちすぎた存在。

魔王自称者は必ずしも、自ら望んで魔王となった者ばかりではなかった。

「苦心して設計した工場が……その従業員のために作った街が、焼かれました。友であったバーナードは毒殺されて、防衛のために機魔《ゴーレム》を生産すれば、敵はそれ以上の力で私を叩いた。物資や人の不足に、いつも苦しめられていたように思います」

「……ミルージィさま」

「ええ。分かっていますよ。リナリス嬢。貴女がたとて、国の命令でそのようなことをしたに過ぎなかったということも。しかし国を喪《うしな》ってからは、私は人生の結論を出すために生き続けてきました。その答えを出さずに死んでしまっては、バーナードに申し訳ない……」

かつて立ちはだかった多くの敵との決着のために、ミルージィは生きているといってもいい。

それは彼以上の工術士《こうじゅつし》としてこの世界を蹂躙《じゅうりん》した軸《じく》のキヤズナであり、不倶戴天《ふぐたいてん》の敵として彼の国家を脅かした〝黒曜の瞳〟でもある。

そして……かつて彼を魔王へと貶《おとし》めた、正なる王の生き残り。この黄都《こうと》の女王。

向かいに座るリナリスは、長い睫毛《まつげ》を伏せて言った。

「……ミルージィさま。どうかそれ以上を、仰《おっしゃ》らぬよう」

「リナリス嬢。この場にお招きいただき……心より、ありがとうございました。かつての遺恨はないと、貴女はそう仰いましたね」

ミルージィは、立て掛けていた杖《つえ》を取った。

「私の方には遺恨がございます。貴女がたには死んでもらいます」

衝撃波とともに、窓が破砕した。

鳥の骨組みの如き影が猛然と飛び込んで、同時にリナリスへと右腕の照準を向けた。

「レシプト改」

――機魔《ゴーレム》。

「【レシプトより《resipkt io》ハレセプトの瞳へ《halese》。鋳入る瞳《negarug samart》。天柱の《wbunt》――】

「――お嬢様に」

魔具を介した熱術《ねつじゅつ》詠唱が終わるよりも遥《はる》かに早く、巨体の影と、爪が襲った。

機魔《ゴーレム》は空中から叩《たた》き落《お》とされて、床板を破砕した。

乱入者は狼鬼《リカント》の巨漢である。〝黒曜の瞳〟。光摘《ひかりつ》みのハルトルという。

「触れるな。下郎め」

広間の天井と壁面の二箇所には、深く抉《えぐ》れたような痕があった。入口から壁面へ――それを足がかりに天井へ。移動痕跡は、このハルトルが一瞬の内に高速飛行するレシプト改の頭上を取ったことを意味している。それも一切の音を伴うことなく。

「私の娘と、〝黒曜《こくよう》〟の娘。どちらが優れているのか」

――バシュ、という圧縮空気の破裂音が鳴った。

機魔《ゴーレム》はハルトルに押さえ込まれた腕部を自ら切り離し、ハルトルの射程外にまで飛翔《ひしょう》していた。

ミルージィの目は、今なお令嬢に狙いを定めている。

「まだ、証明の余地があると考えております……さあ、レシプト改」

「キュイ、キュイ、キュイ」

虚《うつ》ろな鳥の頭蓋めいた頭から、奇怪な嘆きが響く。

さらに肋骨《ろっこつ》に当たる部位からは、六枚の刃が展開する。

「お嬢様。どうか、そこから動かず」

「……ええ」

ハルトルは令嬢の眼前、食卓の上に立った。刃が何らかの射出兵器であろうことを理解しているのだろう。あるいは、装甲の如き毛皮で六連続の射出を耐える公算があるのかもしれない。

「キュ、キュイ」

レシプト改はリナリスに照準し、そして……

刃の射出寸前、横合いから飛来した円月輪《えんげつりん》が初動を止めた。渦状の鉤《かぎ》めいた武器である。

その妨害を意に介さず、レシプトの攻撃が続けざまに連射される。停止。

射出。停止。停止。停止。停止。

一呼吸より早く六連射されたはずの刃は、全てが撃ち出された瞬間に妨害された。一撃につき一枚の円月輪が、レシプト改の刃に絡んでいる。

「お嬢様に向かって……愚かな真似《まね》を……」

廊下の灯りがいつの間にか消えていた。その奥から、怪異じみた声が聞こえる。

「その愚かさを恥じよ。我が名は七陣後衛。変動《へんどう》のヴィーゼ」

暗闇の中から、さらに三つの円が投擲《とうてき》された。レシプト改はそれを主脚で叩《たた》き落《お》としていく。渦状の鉤《かぎ》が関節に絡み、回転速度によってその脚を捩じ切る。重心が崩れ、空中で体勢が揺らぐ。

「レシプト改！　急速旋回を――」

破裂音が響いたのはその時だった。

下から上に豪速の一閃《いっせん》が通り過ぎて、レシプト改は左右に両断された。

「あらあら、これはまぁ」

矮躯《わいく》の老婆が、ミルージィとレシプト改との間に降り立っていた。家政婦長、目覚《めざ》めのフレイ。

人懐こい笑みを浮かべながら、今しがた振るった杖を腰の後ろへと回した。

「腕が痺《しび》れてしまいましたねぇ。随分と硬い娘さんでしたこと」

「……」

食卓の前に座ったまま、ミルージィは目を閉じた。

〝黒曜の瞳〟。民を虐殺し、国を焼き払った、憎むべき仇《かたき》。あの日の彼らも、確かにこのような異形の魔人達であった。

「私の敗北ですな。またしても」

「……残念です。ミルージィさま」

リナリスも彼の真向かいに座ったまま、静かに彼を見つめている。

両者の戦いは、互いに一歩たりとも動くことなく終わった。

杖に仕込んだ銃を抜くことができたかもしれないが、恐らくはそれも、最初から無意味なことだったのだろう。リナリスが静かに告げた。

「このような時に、私はいつも……裏切られなかったなら、と願います。利害や、道理や、正義と関係なく……いつか、私達を受け入れてくれる友が現れるのではないかと」

「お察しします。しかしそれは……きっと永遠に不可能なことです。貴女も、私も」

かつてはミルージィも、ただの家庭教師だった。魔王などではなく。

しかし、彼は敵になった。特定の誰かではない――多くの者にとっての、漠然とした敵に。向けられる敵意に敵意を以《もっ》て対決を続ける螺旋《らせん》の中で、棺《ひつぎ》の布告《ふこく》のミルージィは、いつしか本当にそのようになってしまった。

今の彼は、穏やかな紳士の顔を向けながら、誰かを殺そうとすることもできるようになった。

「私を殺しますか？」

「いいえ」

「ならば、友に？」

「いいえ」

「……ならば」

「ミルージィさま。あなたをお招きした理由について、お話しいたしましょう」

殺すことはなく、友でもなく。〝黒曜の瞳〟に関わる限り、その処遇が意味することは一つだ。

ミルージィは動くことができない。まるでリナリスの視線の力だけで、全ての動きが封じられているかのようにすら思える。

――対面することが即座に敗北を意味する血鬼《ヴァンパイア》など、この世界の誰が想像できるだろうか。

「メステルエクシルさまのことを、お教え願います」

そこに秘密がある限り、〝黒曜の瞳〟は全てを覗《のぞ》き込んでいるのだ。

何もかもを忘れるほどに美しい、金色の虹彩《こうさい》で。

二◆シナグ第二行政区

黄都《こうと》中心部の住宅区は、中央王国時代から続く大規模な都市計画に基づいて、縦横に規則正しく区画整理されている。

この山の手の高級住宅地は王宮にほど近いこともあり、黄都《こうと》二十九官の多くもここに邸宅を構えていた。しかし第二十四将、荒野《こうや》の轍《わだち》のダントの住まいはごくささやかなものだ。

彼が暮らす共同住宅は周囲の住宅と比べて明確に色あせており、広さに限っても、老いた母の部屋とダントの書斎がある程度の、住居として必要最小限のものでしかない。

二十九官ならば立場に相応の暮らしをすべきだという意見があることは理解しているが、ダントは王国の将軍として名を上げるよりも前から、変わらずこの暮らしを続けている。

ダントに欲がないためではない。身の丈以上の何かが増えていくことに対する、薄い嫌悪感があるためだ。母からそのような教育を受けてきたということなのかもしれない。

しかし荒野《こうや》の轍《わだち》のダントは今や――彼の手に遥かに余るものを取り扱わなければならなかった。

六合上覧《りくごうじょうらん》開催の小一ヶ月前。

ダントが部屋を訪れた時、逆理《ぎゃくり》のヒロトは遅い昼食をとっていた。

「黄都《こうと》の暮らしには慣れたか、逆理《ぎゃくり》のヒロト」

「もう少し自由に外出できれば、申し分ありませんね」

外見の年齢は十三か十四。白髪に近い、灰色の髪をしている。ヒロトは常に少食で、その部分だけは見た目以上に子供のようであった。

元は空き室であった共同住宅の三階部分は現在、階層ごとダントが保有している。〝灰髪の子供〟を、自分と同じ建物に置いて監視する必要性が生じたためだ。

「黄都《こうと》の文化を実際に目で見て学ぶよい機会ですから。ご存知ですか？　この世界でも簡単な絵や図はある程度文字の代わりとして使われているのですが、地域による違いを見れば、例えばその都市がどのような発展を遂げてきたか――」

「必要ない」

ダントは不機嫌に吐き捨てて、椅子に座った。

逆理《ぎゃくり》のヒロトは、ダントが最も不愉快に感じる種類の者と言ってよかった。小賢《こざか》しく立ち回り、陰謀を巡らせ、行動よりも言葉の力の方が強いのだと信じている。

「俺が貴様に期待していることはただ一つ。六合上覧《りくごうじょうらん》を動かしている改革派や他の有象無象の連中の目論見《もくろみ》を潰し、女王様の身をお守りすることだけだ」

――六合上覧《りくごうじょうらん》。十六名の勇者候補達の真業《しんごう》試合により勇者を決定するという、馬鹿げた国家事業だ。その裏には女王セフィトに代わる権威の象徴を立てるという、黄都《こうと》第三卿《きょう》ジェルキ及び第二将ロスクレイの企《たくら》みがある。女王派であるダントにとって、一切看過できるものではない。

「戦術立案に文化とやらの把握が必要だというのなら、それはジギタ・ゾギがやればいいだろう。どの道貴様が戦術を立てているわけではあるまい」

「確かに」

ヒロトは穏やかに頷《うなず》く。

「私はこと戦いにおいては、腕も頭脳も、まったく役には立ちませんからね。こうして監視してもらっているほうが、むしろ安心できるというものです。改革派側から下手な疑いをかけられることもありませんしね」

「……」

そしてこの逆理《ぎゃくり》のヒロトすら、女王派の真の味方ではない。

今でこそ多数派を占める改革派に対するべく手を結んではいるが、ヒロトの背後にはオカフ自由都市がある。〝客人《まろうど》〟にして魔王自称者、哨《みはり》のモリオに率いられる精鋭傭兵《ようへい》国家。六合上覧《りくごうじょうらん》という舞台に彼らを誘致したことは、国を守るために国を売り渡すに等しい行いなのかもしれない。

（もしもこの男が黄都《こうと》に害を為すようであれば……改革派が手を下すまでもなく、俺がその場で殺す。そして俺の命を以《もっ》て責任を取る。勇者候補の擁立には、その程度の覚悟があって然《しか》るべきだ）

「オゾネズマの件、ですが」

ヒロトが、ふと思い立ったように口を開いた。

「他の陣営が探りを入れている様子はありませんか？」

逆理《ぎゃくり》のヒロトがこの六合上覧《りくごうじょうらん》に送り込んだ手勢は二名。千一匹目《せんいちひきめ》のジギタ・ゾギと、移り気《うつぎ》なオゾネズマ。さらにオゾネズマは、関連を辿《たど》られぬよう第十四将ユカに擁立させた候補だ。

「……俺に見えている範囲では、そもそも謀略を得手とする男ではないのでな。奴は各地の反乱鎮圧に駆り出され続けていて、大掛かりな策を動かす余裕はない……オゾネズマに対しては、陣営としての動きを警戒する理由はないということだろう」

「そうですね。逆に言えばいずれ、何者かが搦手《からめて》を仕掛けてくることは確実です」

「俺もそう思う。……どう対処するつもりだ？」

「――対処する必要はございませんな」

隣室から顔を出したのは、小鬼《ゴブリン》だ。勇者候補、千一匹目《せんいちひきめ》のジギタ・ゾギである。

「オゾネズマ殿は寄せ餌です。黄都《こうと》から離れたギミナ市の勇者候補を探るためには、それなりの準備と、それなりの手勢が必要になりますからな。ロスクレイだろうとハーディだろうと、オゾネズマにちょっかいを出すなら黄都《こうと》にいるこちらからも察知できるでしょう。調査が負担になる上に、放置もできない。その分、お相手が我々を牽制《けんせい》する余力も削《そ》ぐことができるという算段ですな」

「そう上手《うま》く行くものか？　目に見える効果が出るとはとても思えんがな」

「この状況にどの陣営がどう対処するかで、分かることもあるということです。オゾネズマ殿を黄《こう》都《と》入りさせないのはあちらの希望でもありますが、こちらにとっても損にはなりません」

「……貴様らの方は、どの陣営を探るつもりだ」

「こちらを探ろうとしている者を」

ジギタ・ゾギは、片手に抱えていた黄都《こうと》の地図を無遠慮に床に広げた。

市街地の一点を指で叩く。

「昨晩、〝青《あお》の甲虫亭《こうちゅうてい》〟で銃を使った暴力沙汰がありました。その場に居合わせていたのが、音斬《おとぎ》りシャルクと魔法《まほう》のツー。どちらも勇者候補です。十六名の候補者が発表されてすぐさま強行偵察に動いた連中が出てきたことになります」

「昨晩だと？　……早すぎる」

「ダント殿もそう思われますか」

勇者候補の名が公表されてすぐに、敵を探りに動いた者がいる。それ自体は異常なことではない。例えば運営側である絶対《ぜったい》なるロスクレイでさえ、未《いま》だ戦闘能力の全てを解明できていない対戦相手もいるだろう。

そしてどの陣営であれ、対戦相手を探るのは勇者候補の公表以降になる。そうでなければ、襲撃時期によって自分達が誰の情報を摑《つか》んでいるかを知らせてしまうことになるからだ。

（だが、初日から動いたということは……実質的に、公表以前から襲撃相手の情報を知っていたと言っているに等しいのではないか？　名が公表されている以上、広い黄都《こうと》の中からその者の居場所と襲撃機会を摑むこともまったく不可能ではないが……）

少なくともその動きには、何らかの意図があるはずだ。他の陣営にとってのオゾネズマの存在がそうであるように、それは策謀に携わる者ほど看過することのできない不可解さだ。

「勇者候補の発表当日。六合上覧《りくごうじょうらん》に出場できる程度の手練を襲うとして、その力を多少なりとも引き出す実力のある者。任務を命じられて忠実に実行する者。勢力を取りまとめ、立案し、即座に計画を動かす者。そしていざとなれば、使い捨てても構わない者。黄都《こうと》の軍でもない限り、尋常の人脈で押さえられる人材は限られますでしょう」

「だが、二十九官が表立って黄都《こうと》の正規兵を動かして探れば、却《かえ》って自分の動きが筒抜けになる。そうだな？」

「だから、早すぎるということです。〝青の甲虫亭〟の連中も黄都《こうと》兵ではないでしょう」

「……いいや。それとて方策はある。外部からの傭兵を――そうか」

ダントは気付いた。この六合上覧《りくごうじょうらん》は、試合開始の遥か以前から始まっているのだ。

……ジギタ・ゾギ。ヒロト子飼いの参謀。この世界に現存した小鬼《ゴブリン》。逆理《ぎゃくり》のヒロトこそが怪物だと認識していたが、彼もまた、恐るべき存在だ。

「そのための、オカフか……！」

「ま、アタシの意図はそうです。オカフ自由都市をまず我々の味方に引き込んだのは、自在に動かす戦力の手駒を得る以上に、他の勢力が自在に動かせないようにするため、ということになりますなあ。彼ら以上のまとまった数と質の傭兵を引き入れるとなると、そいつは相当に難儀な仕事になります。しかし〝青の甲虫亭〟の相手方にはそれができた」

「ダント閣下。有力な私兵を持つ者に心当たりは？」

ヒロトは、まだ皿に残っている肉の切れ端をもくもくと食べながら尋ねる。

「黄都《こうと》の正規兵を除く……という前提なら、二十九官の中では、軍部統括の弾火源《だんかげん》のハーディ……あるいは工業統括の円卓《えんたく》のケイテ。メステルエクシルの擁立者だ。私兵を隠し持つにも、それなりの勢力と権限が必要だからな。それにこの二人なら、自前の軍でなくとも上手く動かす」

「ならば第五卿はどうでしょうか？」

「……」

ダントは、無言で逆理《ぎやくり》のヒロトを睨《にら》んだ。

やはりこの男は、黄都《こうと》の政情を完全に把握してこの戦いに臨んでいる。それも、黄都《こうと》側が想定していたよりも遥かに深くまで。

「黄都《こうと》二十九官に第五卿は存在しない。だが」

第二十三将タレンがそうであったように、二十九の席の中には、後任が定まらず空席となっている番号も存在する——第五の席もその一つだ。

「……元第五卿、異相《いそう》の冊《ふみ》のイリオルデ。武官でこそなかったが、奴ならば用兵能力に優れる官僚をいくらでも用意できるはずだ。そして、やりかねない。……今の候補者の中に、奴の息がかかった者が紛れていると思うか？」

ダントの問いには、ジギタ・ゾギが代わりに答えた。

「いいえ。そうとは言っておりません。既に適当な容疑者がいるならば、他の陣営もこの性急な襲撃を仕掛ける価値があったということです」

「容疑者がいる限りは、その勢力を装えるということか」

「そういう意味ではこの状況は少々まずいですな。試合が始まるまで、まだ小一ヶ月もある。それまでに潰されずにいられるかどうかが我々の最初の関門になるでしょう」

「……小一ヶ月」

ヒロトが呟《つぶや》く。

昼食をようやく食べ終えたようで、口元を拭っている。

「勇者候補の公表から小一ヶ月の猶予を与えている理由は、ロスクレイですね？」

「表向きは、詞術《じじゅつ》の行使に慣れる時間を与えるためだ。詞術《じじゅつ》を主に戦闘に扱う者が勇者候補に含まれる場合、想定される焦点は使い慣れた器物と、その場の水、風、土だろう。自然物の三属性の疎通程度ならば、小一ヶ月で慣れることができる——と、いうことにしている」

「なるほど。この世界での戦闘なら詞術《じじゅつ》の使用も想定しなければならないのでしたね」

詞術《じじゅつ》を行使する者は、詞術《じじゅつ》を作用させる対象に慣れ親しまなければならない。物質的には全く同じ風や水であっても、土地が異なれば僅かにその特性は異なり、思うような効果を引き出せないこともあり得る。

とはいえ突出した詞術《じじゅつ》の才を持つ者ならば、小一ヶ月もあれば三属性以上の複雑な焦点を作り出すことも可能だ。逆に小一ヶ月をかけても、異なる土地では水の一滴とすら疎通のできぬ適性の者もいる。

故に、個人差の大きすぎるこの理由はあくまで表向きの建前でしかない。

「実際には、勇者候補の情報を集めるための時間が必要だからだ。ロスクレイには、この小一ヶ月で探った情報を元に対戦組み合わせを決める権限がある。ロスクレイは十六名中、最も有利な場所から勝ち抜き戦を始めることになる」

「とはいえ、黄都《こうと》の部隊を表立って動かすわけにもいかないのは先程も確認した通り。情報収集に素早く動ける者は、黄都《こうと》の枠組みの外の兵士を持つ勢力ということになります。ならばお相手の目からすれば、元第五卿と同じく容疑者として適任な者がいますな」

ジギタ・ゾギの推測は、敵が十分に訓練された兵であるという前提に基づく。

そして、黄都《こうと》兵以外にその条件を明らかに満たす勢力は……

「オカフ自由都市です。お相手は我々に容疑を押しつけようとしている可能性があります」

「……………！」

勇者候補の力を多少なりとも引き出す実力のある者。任務を命じられて忠実に実行する者。勢力を取りまとめ、立案し、即座に計画を動かす者。さらにいざとなれば、使い捨てても構わない者。まさしくその通りだ。ヒロトの陣営がオカフの傭兵を独占している以上、他の陣営の視点から見た第一容疑者は彼らであるということになる。

「……ならば前提が覆るぞ。ロスクレイにもこの策を仕掛ける意味が出てきた。改革派が六合上覧《りくごうじょうらん》開催前に真っ先に脱落させようとするのは貴様らの陣営のはずだ。オカフ軍に襲撃容疑をかけ、失格の口実を作り出そうとしている」

「そうですね。あるいは……」

ヒロトが、ダントの言葉を継ぐ。

「これ自体が改革派とオカフ軍との不和を作り出す、第三者の工作である可能性もあります」

「そうだとすれば、ハーディかケイテ、イリオルデ……いや。堂々巡りになる。裏の裏を考え続けてもキリがないだろう。どうやって裏付けを取るつもりだ？」

「……」

六合上覧《りくごうじょうらん》を主導する、絶対《ぜったい》なるロスクレイら改革派。

弾火源《だんかげん》のハーディや円卓《えんたく》のケイテのような、黄都《こうと》内部で改革派と対立する派閥。

二十九官外部で強大な影響力を持つ、異相《いそう》の冊《ふみ》のイリオルデ。

そして、オカフ自由都市を背景とする逆理《ぎゃくり》のヒロト。

〝青の甲虫亭〟の襲撃事件自体は些細《ささい》な小競り合いだ。だが、誰もが容疑者であり得る。

ジギタ・ゾギが呟く。

「……ダント殿。もしかすると、敵はこの堂々巡りの外にいるかもしれませんな」

「どういうことだ」

「この策を仕掛けた陣営の動機として、一番厄介な代物を想像していました。つまりどこかが漁夫の利を取るのではなく、相争わせることそのものが目的である場合――」

そこで、ザラザラという、機械的な雑音が響いた。

「失礼」

隣室に据えつけられている連絡用ラヂオである。ジギタ・ゾギは素早く立ち上がって、通信を取りに向かった。

残されたダントは、ため息を吐くしかない。

「……逆理《ぎゃくり》のヒロト。俺達は勝てると思うか」

この戦いには、歴戦の武官である荒野《こうや》の轍《わだち》のダントですら対処しきれないほどの謀略が渦巻いている。王家の血筋こそを第一とする女王派は、もはや少数派だ。女王の代わりとなる勇者を求める改革派が台頭したが故に、六合上覧《りくごうじょうらん》が行われてしまっているのだから。

オカフ自由都市と〝灰髪の子供〟という王国外の勢力を借りてその流れに抗《あらが》う現状は、ダントにとって敗北宣言に等しいものだった。仮にこの戦いに勝ったとしても、改革派の代わりに〝灰髪の子供〟がこの黄都《こうと》を簒奪《さんだつ》するだけであるのかもしれない。

「私には、大した力は何もありませんが」

ヒロトは答えた。

「私を選んだ有権者の願いは全て叶《かな》えてきました。今まで一つの例外もありません」

「……ふ。それは、嘘《うそ》だろう」

「政治家を信じるのは、難しいことでしょうか？」

ヒロトも笑う。彼なりの冗談であるのかもしれない。

――ジギタ・ゾギは人間《ミニア》以上の秀でた知性を備える変種だが、やはり小鬼《ゴブリン》だ。鬼族《きぞく》は人族《じんぞく》を食う。ならばヒロトは、鬼族《きぞく》の味方だろうか。

全てを叶えるというのなら、相反する人族《じんぞく》と鬼族《きぞく》の両方を勝たせることすら可能なのか。

隣室での通信を終えて、ジギタ・ゾギが顔を出した。

「まずいですな。ヒロト殿。〝青の甲虫亭〟の襲撃犯の身元が分かりました」

「……何が起こった？」

「オカフ自由都市の兵です」

「やっぱり、そうなのか。私はそうは思わないが……哨《みはり》のモリオが裏切ったか？」

「いいえ。裏切るとしても、まだです。疑うのは敵さんの思う壺《おもつぼ》でしょう」

黄都《こうと》の至る所に情報網を張り巡らせていたジギタ・ゾギの周到さが、彼ら自身を助けた。誰よりも先に、当事者たる彼らがその不穏を察知できた。

勇者候補者を探りはじめているのは、第三勢力の得体の知れぬ兵ではない。黄都《こうと》に食い込んでいる、彼ら自身の協力者。オカフ自由都市の兵だ。離反か。偽装か。以前から潜ませていた工作員なのか。何者かが陰から糸を引いている。最悪の場合には、陣営が内側より崩壊しかねない。

そして他の候補者に襲撃犯の素性が辿られたその時、致命傷を負うのは彼らの陣営となる。

「ひとまず今回の一件は、可能な限り隠蔽させます。いずれ黄都《こうと》側にこちらが掴んでいる情報を明かすとしても、流石《さすが》に今はまずい流れですのでね。そして、オカフの兵が離反したという前提で──一つ、ダント殿にお尋ねしたいところですが」

「……なんだ？」

「仮に、血鬼《ヴァンパイア》がこの一件に絡んでいるとすればどうでしょう？　奈落《ならく》の巣網《すあみ》のゼルジルガという〝黒曜の瞳〟の元構成員が、勇者候補者の中にいたはずです」

組織に浸透し、自在に裏切り者を作り出すことができる。

それは、かつて存在した〝黒曜の瞳〟の最も恐るべき力でもあった。……だが。

「……それは……ないはずだ」

「根拠は？」

「黒曜《こくよう》レハート以下、〝黒曜の瞳〟は既に全滅している。第十三卿エヌが討伐作戦を行い、擁立者としてゼルジルガを監視している」

「そのエヌが操作されていないという保証はあるのですな」

「当然だろう？　血鬼《ヴァンパイア》討伐作戦の責任者だ。抗血清を打っていない、はずがない。さらに討伐作戦後の感染検査を終えている以上、従鬼《コープス》化していないことは確実だ」

「確かに、確かに。仮に、その上で〝黒曜の瞳〟が活動を続けているのだとすれば……」

ジギタ・ゾギは、もう一度地図の傍らに座った。

「第十三卿は自分の意志で人族《じんぞく》を裏切っていることになりますからな」

この世界は、人族《じんぞく》に害なす種族を鬼族《きぞく》として定義している。

人族《じんぞく》と鬼族《きぞく》の両方が勝利することは、あり得ない。

三　装弾

　ここ数日、戒心《かいしん》のクウロは黄都《こうと》中央市街の診療所で寝泊まりをしている。

　彼自身が入院患者だというわけではない。無理を通して空き病室を借り受け、敗退した勇者候補――おぞましきトロアの護衛を続けているのだ。

　護衛である以上は、入院患者であるトロアから目を離すことはできない。この生活を続けている間、クウロも診療所の外に出るつもりはなかった。持ち込みの備蓄食料を食べ、日中は他の入院患者の邪魔にならないように静かに過ごす。トロアの様子は直接見に行かずとも把握できるが、一日に二度程度は、会話を交わすために病室を訪れることもある。

　一方で彼の相棒は、遥かに多い頻度でトロアの病室に通っているようだった。

「ね、クウロ。トロアの怪我《けが》、昨日よりよくなってるんだって。すごいよね。お医者さんもね、びっくりしてたの」

　クウロの頭の周りをパタパタと飛び回る小鳥のような生物は、両手に収まるほどの小さな少女だ。両腕の代わりに鳥の翼を持つ造人《ホムンクルス》。彷《まよ》いのキュネーという。

「生術《せいじゅつ》はまだ効きが弱いはずなのに、もう治りはじめてるって」

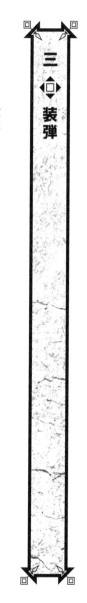

「それは何よりだな。つくづく、とんでもない奴だよ」

都市を消滅させる微塵嵐《みじんあらし》の只中《ただなか》にただ一人、生身で飛び込んでいった男だ。怪物の称号に相応《ふさわ》しい生命力を、元より備えていたのだろう。

「……俺の護衛の仕事も、あいつが退院するまでだ。キュネーは迷惑だったか？」

手元に羽ばたいてきたキュネーを優しく受け止め、コートの内ポケットに入れてやる。キュネーは嬉《うれ》しそうに目を細めた。

「ううん、全然！　わたしもね、トロアとお話できて楽しいよ。それに屋上からだと、広場でやってる大道芸が見えるの。遠くだから音楽や声はあんまり聞こえないんだけどね、入院してる小さい子達も楽しみにしてるんだよ」

（大道芸人。ゼルジルガのことだな。昔から、あいつの手品は大したものだった。全部見えていたって騙《だま》されかねない）

――クウロはかつて〝黒曜の瞳〟に属していた暗殺者だ。物理的な視野を超えてありとあらゆる事象を超精密に認識する複合知覚、〝天眼《てんがん》〟の名で恐れられていた。

勇者候補の一人、奈落《ならく》の巣網《すあみ》のゼルジルガは当時の同僚に当たる。トカゲの頭と肌を持つ、砂人《ズメウ》という種族の女だ。クウロとは正反対にいつも鬱陶しいほどに陽気で、道化として誰かを笑わせることを生きがいにしているような暗殺者だった。

（……あの『大道芸』の意図からして、奴個人がトロアの魔剣を狙って動いている可能性は低い。この診療所の近くなのは、単に条件が揃《そろ》っているだけか、あるいは逆に俺の方から妙な行動を起こさないように監視されているのか……）

　今のところ、〝黒曜の瞳〟がおぞましきトロアの魔剣を狙って襲撃をかけてくる兆候はない。仮に彼女らが動けば――血鬼《ヴァンパイア》の力によらず間接的に操作された軍勢だとしても――クウロは襲撃の裏の意図すら含めて、全てを白日の下に晒《さら》すことができる。

　究極の知覚能力を有し、諜報《ちょうほう》ギルドの手口を知り尽くしている戒心《かいしん》のクウロは、存在そのものが〝黒曜の瞳〟の行動を封じる天敵といえる。今はまだ明確な敵対関係でこそないが、〝黒曜の瞳〟にとっては、クウロこそが真っ先に排除したい存在であるはずだ。

「どっちにしても、トロアの治りが早いのは、まったく良い報《しら》せだ」

「ん！　そうだね！」

　万全のトロアはまさしく無敵の怪物だ。傷が完治すれば、もはやクウロが護衛をするまでもない。微塵嵐《みじんあらし》の時の借りをトロアに返して、そのまま黄都《こうと》を出る。キュネーは残念がるかもしれないが、〝黒曜の瞳〟にとってもクウロ自身にとっても、それが最もよい結末のように思える。

（問題は、トロアの傷が治るまであと何日か……どの勢力も動かずにいてくれるかどうかだが）

　そうはならないだろう。

　クウロの天眼は、病室の壁を隔てた光景を知覚していた。

　トロアの病室の扉の前に、五人の男達が立っている。足音。姿勢。隠し持った武器の種類と重量。見舞客や擁立者からの使いではなく、間違いなく黄都《こうと》軍人だ。

（……短剣をコートの中に忍ばせている。嗅いだことのない臭いだ……俺の知らない爆薬か？　そ

れに、ベルトに妙な形状の武器。小型銃に近い。利き手側。警戒しないといけないな）

一瞬で思考を完了させると、クウロは立ち上がった。鳥打帽を被《かぶ》る。

「キュネー。ここで待ってろ。部屋から出るなよ」

「うん？　わかった」

「すぐに戻る」

足早に廊下へと出る。

階段を上がれば、トロアの病室まではすぐだ。

五人の黄都《こうと》兵は、扉をこじ開けて突入しようとしているところだった。

「……なあ、あんたら」

兵士達もクウロの姿を認める。一人が鬱陶しそうな声を上げた。

「なんだ。子供か？」

「馬鹿にするな。小人《レプラコーン》だ。そこの入院患者に何か用なのか？」

「我々は黄都《こうと》軍だ。議会からの通達のために来ている。貴様こそ、用がないのならすぐに立ち去れ」

「議会の印章はあるのか？　あんた達を送り込んだ奴の許可証があるはずだよな？」

「当然だ。黄都《こうと》第四卿、円卓《えんたく》のケイテ様の命により、おぞましきトロアの魔剣を接収する」

兵士は印章を取り出す。

その行動に、クウロはむしろ感心した。

（身分を誤魔化しもせず奪いに来るなんてな。大した胆力だ）

だが、彼らが交渉の余地なく魔剣を奪いにきていることも分かった。

「……悪いが、俺はそのトロアから護衛の依頼を受けてる。あんたらが力づくで魔剣を奪うつもりなら、こっちも力づくで行かなきゃいけない」

「フ。面白い奴だな」

隊長格と思《おぼ》しき男が、口の端で笑う。

「表に出ろ。ケイテ様に歯向かった輩《やから》の末路を、大通りに晒してやろう」

クウロは、常に天眼で診療所周辺を知覚している。こうしてクウロを連れ出した隙に、別働隊が襲撃を実行するという算段でもない。

（本当に……今時、珍しい連中だ）

クウロは、言われるがままに診療所の外に出た。

恐らくこの黄都《こうと》兵は、負傷したトロアでも容易に対処できる相手であろう。その上で、彼らに漲《みなぎ》っている自信の源を確かめておくべきだと考えている。

「さて。このあたりでいいだろう」

「……なあ。黄都《こうと》軍ではこういう……決闘の真似事《まねごと》が流行《はや》っているのか？」

「いや？　決闘ではない」

その瞬間に乾いた銃声が響いて、クウロの小さな体が地面に倒れた。

「処刑だ」

遠方からの狙撃であった。

それも、この世界の兵器常識を越えた……尋常ならぬ長距離から。

隊長格の男は、倒れたクウロの傍らにしゃがみ込んで、狼が目を細めるように笑った。

「戒心《かいしん》のクウロ。我々が貴様の情報を把握していないとでも思ったのか？」

あからさまな襲撃は、最初から護衛であるクウロを見通しのいい大通りに釣り出すための罠《わな》である――逸脱した知覚能力を持つ者が相手ならば、知覚範囲の外から攻撃すればいい。

例えば、この世界の技術水準を遥かに越えたスナイパーライフルによる狙撃。

「再度突入だ。おぞましきトロアだけが逃走するようなら、それは看過しても構わん。魔剣の確保を第一に優先しろ」

「……なるほど。面白い武器だな」

「……」

うつ伏せに倒れたままのクウロが、口を開いている。

「銃床部分の調節箇所が多い。狙撃手の体格やクセに合わせて、体に密着させることができるようになっているのか……銃身が覆われているように見えて、実際は機関部だけに接する、浮いた構造になっている。これも射撃精度を上げる工夫なんだろう。この精度の銃を製造するなら、工術《こうじゅつ》や機械加工どころじゃない……常識外れの工作精度がいる――」

「う、嘘だろう」

戒心《かいしん》のクウロは、体を撃ち抜かれて倒れたように見えた。そう見えただけだ。

路上に血痕が飛び散っていない。あり得ない状況であるが故に、黄都《こうと》兵もその異常にすぐには気付くことができなかった。

「こいつ、今の狙撃を、よ、避け……」

「あり得ん！　９００ｍ先からの狙撃なんだぞ！」

戒心《かいしん》のクウロは、倒れたのではない。

「俺のことを知っているらしいな。まさか、たった９０、０、ｍ後ろが見えていないとでも思っていたのか？」

狙撃銃が銃弾を発射するよりも早くその銃口を、それどころか内部構造まで全てを知覚して、倒れ込むように避けたのだ。

後方の兵が、懐から銃を抜こうとした。それは現行最新の小型銃を連射速度と威力で遥かに上回る、オートマチック拳銃と呼ばれる武装であったが……

「うぐ」

「――医者には屈筋腱断裂《くっきんけんだんれつ》と言え」

クウロは、何事もなかったかのように立ち上がっている。しかも、兵士が引き金を引くより遥かに早く攻撃を終わらせていた。

彼のコートの袖の中には、折りたたみ式の弩《いしゆみ》が仕込まれている。

兵士はクウロに向けて拳銃を構えたままで、攻撃することはできない。指の第二関節を極細の矢が貫いて、引き金を引く動作ができなくなっていた。

「それが爆弾だと分からないと思ってるんだろうが」

動こうとしていた別の兵士へと、クウロは顔も向けずに言った。

完全な死角からの攻撃予備動作であろうと、クウロには全て認識できる。

「……！」

「……良い判断だ。そいつを俺に向けて投げることはできない。投げる寸前にあんたの手首を撃ち抜いて自爆させることだってできるし……見たことのない武器だろうと、使い手の方の予備動作でどういう用途の武器かくらいは特定できる」

頭を僅かに傾ける。再び銃声が鳴った。

髪の一本すら散らない。９００ｍ遠方からの二度目の狙撃を、クウロは余裕を持って避けている。

「か、怪物め……！」

「あんた達が襲おうとしていた男の方が、よっぽど怪物だよ」

クウロは、落ちていた帽子の砂を払って被り直した。

相手は黄都《こうと》の正規兵だ。相手から仕掛けてきた戦闘とはいえ、これ以上事を荒立てる必要はない。

命を狙われる程度のことは、慣れきっているのだから。

「……大人しく消えろ。俺に情報を奪いつくされる前に」

◆

事態が収束した後で、クウロは改めておぞましきトロアの病室へと向かった。

「ひと悶着《もんちゃく》あったようだな。戒心《かいしん》のクウロ」

当然のことだが、トロアも病室の外で起こった事態を把握している。大きな上半身を傾けて、クウロに詫《わ》びた。

「すまない。手を煩わせてしまった」

「大したことじゃない。俺があしらったほうが上手くいくと思っただけだ」

少なくとも、死者を出さずに終わらせることができた。

トロアが扱う得物は、クウロの矢のような殺傷力の低い武器ではない。必殺の威力を誇る無数の魔剣だ。トロア自身が黄都《こうと》兵に対処していたなら、最低でも腱《けん》の一本などでは済まなかっただろう。

「とはいえ……円卓《えんたく》のケイテには警戒する必要があると思う。ああいう構造の銃は、俺もこれまで生きてきて一度も見たことがない。〝灰髪の子供〟の新型銃と比べても、精度の次元が違う」

「誰も見たことのない兵器か。……円卓《えんたく》のケイテは、あのメステルエクシルの擁立者だったな？」

「ああ」

クウロとトロア、そしてメステルエクシル。この三者の間には、多少奇妙な縁があった。

あの超常災害たる微塵嵐《みじんあらし》が吹き荒れる中、死闘を繰り広げた三者だ。クウロがトロアを護衛しているのは、その時に命を救われた恩義を返すためでもある。

そしてあの時のクウロは、トロアに命を救われたのと同じく、メステルエクシルとキヤズナにも救われていた。もっとも、彼らにそのつもりはなかっただろうが――

やや考えて、トロアが口を開く。

「……俺はあの時、メステルエクシルの戦い方を見た。雨のように銃弾を吐き出す銃。超高速で飛翔して追尾する爆弾。目に見えない激痛だけを与える兵器。奴が生成した武装はどれも、魔剣以上に災害じみた……それこそ次元の違う代物だ」

「兵器を生み出す兵器か。円卓《えんたく》のケイテはそういう武器を大量生産して、自分の兵士にまでそれを使わせているってことか？」

「そうかもしれない。魔剣に限らずだが……武器の最大の強みは結局、誰でもあろうと使うことができることなんだからな。メステルエクシルが作り出した兵器が、メステルエクシル自身にしか使えないという道理はないだろう」

「だとしたら、とんでもないことを考える連中だな。今回は穏便に凌《しの》げたが、次もそうなるとは限らないぞ」

「……大丈夫だ。その時は、俺が自分でやる」

――メステルエクシルは、それ単体でも無敵の兵器だ。

しかし黄都《こうと》第三の派閥を率いる円卓《えんたく》のケイテがメステルエクシルを運用するとすれば、その真価は単純な戦闘能力を遥かに上回るものとなる。

窮知《きゅうち》の箱《はこ》のメステルエクシルは究極にして不死身の魔族《まぞく》であると同時に、異世界の兵器を無尽蔵に生み出す生産工場でもあるのだから。

（連中は、ただの無思慮な襲撃者じゃない。トロアへの勝算があったから襲ってきたはずだ）

クウロは、ケイテ配下の黄都《こうと》兵の言動を思い返す。

やはりあれは、強大な武器に裏付けられた自信だった。歴史において一本の魔剣が戦争の趨勢《すうせい》を左右したのと同じように、兵器の優位という目に見える確実な力は、勢力全体に士気を与える。

（面倒だな。どいつもこいつも、別々の思惑で蠢《うごめ》いている。絶対《ぜったい》なるロスクレイ。弾火源《だんかげん》のハーディ。〝灰髪の子供〟とオカフ自由都市。旧王国主義者。〝黒曜の瞳〟……）

その中にあって、円卓《えんたく》のケイテは二重三重の策謀を仕掛けてくる相手ではない。クウロが警戒を傾けるべき相手は依然として〝灰髪の子供〟や〝黒曜の瞳〟だ。

だが彼らだけが、天眼の知覚能力でもなければ理解の及ばぬ技術を、それも集団で運用することができる。生産の時間を与えれば与えるほどに。

そしてもしも、あの戦いで見た以上の……クウロの知覚すら及ばぬ兵器があるのだとしたら。

（もしかしたら……一番危うい勢力は、円卓《えんたく》のケイテなのかもしれない）

四　ゼジン記念市民公園

黄都《こうと》中央市街では、市民層の子供が街中で遊ぶ姿が多く見られる。周辺の治安が良く、整備された公園が多く存在するためだ。

六合上覧《りくごうじょうらん》開催を控えたこの市街では昼夜を分かたず様々な興行が催されており、そうした子供達の目や耳を楽しませていた。

そんな光景に交じって、一際奇妙な親子の姿がある。

「か、か、かあさん！　に、にんぎょうが、生きてるみたいにうごくんだって！　そんなのできるのかなあ！　だって、いきてないのに！」

「人形劇ィ……？　アタシは好かねェけどな。どうせ後ろに人がいるのに、見ている連中は何が楽しいんだ？　人形が挟まってる分余計な工程が増えてるじゃねェか」

小柄ながら凶暴な気配を湛《たた》えた老婆の名は、軸《じく》のキヤズナ。そして子供は、濃紺の金属装甲に覆われた巨体の魔族《まぞく》だ。勇者候補の一名、窮知《きゅうち》の箱《はこ》のメステルエクシルである。

「やれやれ……じゃ、その人形劇見に行くかァ……」

「ぼ、ぼくは、かあさんも、たのしいやつがいいな！」

「ヒヒヒ、そうかい……！　本当にいい子だな、お前は！」

かつて王国の大敵として世界を荒らし回った魔王自称者は、円卓《えんたく》のケイテに招かれ黄都《こうと》入りして以来、一切遠慮なく黄都《こうと》を闊歩《かっぽ》している。キヤズナの如き大犯罪者が野放しであることの危険性を訴える市民も多かったが、キヤズナに面と向かってそれを告げられる者はどこにも存在しない。

「おいおい、そこの靴屋、もう店じまいか!?　安心しな！　最初ッからお前んトコで買うつもりはねェからよ！　ヒャヒャヒャヒャヒャヒャヒャヒャ！」

「はははははははははははははは！」

軸《じく》のキヤズナの恐ろしさを知る者ならば、巻き込まれる前にその場を離れ、あるいは遠巻きに眺めて関わらないようにする。同じ人族《じんぞく》に恐れられ忌避されることは、生まれながらに悪意に満ちた軸《じく》のキヤズナにとっては、むしろ愉悦でしかなかった。

「しかしこうビビられると、アタシはともかくメステルエクシルが楽しめねェな。せっかく外出たなら、お前だって色々見て回りたいよなあ？」

「う、うん！　ぶき、つくってばかりだと、あきるからね！」

「そりゃあそうだろうよ。ケイテの野郎、アタシの子供を散々こき使いやがって」

メステルエクシルが生成するのは〝彼方《かなた》〟の兵器だ。円卓《えんたく》のケイテは自軍への一刻も早い大量配備を望んでいるようだが、キヤズナに言わせれば、その製造ばかりを焦ったところで、せいぜいメステルエクシルが忙しくなるだけで、劇的な効果が望めるわけではない。

彼の機能は、あくまで兵器の製造段階に留まるからだ。

メステルエクシル自身は潜在的に構造知識を有しているが故に、兵器を体の一部のように使いこなすことができるが、それ以外の者が兵器を集団的に運用するためには、当該兵器の仕様を解明した上で教育を施す時間が必要不可欠となる。

現状で運用可能なのは、高度な解明が不要な火器類程度だ。陣地防御用の重機関銃などは確かに戦術上有用ではあるが、戦闘機や戦略兵器を始めとした高度な兵器の組織的運用は当分困難であろう。そもそも、キヤズナが生成する戦車機魔《チャリオットゴーレム》で戦闘車両の類は代替できるのだ。

(――ったく。ケイテのバカ野郎も、魔剣をありがたがる連中と大して変わらねェな)

六合上覧《りくごうじょうらん》の出場は良い。産業革命を企むのも良い。兵器の量産と運用も勝手にすれば良い。

だがあくまで、メステルエクシルがそうしたい、い、い、ならの話だ。

キヤズナがこの黄都《こうと》にメステルエクシルを連れてきたのは、〝本物の魔王〟に蹂躙され尽くしたこの世界で可能な限りの自由と娯楽を与えるため――そして息子であるナガン迷宮機魔《ダンジョンゴーレム》の仇、柳《やなぎ》の剣《つるぎ》のソウジロウを、全ての民が注目する六合上覧《りくごうじょうらん》の場で惨殺するためだ。

ケイテの野望や勇者諸々《もろもろ》の話などは、せいぜいそのついでの事柄でしかない。

「ははは！　む、むこうで、なにかやってる！」

「はん、手品芸人かい。しかもあいつ、勇者候補のゼルジルガだ。見てみたいか？」

「うん！」

遠目に見える砂人《ズメウ》の大道芸人は、奈落《ならく》の巣網《すあみ》のゼルジルガである。人型のトカゲとも形容すべき砂人《ズメウ》は肌の色や顔の造りの個体差が大きく、異種族の目からも特定が容易《たやす》い。

二人が彼女に近づくと、親子連れの何組かが恐れをなして逃げた。

「よう、景気が良さそうじゃねェか」

「け、けいきがよさそうじゃねえか！　はははははは！」

ゼルジルガの側もキャズナの姿を認め、大仰に一礼をする。

「アッヒャッヒャッ！　これはどーも、新しいお客さん！　私よりも少ーしだけ大きなお子さんもいらっしゃるみたいですが！」

「……ヒヒ、奈落《ならく》の巣網《すあみ》のゼルジルガ。試合前の大事な時期に遊《あそ》び呆《ほう》けててもいいのかい」

試合前の勇者候補同士の接触は原則的に禁じられている。しかし同じ黄都《こうと》で過ごしている以上、不可抗力的な遭遇までを罰する取り決めではない――ともされている。軽微な反則行為についてはある程度恣意的に罰則を適用できるようにしているのだろう。

「あんまり目立ってるとよォ……」

「は、ははは！　かあさん！　ユウシャコウホをたおしたら、ケイテがよろこぶんだよねえ！　ゼ、ゼルジルガも、やっつけた方がいいのかな！」

「ほうら。不慮の事故かなにかでブチ殺されちまうかもしれないだろ？」

そして言うまでもなく、軸《じく》のキャズナはそうした規則に縛られることはない。

「なあに！　多少の事故なら、お子さんには却って好評なもので！　実のところこの私も、芸より失敗でお客さんを笑わせた数の方が多いかもしれません！　そちらのお子さんのお名前は？」

「ぼ、ぼくは、メステルエクシル！」

「そうですか！　メステルエクシル、風船はお好きですか？　お人形遊びはどうでしょう？」

「どっちもすき！　はははは！　ゼルジルガはにんぎょう、すきなの？」

「もちろんですとも。私にもお友達のお人形がおりましてね！」

ゼルジルガは、ふわりと腰を落とす。一瞬前まで何も持っていなかったはずの右手に、両手に抱える程度の大きな人形が現れた。

鳥のような頭部と、ひらひらした布に覆われた布人形である。体積の大半は空洞で、見た目よりも遥かに小さく折りたためるようになっていたのだろう。

「モーフくんです！」

「はははは！　すごいすごい！」

「見ていてください。ご挨拶をさせますから。『メステルエクシルくん！　こんにち……』」

モーフの頭部が、ぐにゃりと横に倒れた。

ゼルジルガは怪訝《けげん》そうに、人形と同じ方向に首を傾げる。

「ええと、こんなはずではないんですが……『はじめまして、メステルエクシルくん！』」

ゼルジルガの声に合わせて、人形が可愛《かわい》らしく動いた。

「『こ、ん、に、ち』……『は』」

しかし最後の音節で、モーフはぐったりと力を失う。

「えー、ちょっとお待ちください！　モーフくん、今日はご機嫌が悪いみたいですね！　えーと、工具は鞄《かばん》の中に入ってましたかね？　すみません、すぐ終わりますので……」

客がいるのにも関わらず、ゼルジルガは振り向いて鞄の中を漁《あさ》りはじめ……その後ろでモーフはむくりと起き上がって、トコトコと歩いた。

「あはははははは！　う、うごいてる！　すごーい！」

「なんですって？」

ゼルジルガが振り向くと同時に、モーフはくたりと地面に倒れた。

「まったく、冗談はやめてくださいね！　えーと、えーと……」

視線を外すと、またもやモーフは生きているように歩きはじめ……ゼルジルガの背中を蹴った。

ゼルジルガは大袈裟《おおげさ》な絶叫を上げて転倒した。

「アーッ!?」

メステルエクシルを含む観客の子供達から笑い声が響いた。

「…………今、誰か私を蹴りました？」

すぐ後ろに倒れていたモーフを拾い上げて、不思議そうに首を傾げる。

ネジを巻くような動作と、何かを調整するような動作をもっともらしく行った後、ゼルジルガは再び観客に一礼をした。

「はい、それではご紹介しましょう！　私の相棒のモーフくんです！　改めてご挨拶を……させるのは、やめておきましょうか。いやな予感がします」

ゼルジルガは、もう片手に持っていた工具を放った。

それは工具ではなく栓抜きだったが。

「とにかく、これでしっかり直ったはずです！　私のお友達——お友達ですよね？　モーフくんの歌と踊りを、皆様とくとご覧ください！」

オルゴールが回転を始め、音楽に合わせて人形が舞い踊る。地面を歩き回り、空中をくるくると飛び、目を離した瞬間に二体に増えて、糸が遮られるはずの障害物越しに人形を操ってみせた。

「わあぁ！　す、すごいね、かあさん！」

「ほーう、大した技だね」

人形劇を軽んじていた軸《じく》のキャヤズナすら、素直な感嘆の声を漏らした。人形を取り出した瞬間もそうだが、メステルエクシルの知覚系を構成する〝彼方《かなた》〟のセンサー類をただの手品で欺ける巧者は、この世に何人もいないはずだ。

「アッヒャッヒャ！　どうも皆さん、ありがとうございました！　えー、多少お見苦しいところはございましたが、これもご愛嬌《あいきょう》ということでお見逃しいただければと……もしよろしければ、明日もまたお見逃しいただければ、もっと嬉しいですね！」

「ゼ、ゼルジルガ！　どうやったの！　ぜ、ぜんぜんわからない！」

「メステルエクシルも、ありがとうございます！　実に親御さんのご教育がよろしいようで！　同じ勇者候補に一芸を披露できて、私としても大変光栄でした！」

「ケッ。お世辞を言やアタシとメステルエクシルが手加減するとでも思ってんのかい」

キヤズナは不敵に笑った。確かに人族《じんぞく》としては大した技だ。それでも、おぞましきトロアや地平《ちへい》咆《ほう》メレ、冬《ふゆ》のルクノカといった本物の強者——何よりメステルエクシルと比べれば、所詮は子供騙《こどもだま》しの業師に過ぎないことも、一連の観察で分かった。

「尻尾を巻いて逃げるなら、今のうちだと思うがね」

「確かに私には尻尾がございますがね！　砂人《ズメウ》ですので！　メステルエクシルさんはいかがですか？　六合上覧《りくごうじょうらん》の場で、もっと面白いものを見たくはありませんか？」

「み、みたい！　ゼルジルガ、またてじな、みにきてもいい？」

「アッヒャ！　もちろん、大歓迎です！　勇者候補である以前に、子供は私の一番のお友達ですから！　お母さんと一緒にまた来てくださいな！」

「うん！　ゼルジルガは、ともだち！　たのしかった！」

「恐悦至極にございます！　どうぞ、お土産に飴《あめ》でもいかがですか？」

「ったく……機魔《ゴーレム》は飴なんざ食わねェよ。そろそろ行くぞ、メステルエクシル」

「うん！　あはははは」

キヤズナは毒気を抜かれたように頭を掻《か》いて、踵《きびす》を返《かえ》し――

「はは」

そして、笑うメステルエクシルの片腕が稲妻の如き速度で動いた。軽い音とともに、装甲に弾《はじ》かれた針が落ちる。その針がどのような仕掛けで飛来したのかは分からなかった。

「……」

針の先端は何らかの液体で濡《ぬ》れ光っている。もしもキヤズナの肌を僅かにでも掠《かす》っていたなら、致命的な悪影響を免れ得なかっただろう。

「……残念だったなァ、ゼルジルガ」

背を向けたまま、魔王自称者は凶暴に、耳まで裂けんばかりに嗤《わら》った。

「アッヒャッヒャ……何のことやら？」

「試合で当たったらきっちりブチ殺してやるんだ。まーだ焦るんじゃねェよ」

「それはどうも、お手柔らかに！」

射出の瞬間を知覚できず、飛来の起点すら不明瞭な、微細な針であっても……自身やキヤズナに迫る危険物を空中で捕捉し、後から防御を追いつかせる。窮知《きゅうち》の箱《はこ》のメステルエクシルは、単体でも史上最強の身体性能を有した機魔《ゴーレム》だ。

眼前に立つ者すら騙し通す技巧。僅か一瞬の心理の緩みという好機。その二つの条件を揃えた上でもなお、軸《じく》のキヤズナを奇襲によって暗殺することは不可能に等しい。

「ぼ、ぼくには、かてないぞ！」

メステルエクシルは、単眼の備わった球体頭部をギョロギョロと動かしながら叫ぶ。

「ぼく、ぼくは、さいきょうだからね！　はははははははは！」

キヤズナとメステルエクシル。この二名が何故敵意や恨みに臆することなく姿を晒し、公然と六合上覧《りくごうじょうらん》に参戦するのか。それは単純な理由だ。

彼女らは、自分達が無敵であることを理解している。

五　クタ白銀街

北方正統王国の滅亡に端を発した〝本物の魔王〟の恐怖は世界を覆い尽くしていて、どこの都市にも狂気と終末の兆しがあった。それはこのクタ白銀街でも同じだった。

三年前。北方正統王国に続き西連合王国本国が滅び、西王国領最大の都市であったクタ白銀街の政情も混迷を極めた。市民階級が最後の安寧を貪る一方、クタ市街軍と中央王国その他の勢力との武力衝突は絶え間なく繰り返されており……何者かの惨殺死体が引き上げられることも、珍しい事態ではない。

その死体は別々の麻袋に詰めて投棄されていたので、〝黒曜の瞳〟がその死体の身元を確かめるためには、中身を取り出して並べ直さなければならなかった。全身の損壊がひどく、大半は生きている内に刻まれた傷だとも分かった。

郊外の邸宅地下。〝黒曜の瞳〟は今や、市街軍から隠れ潜んでいなければならなかった。

「…………これがレヘムか？　鼻から顎まではどこに行ったんだ？　鉄が……溶けて、骨に絡みついてるのは、どういう拷問をされたんだ」

検死を担っている者は、狼鬼《リカント》にして九陣前衛、光摘《ひかりつ》みのハルトルである。彼は秀でた腕力を武器とする暗殺者だったが、生術医《せいじゅつ》としての心得もあった。

「ご、ごめんなさい。彼女一人しか、み、見つからなくて……ハイネくんは顔を焼かれて、意識が戻るかどうかも疑わしいと……」

四陣前衛、塔《とう》のヒャクライが、絞り出すように答える。死体が詰まった麻袋を回収し、この地下室に運び入れてから、彼は椅子から立ち上がる気力すらないようだった。

「ティークスも死んでいると思います。彼は死体も上がっていないですが……」

そしてもう一人。

「レヘムさん！　あ、あなた……なんて便利な相棒になってしまって……！　何しろ、ほら！　これからは簡単に持ち運べてしまいます！　どうですかレヘムさん！　顔、貸してくださいますか！アッヒャヒャヒャヒャヒャヒャヒャ！」

「……」

「……」

彼女は、真顔でレヘムの首を元の位置へと戻す。

「……あー……そのう……何か、少しくらいはいいところを見つけようと思いましてね？」

砂人《ズメウ》の女だ。五陣前衛、奈落《ならく》の巣網《すあみ》のゼルジルガという。霧《きり》の手《て》のレヘムと彼女は、長年生死をともにした相棒であった。

「こういう状況でふざけるのはやめろ。三人をやった奴はもう分かっている。市街軍の右軍参謀、駒柱《こまばしら》のシンジだ」

「……〝駒柱《こまばしら》〟。け、けれどクタ白銀街との契約はまだ終わっていないはずです。こんな、何の勧告もなしに裏切るなんて」

「最初から不意を打って始末するつもりでいたんだろう……！　駒柱《こまばしら》のシンジとの取引を担っていたのはあの三人だ！　最初から俺達を……〝黒曜の瞳〟を使い捨てるつもりでいた！」

「……焦土作戦に虐殺……先の、棺《ひつぎ》の布告《ふこく》のミルージィとの戦役でも、よ、汚れ仕事ばかりを……中央王国やクタ政府側に言い逃れができるように……ぼ、僕らに、実行の責任を全て被せる算段でいたんですね。フ、フフ……ご、合理的だ。そして〝客人《まろうど》〟らしい――下劣さだ」

駒柱《こまばしら》のシンジは、クタ政府が雇い入れた〝客人《まろうど》〟の参謀である。〝本物の魔王〟の恐怖の蔓延《まんえん》に追い詰められたクタ白銀街は、素性定かならぬ〝客人《まろうど》〟を起用してでも抵抗勢力を鎮圧する必要があった――この世界の倫理と常識を持たぬ〝客人《まろうど》〟が、どのような手段を取るのだとしても。

「あっ見てくださいお二方！　レヘムさんのここをこう！　引っ張ると……すっごく面白い顔になりませんか!?」

「……」

「……」

ゼルジルガはおずおずとレヘムの死体から両手を離す。

彼女以外の二人は、過酷に殺気立ったままで会話を続けた。

「必ず報復する。俺は思い知らせてやるぞ、ヒャクライ。統率が何を言おうが、俺は……この手でシンジの首を獲《と》る！」

「こ、これは明らかな挑発です。だから死体を見つけさせた！　僕らが反攻に出ることを、と、討伐の口実にしようとしている……！」

「あのー……」

「ヒャクライ！　俺達は正しき道から外れた咎者《とが》かもしれん。だがそれでも、本物のゴミのように捨てられたくなかったからこそ〝黒曜の瞳〟になったはずだ！　統率には、この俺が談判する！」

「ま、待ってください、ハルトル……！」

「……」

一人残されたゼルジルガは、相棒の手を弄んでいる。胴体にただ一本しか繋《つな》がっていない腕を。

繋いで、揺らして、離して。手首は力なく垂れ下がっている。

霧《きり》の手《て》のレヘムはもう料理を作ることはないし、真顔で冗談を言うこともない。彼女を大笑いさせるために、ゼルジルガが四苦八苦する必要もなくなってしまった。

表の世界の者にとってのレヘムは、簡単に処分できる、身元の割れることのない、都合の良い捨て駒に過ぎなかった。秘密を扱い、闇に生きる者達が信頼を得ることは決してない。

「……皆さん物騒ですよねえ、レヘムさん。笑っていたほうがいいのに」

地下の壁にしか届かぬ呟きを漏らす。

——その日も一日、彼女は自分自身の言葉の通りにした。

殺気に逸《はや》り、破滅に突き進もうとする仲間を和らげようとした。

食事をする同胞には、いつものように陽気に話しかけもした。

黒曜《こくよう》レハートへの報告の際には、いつものように明らかすぎる法螺《ほら》話を交えた。

令嬢のリナリスがゼルジルガを気遣う言葉をかけたが、いつものように花の手品で驚かせた。

……日が昇った。ゼルジルガは自室に籠《こ》もり、次の夜が更けても出ていかなかった。

「……アヒャヒャ」

暗い窓に向かって、虚ろに笑ってみる。

「アッヒャッヒャッヒャッ……みーんな、怒ってばかり。うんざりですよねえ、レヘム」

ハルトル達の主張は退けられた。駒柱《こまばしら》のシンジとの全面抗争を避けるべく、同盟を一方的に打ち切られた〝黒曜の瞳〟は、すぐにこのクタ白銀街から撤退することになるだろう。

他の者達が動いている中、こうして閉じ籠もっているだけのゼルジルガには、何らかの処罰が下されるかもしれない。けれど今は、それに関心を向けることもできなかった。

奈落《ならく》の巣網《すあみ》のゼルジルガは、〝本物の魔王〟が現れて間もなく滅んだ北方正統王国の出だった。

トカゲめいた外観の砂人《ズメウ》は、定義上は人族《じんぞく》とされているものの、他の人族《じんぞく》と起源を大きく異にする種族である。故に身寄りのない彼女が奴隷として買われた用途も、労働力としてではなく、貴族の悪趣味な好奇心を満足させるための食材としてであった。

奴隷商達が仲間割れで殺し合うまでゼルジルガが生きていられたのは、他の砂人《ズメウ》より少しだけ裁縫の心得があって、その仕事のために他の奴隷よりも食われる順番が遅かったからだった。

自由を得ることはなかった。次は野盗団に買われて、人体を処理する汚れ仕事を担わされた。

ゼルジルガは誰よりも人の解体が上手いと評価されたが、血に塗れた仕事を拒否する権利もなかった。自分と同じ時期に買われた子供を処理したこともあった。その野盗団も数年で壊滅した。

その次も、その次も。

ゼルジルガの人生ではいつも、目前まで迫った死が、彼女を殺す寸前に新たな恐怖にとって代わった。突出した手指の器用さが、ゼルジルガの死の運命を常に後回しにして――固くもつれた糸のように、奈落に引き止めたまま離してくれない。

ゼルジルガはずっと笑顔を絶やさなかった。

感情が壊れてしまったわけではない。あるいはそうなのかもしれないが、ゼルジルガにとっては違った。故郷を失って以来、笑顔とその感情を失うような環境に置かれ続けていたからこそ……それを練習し続けなければ、家族と友がいたあの日々のような、まともな世界に戻る術がなくなってしまうのだと信じていた。

何も持たざる者にとって、笑いこそが最も価値あるものなのだと。

「アヒャ……ヒャッヒャッヒャッ……」

霧《きり》の手《て》のレヘムは、唯一の相棒だった。

大きな喪失に直面した時ほど、笑わなければ。

「ヒャヒャッ、まったく、どうしましょう。笑いが止まらなくて……」

「……ゼルジルガさま」

扉越しに、かすかな声が聞こえた。

「ゼルジルガさま。泣いていらっしゃるのですか？」

「お嬢様」

リナリスの声だ。今年で十四になる、〝黒曜の瞳〟の美しき令嬢であった。

今のこの屋敷は、怒りと憎しみに満ちている。道化であるゼルジルガこそが彼女を笑わせなければならなかったのに、このように気遣わせてしまっているのだ。

「私のことは、どうかお気になさらず！　この二日、鉢植えに水をやっていませんでしたから……アッヒャヒャヒャヒャ！　二日分つきっきりで水をやらなければいけません——鉢植えにね！　よい鉢植えが収穫できると思いますよ！」

「……」

「…………えー、どうですか？　確かにいつもより少し精彩に欠けた冗談かもしれませんが……」

「あの。ゼルジルガさま。先程のことは、申し訳ございません。どうか、ご機嫌を直して」

「いーえ！　まったくもってご機嫌ですとも！　お嬢様はいかがでしょう？　糸の手品をご所望でしたら、いつだってご機嫌なものをお見せいたしますよ！」

言葉とは裏腹に、ゼルジルガは膝を抱えて扉に寄りかかっていた。

この悲しみと憤りを癒やす手段など、何一つないように思える。

「ねえ、ゼルジルガさま。私達は、クタを離れなければならないかもしれません」

「……ええ、分かっております。そうでしょうとも」

「やり残したことはございませんか？　どこか、行きたかったところは？」

「アッヒャッヒャ……それは、一体どういった意味合いで？」

「……私も、こんなに早く離れることになるなんて……想像していなかったものですから」

廊下に座り込んでいるリナリスが、扉に背を預けたのが分かった。

リナリスは、血鬼《ヴァンパイア》としては特異なほどに虚弱な少女だった。血鬼《ヴァンパイア》の従鬼《コープス》支配のフェロモンは思春期の訪れとともに発現するはずだが、彼女はその力すらも扱えていない。

常に家の中で守られてきたリナリスは、クタ白銀街の光り輝く夜を歩いたことも、数えるほどしかなかったはずだ。

「……汽車」

ゼルジルガは、ふとそんな望みを口にしている。

きっとこの街も、滅びに向かっているのだろう。恐怖と絶望が忍び寄って、いずれ全てが終わっていく。華やかに発展した都市の光景すら、もはや表層のものでしかない。

けれど、夜景は本当に美しかった。

「お嬢様は、ご存知でしたか？　中央王国で走っているような汽車が、つい四日前に……この街でも通ったのです。商業区から走る架橋で、貴族街を通って……運河を渡って、工場区まで」

「……ええ」

「とーっても大きな音で、力強く走るのだとか……！　まったく素晴らしい発明、滅多にないお話なのですから、ぜひ一度乗ってみたかったものです……っと、レヘムが言っておりましたがね！

私の話だと思いましたか⁉　アッヒャヒャヒャ！」

「ゼルジルガさま」

扉の向こうで、リナリスの穏やかな声が言った。

「乗りに向かいましょう。今から」

「アッヒャッヒャ、これはご冗談を」

「――私、とても汽車を見てみたくなってしまって。どなたかが一緒にいてくださるなら、とても心強いと思いませんか？」

「……それは、糸の手品しか芸のない道化でも？」

「所望すれば、お見せくださると伺っております」

「相棒を護《まも》れなかった、役立たずでもでしょうか？」

「きっと、役に立ちます。一緒に遊んでくださる方は、他におりませんもの」

ゼルジルガは顔をゴシゴシと擦った。

道化は、悲痛な顔を誰かに見せてはならない。

何も持たざる者にとって、笑いこそが最も価値あるものだと信じていた。

◆

星空のようなランプの光が、二人の目の前に広がっている。

質素な枯葉色の外套《がいとう》に身を包んだリナリスは、それでも地上に舞い降りた月のような美貌で、道行く誰しもの視線を惹《ひ》きつけてやまなかった。

一方でゼルジルガは、スカーフで慎重にその顔面を隠している。それに加えて、片手にやや大きな荷袋を抱えていた。屋敷から滅多に出ぬリナリスはともかく、ゼルジルガは市街軍を牛耳る駒《こま》柱《ばしら》のシンジに既に姿形を知られている可能性があった。

今の行いが、〝黒曜の瞳〟としてあるまじき愚行であるとも自覚している。

（……余計な真似はしない。お嬢様と汽車に乗って、屋敷に戻るまでだ。それまで何も起こらなければ、それだけでいい）

駅へと向かう道の両脇には夜店が立ち並んでいて、その店先に吊《つ》られたランプの列が、無数の色彩を灯《とも》らせている。朧《おぼろ》な光の玉の群れのように、景色の焦点がぼやけていた。

「ああ、ゼルジルガさま、見てください！」

白い令嬢はクタの夜に鮮明に映えて、初めて見る多くのものに目を輝かせている。

「不思議な色の飴がたくさん……！　どうやって色をつけているんでしょう？　信じられない……ただの飴を、こんなに綺麗《きれい》に並べているなんて……！」

「うーん！　残念ながらお嬢様、私は飴に知り合いがおりませんもので、答えに皆目検討がつきません！　アッヒャヒャヒャ！」

そう答えると、ゼルジルガは露店の店主に銀貨を支払った。

「なので、こちらの飴さんに直接お伺いを立ててみましょう！　お嬢様もご興味のある色を、いくらでも」

「そんな……ふふっ、そんな、いけないことです」

「秘密にしていれば分かりはしませんとも。飴が喋《しゃべ》るのがご心配なら、食べてしまえば口封じにもなります！」

リナリスは、薄緑色と白色の飴を選んだ。ゼルジルガは桃色だった。

きっと、味や質に違いがあるわけではない。どれもただ目を楽しませるための着色で、見る人を愉快な気分にさせる以上の意味はないのだろう。

それはとても素晴らしいことだ。誰かを笑わせることができるのだから。

「……ああ、こんな。何度も足を止めてしまって……ゼルジルガさま、あれは？」

「ええ、お気になさらずとも。光る玉で大道芸をしているのですよ。球形の籠の中に、炎を灯しておりましてねえ。天青石《てんせいせき》の粉を混ぜて燃やしているので、あのように赤紫色の炎になるのです」

「ありがとう存じます。見たことのないものばかりで……浮かれてしまっていて。けれど……ふふ。仕掛けは綺麗でも、ゼルジルガさまの技のほうが、ずっと鮮やかでございますね」

「いやあ〜、そういうことも……アッヒャッヒャ！　ございますかね？」

二人はそうして、駅に至るまでの夜の光景をしばし楽しんだ。

小麦と砂糖を焼いた甘い菓子を口にした。

絵札を用いた占いがひどく外れていたことを、二人で笑い合った。

運河を行き交う船が、次々と港に停泊する様子を眺めていた。

彼女達が辿り着いた先にはランプに照らされた駅があって、工場区で最も遅くまで働く労働者を帰すための、最後の往復便が出ようとしていた。往路側となるこの商業区からは、敢《あ》えて乗車する者も少ない。

電車を待つ、人のまばらな歩廊にリナリスが立っている。

ゼルジルガは、目を細めてその美しい姿を見た。

「――ねえ、ゼルジルガさま」

滑らかな黒髪と、対照をなす白い肌。長いスカートが風に揺れて、ゆるやかに波打った。

「アッヒャッヒャ！　なんでしょうか？」

「笑っていただけましたか？」

――そうだ。ゼルジルガは気付いている。

ゼルジルガ自身が、いつもの自分のままでいたかったように……リナリスも、ゼルジルガにそう望んでいた。誰かのための笑いではなく、無理な笑いではなく、ただ笑ってほしいと。

荷袋を胸に強く抱いて、ゼルジルガは答えた。

「もちろん。笑っておりますとも」

「もっと笑っていただきたいのです。もっと」

「……」

血鬼《ヴァンパイア》の変異体としての恐るべき異能に目覚める前から、リナリスにはその力が備わっていた。人の心を洞察し、それを深く思考する力。

汽笛が空気を揺らして、発車時刻を告げている。

「乗りましょう。お嬢様」

「……ええ」

夜汽車に乗り込み、彼女達は二人並んで座った。

高架の上に設《しつら》えられた線路からは、灯りの消えゆくク夕白銀街を見下ろすことができる。地上の星空のように広大な夜景を。いずれ離れていく、繁栄の街を。

あの残酷な光景すら、まるでこの街の夜の夢であったかのような。

「……ありがとうございます。お嬢様」

「私はただ、私の我儘《わがまま》にお付き合いいただいているだけですから」

「それでも、ああ……楽しかった」

闇の住人が住まう夜は、血と陰謀に満ちた修羅の巷《ちまた》だ。

たとえ一夜だけであっても。穏やかで、美しくて、憂いのない夜を送ることができるなどと、ゼルジルガは想像すらしていなかった。

「もしかしたら……お嬢様なら、〝黒曜の瞳〟を――」

その先を口にすることもない。リナリスは他の誰よりも黒曜《こくよう》レハートを慕っている。自ら〝黒曜の瞳〟を離れることは決してないのだろうと分かっている。

けれど血鬼《ヴァンパイア》としては例外的なほど力を持たず、支配の力の覚醒も遅い彼女ならば、もしかしたら

ゼルジルガとは違う、暗闇の世界ではない生き方ができるのかもしれない。

道化がただ一時与える笑顔ではない、笑顔と幸せのある日常を送ってほしいと願う。

「ゼルジルガさま。汽車が出ます」

「そうですねえ」

「……ああ。街の上を行くのですね」

「ええ。街路の上に、とても長い橋を渡しているのです。空を飛んでいるようでしょう？」

汽車が揺れて、車輪の音が響く。眼下を光が流れていく。

ゼルジルガは目を閉じる。……いつでも笑顔でいたい。彼女を笑わせていたい。

「そーうでしたお嬢様！　せっかくの機会です！　少しだけ、先頭車両を覗《のぞ》いてみてはいかがですか？　これほど大きな蒸気機関なんて、きっと滅多に見られませんよ！　もしかしたら実は蒸気機関ではなくて、たくさんの小人《レプラコーン》が漕《こ》いでいるのかもしれませんから！」

「ええ、もちろん！　ゼルジルガさまも――」

「ああ、そのう……失敬！　私は多少の生理的現象というか、これで実は馬車酔いをしてしまうタチで、これは、なんというか……発言が憚《はばか》られる類の……」

「……汽車の中で？」

「ええ！　大ッ変お見苦しいことになりそうなもので！　少し、席を外していただければと！

アッヒャッヒャッヒャ！」

「……」

リナリスは心配そうにゼルジルガの手を取って、その目を静かに見た。

それ以上言葉をかけることなく、困ったように微笑む。

聡《さと》い少女だ。その金色の瞳を前に、拙い嘘などは全て見抜かれてしまう。

「では、行ってまいりますね」

「ええ。存分に、お楽しみください」

リナリスは、静かに先頭車両へと姿を消した。


ゼルジルガが残ったこの車両には、他に乗客はいない。

振り返らずに口を開く。

「——さて」

そして今、後方車両から踏み込んできた、新たな集団がいた。

私服姿の十数名の男達は、駒柱《こまばしら》のシンジの私兵であろう。

「……この私が気付いていないと思ったか？　地上最大の諜報の目。〝黒曜の瞳〟五陣前衛の……この、奈落《ならく》の巣網《すあみ》のゼルジルガが」

全員が武器を抜いている。乗客を装い汽車に乗り込めるよう、短刀か、あるいは小型の弩《いしゆみ》。

「名を名乗ったな、ゼルジルガ。大した覚悟だ。〝黒曜の瞳〟の他の虫どもにも見習わせておけ」

先頭の者が答えた。唇の片端を歪《ゆが》めるような、陰湿な笑みだった。

「その覚悟が本物であるかどうかも、じっくり証明の機会を与えてやる。喜べ。しばらくは生きていられるぞ」

「レヘムを拷問したのは貴様らか？」

「質問するのはこちらだ。もう一人の娘は何者だ？　どちらにせよ、あの体の細さでは二度か三度嬲《なぶ》る程度で死んでしまいそうなのが心配だな」

兵士達の何人かが含み笑いを漏らした。

「貴様らだな」

まるで他人が発するような、冷たい声を自覚している。

ゼルジルガはとうに理解している――何故これまで一度たりとも、このような平和な夜を過ごすことができなかったのか。彼女は、もはや闇の生き物だからだ。

商業区からこの駅に到達するまで、ゼルジルガは一瞬たりとも注意を怠っていなかった。

令嬢へと笑顔を向けながら、ずっと。

「全て知っているぞ。レヘムは情報を吐かなかったのだろう。愚劣極まる〝駒柱《こまばしら》〟が我々の拠点を掴むためには、別の者が表に現れ出るのを待つしか手段がなかったのだろう。度し難い愚か者め。誰一人として、吐きはしないとも。我々は〝黒曜の瞳〟だからだ」

「それが答えだな。ならば、まずは左腕から切り落と」

「もう一度言うぞ」

ブン、という音が鳴った。

二人の兵士の首がまとめて裂かれ、光を反射する何かに巻き込まれて宙空に吊られた。

ゼルジルガは彼らに視線すら向けてはいない。明らかな武器を構えてもいない。

夜の光の反射が、蜘蛛《くも》の巣網の如き線をかすかに浮かび上がらせているだけだ。

「――愚か者め。ゆらめく藍玉《あいぎょく》のハイネに鉄鎖術《てっさじゅつ》を与えた者の名を教えてやろう。この閉所で、糸の使い手に戦いを挑む愚かさを教えてやろう。そして」

兵士達が矢を放つ。

ゼルジルガが腕を水平に薙《な》ぎ払《はら》う方が早い。

射出寸前の弩は生き物の如く方向を操られて、隣の兵を撃った。

短刀で攻撃を仕掛けようとする者がいる。ゼルジルガは親指を小さく曲げた。

各所に掛けられた糸が弾性で弾かれ、奔《はし》り、軌道上の全員を瞬時に絞めた。

「うっ、ぐお」

「げっ」

「かはっ」

「何よりも。お嬢様の憩いの時間を、穢《けが》れた土足で踏み荒らした対価」

三度瞬きをするより早く、部隊全員が無力化されている。巣網と化したこの車両に敵が踏み込んだその時、とうに勝負は決していた。

「あ……が……ば、馬鹿、な……！」

ゼルジルガは、敵に視線を向けた。リナリスには決して見せぬ、氷の如き敵意の瞳を。

「――致死の苦痛を以て教えてやろう。全員だ。貴様らは余さず万死に値する」

蜘獣《タランチュラ》の巣より採取した縦糸は大鬼《オーガ》の剛力にも切れぬ強度を誇り、そして横糸であれば鳥竜《ワイバーン》の骨格ごと切断する鋭利な断面を持つ。

その軌道と速度を動的に操作するゼルジルガの技巧は、蜘獣《タランチュラ》にすら不可能な高等技術である。

「まずは甲状軟骨のくぼみへと糸を掛ける」

彼女は兵士達に食い込んだ糸の先端を、傘掛けの金具に掛けた。新たな糸を引き出している。

それは最初から戦闘ではなかった。ゼルジルガにとってのそれは、最初から苦痛と死を与えるための処刑に過ぎぬ。

「斜め下方に強く絞めつければ、気管を覆う軟骨が狭まって、地獄の窒息の苦しみとなる」

拘束された兵の横を歩きながら、それを宣告していく。

死へと至る苦しみと恐怖を、より克明に与えるために。

「舌根は内から引かれて喉奥に落ち、気道が完全に塞がっても頸動脈《けいどうみゃく》に血流が通ったままになる。脳が意識を保ったまま、最期の瞬間まで苦痛を味わい続けることになる」

兵士はまだ生きており、しかし全身を縛られ封じられたまま、断末魔の苦しみに叫ぶことすらできない。一人。また一人と絞めていく。まるで工場作業の如く、無感情に。

「う、う」

「助」

昆虫のように両脚がもがいて、眼球は飛び出さんばかりにギョロギョロと動き、痙攣《けいれん》して死んでいく。不気味なほどに同じ反応で、兵士が次々と死んでいく。

まるで人族《じんぞく》ではなく、そのような気味の悪い生き物であるかのようだった。

「……」

ゼルジルガは笑わない。死にゆく兵士を、一人一人、冷たく眺めているだけだ。

最後に残す一人も決めている。この部隊の指揮官は既に特定していた。

装備と陣形内の位置。攻撃を受けた兵が僅かに向けた視線。ゼルジルガにとって――他の〝黒曜の瞳〟の誰であろうとも、その情報だけで十分に過ぎる。

ただ一人生き残った指揮官の拘束を、辛《かろ》うじて声を発せる程度に緩める。

「貴様が指揮官だな」

「……わ、私を……どうする。意趣返しに、拷問でも……するつもりか……」

「違う。貴様に伝えてもらう」

リナリスとともに街に出たゼルジルガは、大きな荷袋を持っていた。

彼女はそれを開けて、その中身の目を合わせた。

指揮官は恐怖した。

「ひっ、ひい……え」

「『必ず報復する』」

レヘムの首であった。

――これからは簡単に持ち運べてしまいます。

「……覚えたか？　我々は〝黒曜の瞳〟だ。『必ず報復する』。駒柱《こまばしら》のシンジは、敢えて誰も行わぬ外道こそが優れた戦術だと信奉しているのだろう。ならば我らもそのようにする。貴様らの今の状態が天上の楽土に思えるほどの、苦痛の地獄へと叩き落として殺す。そのように伝えろ」

「う、うあ……ああ」

汽車は運河の上へと差し掛かっていた。もはや物言わぬ人形ばかりが無数に吊るされた車内で、ゼルジルガは走行中の汽車の扉を開いた。

「貴様らはこの汽車には乗らなかった。お嬢様の一夜の思い出に、貴様らの存在は一切不要だ」

糸を引く。開け放たれたままの扉から、バラバラと死骸が落ちていく。夜の運河の上からのおぞましい光景を見る者はいない。

指揮官は想像を遥かに超えた無慈悲さに震え、矜持《きょうじ》すら折れて屈服した。

「わ、わか、分かった……奈落《ならく》の巣網《すあみ》のゼルジルガ。伝える。シンジ参謀長には……私からも、今後〝黒曜の瞳〟からは手を引くように――」

「何を勘違いしている？」

次の瞬間、指揮官は闇の只中へ投げ出された。

汽車の走行音に恐怖の絶叫をかき消されながら、空中にある内にその四肢が全て切断された。頭と胴体が、意識あるまま運河の水中へと没した。

「貴様が伝えるのは、あの世のレヘムにだ」

その様を見届けて、扉を閉めた。車両に残されたのは、僅かに散った血痕のみになった。

後部客車で繰り広げられた惨劇を知る由もなく、汽車は走り続ける。

◆

「……ゼルジルガさま！　先頭の車両を、見せていただきました！　運転手さまがとてもご親切な方で……！」

「ああ！　そうですかそうですか！　それは良かった！　機械は楽しいものでしょう！　アッヒャヒャヒャ！　パギレシエやルックも、あの手のものが大好きでございまして！」

戻ってきたリナリスの話を聞いて、ゼルジルガはいつものように笑った。

嘘ではなく。彼女は、嘘のように笑っていたのではなかった。

レヘムが死んでしまった今、きっとこれがゼルジルガにとって最後の夜になるだろう。その覚悟をしていた。思い出をくれた令嬢に、心から感謝をしていた。

「ああ……もう、安心です。お嬢様。あなたに笑ってもらうことができて、よかった」

「……ゼルジルガさま」

リナリスを守ることはできた。だが、黒曜《こくよう》レハートは冷酷な男だ。彼の一人娘を無意味に危険に晒したという理由だけで、ゼルジルガは処分に値するだろう。

「いやあ……今更ですが、あまり褒められたことではありませんでしたね！　とても危険な時だというのに……統率のご令嬢を連れ出して、何をするかといえば夜の街で遊ぶだけとは！　お客様を傷つけかねない笑いなど、道化として一番やってはならないことでした。アッヒャヤッヒャ……」

「ねえ、ゼルジルガさま」

その笑いを遮って、小さく細い手がゼルジルガの手を取った。

宝石のような金色の瞳が、目の前にある。

「私、とてもいいことを知っているのです」

「これはこれは。お嬢様の美しさ以上に良いことが世にあったなど、まさかの新発見です！　一体何を？」

唇に指先を当てて、リナリスは微笑んだ。

「――秘密にしていれば、分かりはしません」

リナリスが、この危険を承知していなかったはずがなかった。

たとえそうだったとしても、この夜は、どれだけ彼女の心を救ったことだろう。

どれだけの時間が経《た》っても……汽車の中で見た美しい微笑みは、色褪《いろあ》せずにいる。

「今夜のことは……二人だけの、秘密に。私はずっと屋敷にいて、ゼルジルガさまもそうでした。何も起こってはいませんでした。そうでしょう？」

「アヒャ……ヒャヒャヒャ、申し訳ございません、笑いすぎて、涙が」

「……大丈夫です。これで、顔は見えませんよ」

リナリスがゼルジルガを抱きしめている。耳のすぐ傍らで、か弱く儚《はかな》い鼓動が聞こえている。

闇の住人が住まう夜は、血と陰謀に満ちた修羅の巷だ。それでも。

「お嬢様……ああもう。本当に、お見苦しい。いくら笑っていようと、私はこうなのです。ずっと昔は……戦いなんて、知らなかったのに。私はもう、他に生きる道がないもので……」

「存じております。私は……その道をお守りしたく思っています。ずっと……」

「……お嬢様は、そんなことは……」

「ねえ。笑っていてくださいませ。ゼルジルガさま」

広大な夜の只中を、汽車の光が過《よぎ》っていく。


その日から小四ヶ月後。駒柱《こまばしら》のシンジの消息は突如として途絶えた。

辣腕の〝客人《まろうど》〟として知られた軍師のその後は杳《よう》として知れない。

〝本物の魔王〟の死後、当時魔王が潜んでいたとされるサカオエ大橋街の只中で、糸で縛られ野晒《のざら》しにされた惨死体が発見されたが、その身元も不明である。

◆

六合上覧《りくごうじょうらん》を控えた黄都《こうと》。大通りに面した広場では、日々大道芸を披露する道化の砂人《ズメウ》がいる。

人類に対する脅威であった〝黒曜の瞳〟を裏切り、その壊滅を助けた立役者であるという。

無慈悲で、邪悪で、強大で、そして――普通に生きる人々には何一つ関わりのない、謎めいた諜報ギルド。駒柱《こまばしら》のシンジがそうしたように、〝本物の魔王〟の狂乱の時代に各国が実行した虐殺や味方殺しの多くは、〝黒曜の瞳〟の凶行であるとされている。

その恐ろしい〝黒曜の瞳〟を討ち果たしたゼルジルガには、英雄を名乗る資格があるのだと。

「さあさあ、ご覧ください！　水の泡が綺麗に並んで行進しますよ！」

まるで本物の大道芸人のように、ゼルジルガは広場で芸を披露している。

糸を介して人形を動かす。水の雫《しずく》を纏わせて、それで美しい幾何模様を編み上げる。観客の子供達から歓声が上がる。

ずっと昔に家族と一緒にサーカスの興行を見て、心の底から笑ったことを、今でも覚えている。

「素敵！　まるで生きてるみたい！」

「ねえゼルジルガ、次、次は!?」

「おやおやおや、慌てずとも時間は十分にございますよ！　次は空を走る車？　それとも二人の人形の決闘をご覧いただきましょうか!?　アッヒャヒャヒャヒャ！　この奈落《ならく》の巣網《すあみ》のゼルジルガ、絶技の披露に一切の出し惜しみはございません！」

彼女の芸に目を輝かせる子供達は、誰も想像していないだろう。〝黒曜の瞳〟のような得体の知れない生き物が、本当は、自分達と地続きの可能性であるかもしれないということを。

死の恐怖に晒され続けた者は、どれだけ笑顔を取り繕おうとも、決して表の世界で生きていくことはできなくなってしまうのだと。

一度そうなってしまった落伍《らくご》者を救おうと考える者は、誰一人いない。

ゼルジルガがそうであるように、同族の血の味を覚えた獣は、もはや別の生き物だ。

いつか再び同族を喰《く》い殺してしまうだろうから。

(……この世界にもう一度、戦乱をもたらす)

ゼルジルガは今、人々を笑わせることができる。その技が血に塗れ、殺戮《さつりく》を繰り返した果てに身につけた技だったとしても。

もしかしたら、誰一人殺さずに生きていくこともできるかもしれない。

けれど今の彼女は、故郷で暮らしていた頃の自分自身とは別の生き物になってしまった。あの日の笑顔をずっと忘れずにいるが、もはや戻ることはできなくなっている。

(私達が、誰にも捨てられることのない……そんな戦乱の世界にしか、もう辿り着けはしない)

〝黒曜の瞳〟には滅びの未来しか待ち受けていないのだろう。

――ならばゼルジルガにとっての希望は、たった一つしかない。

(お嬢様)

色とりどりの花火を糸で操って、道化は笑う。

子供の歓声が上がって、銅貨が宙を舞って投げ込まれていく。

どれだけの時間が経っても、色褪せずにいる。

(笑ってください。きっと……あなたのために、勝利を!)

六　黄都産業省

黄都《こうと》産業省中庭を囲む回廊は庭に面した壁が大きく開かれ、建物内にいながらにして陽光や緑を楽しむことのできる休憩施設を兼ねている。

しかし産業省の長を務める黄都《こうと》第四卿、円卓《えんたく》のケイテがそうした休憩施設の必要性を感じたことはない。彼が人前で無防備な休息を取った試しはなく、そうした時間の無駄を唾棄していた。

整った顔立ちだが、常に苛立っているかのような、酷薄な眼差《まなざ》しの男である。工業部門を統括する文官でありながら苛烈な武闘派としても知られる彼は、ロスクレイを除く黄都《こうと》二十九官の中で、最も万能の天才に近い官僚であろう。

本分である工業部門の知識は無論のこと、剣術、弓術、火器術、詞術《しじゅつ》などを全て高い水準で修め、〝本物の魔王〟の時代では部隊指揮官として戦功を挙げたことで、文官でありながら軍の一部すら動かすことのできる、特例的な権力さえも有していた。

生まれながらに英雄の資質を備えていることは誰の目にも疑いの余地はないが、円卓《えんたく》のケイテという個人を慕う者はひどく少ない。苛烈を超えて凶暴の域にすらある、その気質のためだ。

「第四卿！　お、お話を。お話をお聞きください！」

「……」

中庭回廊を歩くケイテは、背後から呼び止める声を先程から無視し続けていた。三度も呼びかけを無視していれば、さすがに彼がこの度し難い無礼に対し寛容な対応を取っていることを把握できるものと考えていたが、この者達にはそれを理解する能力がないと見える。

足を止め、振り向く。老人が一人、若者が二人。官僚付の書記であろう。

ケイテは開口一番に告げた。

「斬首だ」

「は……」

「何か、この俺に陳情したいことがあったのだろう。然るべき手続きを踏まずこの俺に無意味な時を費やさせる損失は、無論自覚しているのだろうな。それ相応の処分を受けても構わぬという覚悟があるというなら――先払いをさせてやってもいいと言っている。斬首だ」

三人の書記の様子を眺める。

理不尽極まる宣告を下され、体は震えているが、拳を握り込んでいる。

その滑稽な勇気に、ケイテはただ鼻を鳴らした。

「処分の日取りは追って通達する。貴様らの取るに足らぬ話などは、その申し開きの機会にようやく聞いてやろう」

無礼な陳情者の話に付き合うつもりなど、元より一切ない。そうした者は得てして、手続きを踏んでさえ、非合理的な論理しか捻《ひね》り出《だ》せぬ愚か者ばかりだ。

「……ま、待っ……お待ちください、第四卿！」

「失《う》せろ」

今の彼にはより重要な案件があり、そちらに力を傾ける必要がある。すなわち六合上覧《りくごうじょうらん》に。

だが前方の柱の影から、ふらりと現れた女がいた。

「おーい。やめとけケイテ。あんま苛《いじ》めてやんなよー？」

白髪交じりの髪を後ろでまとめた、中年の女だ――黄都《こうと》第二十一将、紫紺《しこん》の泡《あわ》のツツリという。

ケイテとは対照的に、武官でありながら自前の武力を殆《ほとん》ど持たぬ奇人であった。

「そうか。あの連中は」

ケイテは、この状況が意味するところを即座に理解する。

「貴様の差し金か。くだらん真似をするな」

「えー、だって可哀想《かわいそう》でしょ。そいつらナガンの出身なんだって。ほらナガンって、あんなことになっちゃったわけじゃない？　要は軸《じく》のキヤズナから謝罪も釈明もないのが不満ってわけ。聞くだけでも聞いてやんなよ」

「……ほう？」

口元に薄く笑いを浮かべて、ケイテは三人の男達へと向き直った。

「貴様らの素性は、おおよそ予想の通りだったが……どうやら俺は早合点《はやがてん》をしていたらしい」

笑っているのは口元だけだ。目には先程以上に酷薄な、侮蔑の色がある。

「よもや、この俺の想像以上にくだらん陳情であったとはな」

「くっ……く、くだらなくなど！　ナ、ナガンは我々の故郷です！　友や家族を失った者達もいます！　我々……我々には、悲憤のやり場がありません！　何故軸《じく》のキヤズナを処罰することなく、彼女を黄都《こうと》に迎え入れたのですか！」

辛うじて恐怖に竦《すく》んでいない一人が口答えをした。円卓《えんたく》のケイテを前にしてそのような勇気を振り絞れる者は希少と言ってよい。

ケイテにとっては、心底どうでもいいことだが。

「度し難い見当違いだ。その愚かさだけで貴様の一族は根絶やしに値するが、そうか、貴様にはその家族がいないか。フン」

「ケ、ケイテ様。俺……俺も彼と同じように」

「――黙れ。俺は最初に進み出たこの男にのみ話をしている。故に答えるのも今の問いのみだ。口を噤み、死ね」

ケイテは剣の柄へと手をかけている。脅しではなく、ここで首を刎《は》ねてもよいと考えている。愚かな民が多すぎる。愚かさを償えるのは死だけだ。

最初に進み出た若者も既に勇気を使い果たしたようで、発言の機会を与えても、それ以上の言葉を続けられないようであった。

「……まず、賠償を為《な》すべき主体の認識にそもそも誤りがある」

ケイテは苛立ちながら、誰もが理解しているであろう道理を告げた。

「迷宮機魔《ダンジョンゴーレム》の一件を償うべきはナガンの市民。貴様らの方だ」

「な、な……そんな」

「何か異論があるか？　軸《じく》のキヤズナが――貴様らの如き有象無象を住まわせるために、あのナガンを作り上げたとでも思っていたのか？　あれは人里離れた地に製作された、個人の巨大な財産だ。正式な破壊や調査の依頼を貴様ら全員が王国から受けていたならばともかく、それを勝手に迷宮と呼び、技術の盗掘を目論《もくろ》み、あまつさえ住居や学舎をぬけぬけと構えはじめたことはどのような理路で釈明する？　今すぐに言ってみろ」

「け、けれど……ナガン迷宮都市は、わ、私の生まれた頃から」

「ハ、理解しているではないか。貴様らは生まれながらの野盗の群れに過ぎんということだ。いや……？　その自覚を持たぬという点では、野盗よりも劣るな」

ケイテは、その若者に顔を近づけて言った。

「――だが喜べ。軸《じく》のキヤズナの魔王指定解除に際し、今しがた述べたような話は既に終わっている。貴様らナガンの民を不問に処すという形でな。この結果に不満があるのならば、すぐにでも再審議にかけて構わんぞ。貴様らの、罪状をだが」

「う……うう……ぐ、うう……」

「見苦しい。斬首の価値もない。失せるがいい」

その場に立ち尽くすナガンの民を後に、今度こそ執務室へと向かう。

歩調を早めて追いついてきたツツリが、その後ろから顔を出した。

「だーから、すぐ斬首とか磔《はりつけ》とか、脅かすのやめてあげなって。悪いとまでは言わないけどさ、そう極端なこと言ってると逆に真実味がないじゃん？　逆に」

「俺は常に本気だ。……貴様も貴様だぞ、ツツリ。そのようにして無為にうろつき回って他の官僚の執務を妨害することだけが貴様の得手か。働け」

「いやー、あたしにだって一応お仕事はあるんだぜ？　その時まで動けないからさぁー。ケイテ構ってよーん」

「……」

紫紺《しこん》の泡《あわ》のツツリは、静寂《せいじゃく》なるハルゲントや暮鐘《ぼしょう》のノフトクのような無能ではない。治めるべき民を愚民と呼んで憚らぬケイテだが、優秀な人材の動向までを無視しているわけではない。

「……貴様はロスクレイ派ではなかったな。その仕事とやらを指示しているのは誰だ？　何に備え、何を企んでいる？」

「へっへっへっへー」

六合上覧《りくごうじょうらん》。今後の世界を左右する政争の中にあって、ツツリほどの女がどの勢力にも与していないとは思えない。ナガン出身者を焚《た》きつけたのも、不用意な発言や約束を取りつけることで、そこをケイテ失脚の足がかりとする心積もりだったのかもしれない。

ツツリの場合、それが単純な嫌がらせである可能性も否定はできないが。

「答えるつもりがないなら、消えろ」

「……ま、そこまで言うなら別のところで暇潰そっかな。じゃね」

ツツリはふらりと去った。その後姿を見て、ケイテは舌打ちをした。

……旧王国主義者とオカフ自由都市という脅威が去り、長く続いた黄都《こうと》の戦争状態が終わったと言う者がいる。本質が見えていない者の考えだ。

(――ロスクレイやジェルキの差し金でなければ、この黄都《こうと》で奴を動かしている者は自《おの》ずと限られてくる。軍部を牛耳るハーディ。あるいは……元第五卿イリオルデが隠居したまま糸を引いているか。どちらにせよ、俺のやるべきことは変わらん)

世界唯一の王国、黄都《こうと》。平和な表層の内側では、とうに彼らの戦争は始まっている。

◆

ケイテは執務室の扉を開き、そして絶句した。

「……何だ。これは」

書架に綺麗に並べられていたはずの書物は、床に乱雑に散らばっていた。文字の普及が及んでいないこの世界にあって、貴族文字を用いて書かれた学術書は極めて希少な資料であったが。

さらには得体も知れぬ実験器具が壁を埋め尽くすように並び、明らかに酸や劇物といった薬品類が用いられた痕跡がある。上等な絨毯《じゅうたん》が飛沫《ひまつ》状に焼けて穴が空いている。

窓は大きく開け放たれており、得体の知れぬ導線を大量に野外から引き込んでいた。

火も焚かれていた。薬瓶を熱し、あるいは金属を加工するための火が、円卓《えんたく》のケイテの執務室内で堂々と焚かれているのだ。

「おう、遅かったじゃねえか」

しかもその惨状を作り出した者は、堂々と部屋の中央に座り込んでいる。

「やっぱ、星深瀝鋼《せいしんれきこう》の化学的加工はまだ無理だなァ。大体想像はついてたが……ほらケイテ。こっちの文献はガセだぜ。あの時代の技術水準でできたわけがねえ」

軸《じく》のキヤズナという。王国に一切恭順することなく魔族《まぞく》創造の研究に没頭し、ついにはナガン迷宮都市すら作り上げた、凶悪無比なる魔王自称者。

そして勇者候補、メステルエクシルの創造主でもある。

「……。おい」

ケイテは、すぐさま背後の扉を閉めた。

「──婆《ばあ》ちゃん！　文献は見せるだけだと言っただろう！　俺はこのような実験まで許した覚えはない！」

「今調べたことは今やらねえと忘れちまうだろうが。婆ちゃんってのもよしな」

キヤズナは既にケイテを見てはおらず、何らかの結晶構造を顕微鏡で観察している。

「アタシに血縁がいるなんて誤解されたらどうすンだい。お前は孫でもなんでもないし、ましてや『子供』でもねえだろうが」

「こういう……目立つ動きをされると、困るのはこの俺の方だ。メステルエクシルを連れて勝手に散歩するのも控えてくれ」

投げ捨てられた本を、とにかく本棚の所定位置へと戻す。

ひどく散乱した室内で、それはあまりに虚《むな》しい作業に思えた。

「今日はナガンの連中が苦情を告げに来たぞ。二十九官の中にだって、婆ちゃんを狙う動機のある輩は山程いるんだ。この俺が婆ちゃんのせいでどれだけ苦労したか想像したことないだろ」

「ケッ！　だからアタシが力を貸してやってるんじゃあないかい。資金の融通やら世論の調整やら、そういう……なんだ、細々としたこれまでの借りを、今回のでっかい一発で返してやろうってんだ。六合上覧《りくごうじょうらん》で他の派閥をブチのめして黄都《こうと》征服！　逆らう連中を全員叩き殺せば、お前も一生気楽に暮らせるってわけだ。悪くない話だろ？　エエッ？」

「婆ちゃんは俺が無限の権力を持っていると思ってるみたいだがな……そもそも俺の派閥は、ロスクレイやハーディの規模には全く及ばない。多数派の連中にこちらを潰す口実を与えてしまえば、そもそも物量で負けるぞ。何度も説明してるが、本格的な紛争が起こるよりも早く兵器の増産が絶対に必要なんだよ。メステルエクシルを遊ばせてる暇なんてないだろ……！」

「フン……メステルエクシルはテメェの道具じゃねェんだよ。鼻垂れのアホガキが、いっちょ前に政治屋みてェな言葉語るようになりやがって。十年以上もアタシに顔も見せねえで、黄都《こうと》でダラダラ育ったからそうなっちまったのかい？」

「言っておくが、俺が王国に行ったのはな……！　生身の人間《ミニア》が婆ちゃんについていったら、命がいくつあっても足りないからだ！」

第二将ロスクレイ、第二十七将ハーディに次ぐ、黄都《こうと》第三の勢力を率いる第四卿ケイテ。

だが、そんな彼の学問の師が、魔王自称者キヤズナその人であることを知る者は少ない。

突出した能力によって二十九官の席を得た彼は、メステルエクシルを擁立するより遥か前からキヤズナの活動を陰で支え、王国の討伐の手が彼女に伸びぬよう図らってきた。

キヤズナの無軌道な行動によって、ケイテが臓腑《ぞうふ》の冷える思いをしたことは一度や二度ではない。両者の関係を隠し通したままキヤズナの黄都《こうと》入りを通すことができたのは、一種の奇跡と言っても良かった。ケイテが微塵嵐《みじんあらし》の一件を利用しなければ、キヤズナに功績を作ることも難しかっただろう。

「ったく……だから結局、勝ちゃいいんだろうが。メステルエクシルがいるってのによ」

キヤズナは不貞腐《ふてくさ》れたように床に寝転がる。年甲斐《としがい》のない師だ。

(婆ちゃんの造ったメステルエクシルは無敵だ。そこに疑いの余地はない)

師の機嫌を損ねないために口にこそしないものの、ケイテは、六合上覧《りくごうじょうらん》の行く末に関しても一切楽観視していない。

(だが……もしもメステルエクシルが負けなかったとしても、俺達が六合上覧《りくごうじょうらん》を最後まで勝ち上がることは、恐らくない)

勇者候補の擁立自体は無意味ではない。オカフ自由都市がそうであるように……勇者候補を擁する陣営は暫定的な勇者である以上、勇者候補が敗退しない限りは、陣営の存続が保証されるということでもあるからだ。

だが軸《じく》のキヤズナの魔王指定解除という無理を通したことで、ケイテとキヤズナの繋がりは半ば公然のものとなった。六合上覧《りくごうじょうらん》が進み、メステルエクシルがロスクレイ派閥にとって邪魔な位置にまで勝ち上がったなら、その時こそあらゆる政治的な力を用いて、メステルエクシルは陣営ごと敗退させられることだろう。

(故に、俺が見据えるべき本当の戦争はその時点での衝突だ。前提として……数で圧倒的に勝るロスクレイを超える武力を保有しなければ、六合上覧《りくごうじょうらん》で勝つということにはならん)

この戦いでは、ある意味で円卓《えんたく》のケイテこそが誰よりも危険な立場に立たされている。

彼らの味方はごく少ない。ケイテ。キヤズナ。そして……

「おいおいおいおいおい……」

よく通る、とても低い声が響いた。鍵をかけたはずの扉が開いている。

「足の踏み場もねえや。随分散らかしてるねぇ……」

現れたのは、皮肉めいた笑みを浮かべた壮年の男だ。

黄都《こうと》第十五将、淵藪《えんそう》のハイゼスタという。この男が室内に侵入できたのは、鍵開けの技術の類があったためではない。

「……鍵をこじ開けるな。礼節の欠けた無頼は、この俺の陣営に不要だ」

「ンッフフフ。ちょいと出入りするだけでクビにされちゃたまんねえな」

彼の手元には、ディスプレイとジョイスティックを備えた機械がある。この世界の技術水準ではあり得ない器物であった。

「俺達の対戦相手……ゼルジルガのことだって調べてきたんだぜ。奴が他の誰かと連絡を取ってる様子はない……〝黒曜の瞳〟を裏切ったって触れ込みも本当なんじゃあないかね……」

偵察用ドローンと呼ばれる兵器の、コントローラーである。

小型かつ静音。何よりもこの世界の者に知られていない技術。仮にゼルジルガが〝黒曜の瞳〟の工作員だとしても、最初から想定不可能な監視手段を逃れて〝黒曜の瞳〟と接触することは不可能であっただろう。

「その程度のことが分かったからって何なんだタコガキ」

ケイテが口を開くよりも早く、キヤズナがハイゼスタを糾弾した。

「ガキの使いやってる暇あんなら、とっととゼルジルガなりエヌなりの飯に下剤仕込んでこねぇかい。トロアの魔剣を獲ってくんのだって、元々はテメェが指揮するって話だっただろうがよ」

「ンッフフフフフ。いいねぇ～、後先考えねえ策……ますます俺好みの女だ……」

「こいつ最悪だぜ」

キヤズナは、皺《しわ》だらけの顔をさらに嫌悪感で歪める。

「……くだらん言い合いは俺の視界に入らぬ場所でやれ。そもそも、おぞましきトロアは所詮敗退者だ。そこまで固執する理由もあるまい」

「ああ？　放《ほ》っといたら他の連中に利用されるだろうが。文句あンのかアタシの作戦に」

「婆ちゃんはメステルエクシルの玩具が欲しかっただけだろ……少なくとも黄都《こうと》側には、今更奴に手出しする輩はいないはずだ。おぞましきトロアとやり合う危険性は連中も分かりきってる。俺の部下を勝手にけしかけるのはやめろ」

――とはいえ、おぞましきトロアの魔剣強奪は完全な失策とも言えない。黄都《こうと》の潜在的脅威を排除したいロスクレイ陣営の目論見を思えば、これを確保することが交渉材料として有利に働いた可能性はある。いずれにせよ、ケイテ陣営とロスクレイ陣営が本格的に戦争に突入する前に、兵士に〝彼方《かなた》〟の武器を実戦状況で扱わせる機会は必要だっただろう。

「話を戻すぞ。第六試合の計画を立てる」

「フン、簡単だろ。ゼルジルガの奴を直接ブチ殺せば勝ちだ」

「だから短絡的な手はやめろ。ゼルジルガなどより、擁立者のエヌが問題だ。奴の部隊が城下劇庭園の測量を始めている。仕掛けるつもりでいるかもしれん」

「へえ……？　あそこは試合以外じゃ立入禁止って取り決めだろうに。どうやって測量なんざしているんだい？」

「劇庭園の内ではなく、劇庭園周辺の測量とのことだ。エヌの都市計画統括の権限を使われている――六合上覧《りくごうじょうらん》に伴う交通状況の改善という名目らしいが、周囲の建物との距離を測り、方角を仔細に記録している。試合直前になってそのような真似をするのは、何かの企みがあると自白しているようなものだろう」

「フン。試合場を狙撃でもするつもりか？」

キヤズナが呆《あき》れたように吐き捨てる。

「……その程度は開催前から想定されているに決まってるだろ。塔だろうと高台だろうと、劇庭園内まで射線が通る狙撃地点などない」

六合上覧《りくごうじょうらん》の試合は、対戦両者の戦闘に支障や要望がない限りは、城下劇庭園で行われるものと定められている。それは観客の収容人数や戦場の公平性を確保するためでもあるが、高い外壁で囲まれた城下劇庭園内は外部からの干渉が単純に困難であるという、不正防止の観点もある。

この城下劇庭園は勇者候補の派閥勢力に属さぬ劇庭園付の兵に守られており、擁立者が配下の者を立ち入らせる機会も、基本的には試合中に限られる。

「中だろうと外だろうと、敵さんが動いてる以上はこっちも黙って見てるわけにはいかないねえ。俺らの試合も……ンッフフフフ。問題の城下劇庭園だぁ。試合場だって、とっくに合意しちまってるんだろ？」

「黙っていろハイゼスタ。エヌが何かを仕掛ける心積もりだとして、結局は城下劇庭園の外から可能なことがあるかどうかが……」

ゼルジルガが元〝黒曜の瞳〟の工作員といえど、無敵のメステルエクシルを正面から打ち倒す能力はあり得ない。裏を返せば、ゼルジルガが第六試合を打ち勝つためには、必ず何らかの策を事前に講じてくるということになる。

「ブッ壊せばいいだろ」

軸《じく》のキヤズナは事もなげに言った。

「別に分かんなくてもよ。連中が何か仕掛けてンのは劇庭園なんだから、仕掛けごとブッ壊しちまえばいいんじゃねえか？」

「婆ちゃん！　またそういう……」

ケイテは反論を返そうとして、口を噤んだ。

「……いや、そうだな。今からでも変えさせてしまえばいい」

「なんだって？　今から？」

ハイゼスタが怪訝な顔で問い返した。第六試合まで、残り三日もない。

「こちらの最終的な勝利条件は、メステルエクシルによる兵器量産と、六合上覧《りくごうじょうらん》を利用した時間稼ぎだ。エヌ如きに余計な労力を割く必要はあるまい。俺が動くだけで済むなら、兵やドローンを動かすよりも遥かに効率よくやれる」

千里鏡《せんりきょう》のエヌは、黄都《こうと》二十九官きっての奇人である。この六合上覧《りくごうじょうらん》で何を目的としているのか、そもそも本気で勝利を目指しているのか、理解できている者は少ないだろう。

ロスクレイ陣営がゼルジルガとの試合を避けた理由もそこにある。ロスクレイは、〝黒曜の瞳〟と千里鏡《せんりきょう》のエヌの組み合わせという、不確定要素の複合を脅威視したのだ。

ならばケイテとエヌという、ロスクレイ陣営の懸念要素同士の対戦においては、多少強引な行動も許容されるはずである。漁夫の利を狙う者達にとっては、対処が必要な勢力が互いに潰し合うことこそが最良の展開なのだから。

「ヒヒッ、何か思いついたみたいだね」

「戦場も条件も、俺が定め直せばいい。エヌの思う通りの動きは何一つさせん」

「やれやれ、キヤズナに似て乱暴な野郎だ……ンッフフフフ……じゃあ俺は、エヌの動向でも探ってやりゃあいいのかね」

「そのようにでもしろ。あまりに放蕩《ほうとう》がすぎれば、俺が首を刎ねるより先に、婆ちゃんが貴様を魔《ま》族《ぞく》に変えるぞ。貴様もそれは望むところではなかろう」

「ンッフフフ……い～い女にならしても、俺は魔族《まぞく》にされても一向に構わないぜ……」

「ッたく、いちいち気持ち悪《わり》ィ奴だねえ～。わざわざ肉で魔族《まぞく》作るかっつうの」

キヤズナが欠伸《あくび》をした時、廊下の外から、ガシャリという重い金属音が響いた。

壁際に並んだ実験器具が振動で揺れてぶつかり合う。

「ケ、ケイテ！」

壊れた扉を潜って、巨大な、濃紺の装甲に覆われた機魔《ゴーレム》が現れる。円卓《えんたく》のケイテの、最大にして最強の切り札――窮知《きゅうち》の箱《はこ》のメステルエクシル。

「きょうのぶん、おわった！　あ、あ、あそんでいいんだよねえ！」

メステルエクシルが両手に抱えているのは、大量の自動小銃――ＡＫ47と呼ばれる〝彼方《かなた》〟の兵器である。

メステルエクシルの巨体が執務室をさらに踏み荒らす様を見せられ、ケイテはうんざりした顔になった。

「……少ないぞ。絶対に少ない。怠けているな、貴様」

「そ、そんなことないよ！　はははは！」

「テメエ、メステルエクシルの仕事ぶりに文句つけようってのか!?　あン!?」

「ンッフフフ……いやあ、賑《にぎ》やかでいいねえ」

「くそ、まったくどいつもこいつも……」

顔を押さえ、ため息をつく。
ただでさえ、これから気が滅入《めい》るような仕事が待ち受けているというのに。
「片付けなければな。俺の部屋を……」
彼らこそが、この黄都《こうと》の政争における第三の陣営である。
邪悪にして強大――そして制御困難。
円卓《えんたく》のケイテ。軸《じく》のキヤズナ。淵叢《えんそう》のハイゼスタ。窮知《きゅうち》の箱《はこ》のメステルエクシル。

七◇第六試合

六合上覧《りくごうじょうらん》にて死闘を繰り広げるのは、戦場に立つ勇者候補のみではない。彼らを勝利に導くための試合場や試合日程を始めとした諸条件の折衝は、擁立者によってはその政治生命を左右する重大案件となる。

そうした交渉を行うための調整室と呼ばれる会議施設が、六合上覧《りくごうじょうらん》の開催に伴って新設されていた。調整室は厳重な警備で守られており、擁立者同士が安全を確保された状態で、一対一の交渉を行うことができる。施設内には会議室に加え仮眠室等も設けられており、一つの交渉に丸一日以上の時間をかけることも想定されていた。

——第六試合前日。鮮やかな気球が空を彩り、昼の内から花火の音は止《や》むことがない。

「さて、ケイテ君。今になって試合条件を調整する必要はないと思うがね。市民は明日の試合を期待している。ならば、それをつつがなく行うことが我々の義務だろう」

「……期待？　フン。愚民どもの期待がなんだというのだ」

その調整室にて向かい合っている二者は、第六試合に臨む擁立者だ。窮知《きゅうち》の箱《はこ》のメステルエクシルを擁立する黄都《こうと》第四卿、円卓《えんたく》のケイテ。奈落《ならく》の巣網《すあみ》のゼルジルガを擁立する黄都《こうと》第十三卿、千里《せんり》鏡《きょう》のエヌ。

ケイテは尊大な佇まいで足を組み、一方でエヌもまた普段と変わらぬ無表情である。

「奴らは心持たぬ獣の群れと何一つ変わらん。恐れ、逃避し、そして新たな惨劇を心の底で渇望している。ああした馬鹿騒ぎとて、形を変えた恐怖の発散に過ぎん」

円卓《えんたく》のケイテには、自分以外の誰一人、その本質を理解していないように——あるいは見ようとしていないように思える。〝本物の魔王〟が死んでなお、多くの愚者が自ら破滅を求めている。

リチア新公国が焼かれた。黄都《こうと》もリチアも、他の解決手段を採ることができたはずだった。

辺境では、アリモ列村《れっそん》のような凄惨な虐殺が起こっている。〝教団〟に対して執拗《しつよう》な迫害を加える者が市民の中から現れ、旧王国主義者は微塵嵐《みじんあらし》に乗じてまで戦争を求めた。

第四試合では、衆人環視の状況にありながら、希望の象徴であるはずの絶対《ぜったい》なるロスクレイが無残な姿に成り果てた。他ならぬ黄都《こうと》の民がその光景を望んだのだ。

この世界は狂い続けている。

「勇者候補が殺し合う様を晒すことで、愚民どもの殺戮衝動の矛先を代理させている。——結局のところ、死と暴力の薪を焚《く》べ続けることこそが、この六合上覧《りくごうじょうらん》の目的だ」

「民の統制、という意味では興味深い話題かもしれないな。ある種本質を突いている」

エヌは小さく頷くだけだ。梟《ふくろう》のように見開かれた両目からは感情を読めぬ。

「……交渉の本題は？」

「第六試合の会場は変更されることになった」

「……なに？」

「聞こえなかったのなら、今一度伝えてやろう。第六試合は城下劇庭園ではなく、第一試合と同様、旧市街広場にて行う」

ケイテは、まるでそれが確定事項であるかのように告げた。

あまりにも一方的なケイテの通告を受けても、エヌに動揺の素振りはなかった。あくまで淡々と、冷静に答える。

「試合場については、大二ヶ月前の会談で合意している。私と、君との会談でだ。これは既に議会にも受理されているし、私達のどちらが試合場の変更を希望したところで、今更覆ることはあり得ない。それともこれは新しい冗談かな。ケイテ君」

「――冗談は貴様のその白々しい演技のほうだ。城下劇庭園測量の件、俺に知られずに済むとでも思っていたのか？」

「ふむ？　知られるも何も、あれは議会に都市測量の計画を提出し、予定通りに作業を進めているだけのことだ。二十九官としての正式な業務なのだから、むしろ知らない方が問題だろう」

「くだらん建前だな」

エヌの測量計画は、ギミナ市で発生した交通途絶を理由に、急遽《きゅうきょ》ねじ込まれたものだ。六合上《りくごうじょう》覧《らん》開催中、最も人の出入りが集中するであろう城下劇庭園周辺の交通効率化の一環として、測量と交通調査を執り行うのだと。

「なるほど、確かに受理はされているのだろうな。ならばその業務とやらの手間を省いてやろう。

城下劇庭園は……たった今、貴様の部下が測量を行っている。そうだな？」

ズン、という振動があった。

それは遠くからの小さな音だったが、この調整室の壁をも、長く低い振動で揺らした。

「……」

「さて、もう一度聞くが。貴様の部下は何をしていた？」

調整室に窓はない。しかし今、城下劇庭園の方角には細い黒煙がたなびいている。

爆発規模から推定して、少なくとも倉庫一つ分に等しい爆薬が引火したものと結論されることだろう。一人や二人の侵入者では到底持ち込めぬ物量の危険物であり、ケイテ陣営が捜査線上に上がることはない。

（――〝コンポジションC４〟）

この世界の技術水準で考える限り。

それは、遠隔起爆可能な〝彼方《かなた》〟の高性能プラスチック爆薬である。

「…………ケイテ君。自分が何をしたのか分かっているのか」

「違うな。貴様がだ。仮に今、劇庭園周辺で何らかの事故が起こったとして……調査業務を担っていながら異変を発見できず、あまつさえ犯人の証拠すら挙げられぬというなら、第一の容疑者は誰になるのか、分からぬ貴様ではあるまい」

第六試合開催まで、残り一日。

エヌの測量は疑わしいが、どのような不正を仕組んでいるかを掴む時間はなかった。

だが、多くの者の目から見て疑わしい立場の者がそこにいるなら、その不正そのものを作り出してしまえばいいだけの話だ。

「今回の事件の捜査に、最低でも三日。捜査状況を踏まえた劇庭園の警備体勢の更新に二日。さて、貴様が語った義務を試してやろう。試合をつつがなく行ってみろ？」

「……」

試合前日の試合場変更。その暴挙を通すことは、常識的には不可能である。

だが円卓《えんたく》のケイテは、暴君である。爆発事故に市民が巻き込まれる可能性を承知の上で、暴挙じみた策を通すことができた。むしろ多少の犠牲があるほど都合が良い。

群衆は所詮、六合上覧《りくごうじょうらん》という恐怖に誘導される獣に過ぎない。ならば別の恐怖を眼前に突きつけられれば、自ら試合場の変更を望むようになるだろう。

「さて？　たった今から、試合条件の調整を行う必要があるな。第六試合の開催予定を延期し、会場は旧市街広場に変更する。代案があるのならば言ってみるがいい。千里鏡《せんりきょう》のエヌ」

「……そうせざるを得ないようだ。勿論《もちろん》、この爆破事件の犯人も捜査してもらう。どこの何者の命によるものか、すぐに判明するだろう」

「フン。俺もそのように願うとしよう」

円卓《えんたく》のケイテは暴君だが、愚民が愚民であるが故にどのように行動するかを熟知している。

取り決めを遵守し、爆発事故の恐れがある劇庭園で試合を強行したとしても、民の反対の声まで押し切ることはできぬ。今や城下劇庭園での試合開催こそが、実現不可能の暴挙だ。千里鏡《せんりきょう》のエヌが城下劇庭園で何を企んでいたとしても、この一手で全てが台無しとなった。

そして策謀が意味を成さぬ直接戦闘である限り……窮知《きゅうち》の箱《はこ》のメステルエクシルは、真の意味で無敵の勇者候補である。

懸念点があるとすれば――

「エヌ。一つ聞くが」

部屋を後にする寸前、ケイテは立ち止まって尋ねた。

「貴様は〝黒曜の瞳〟を討伐したようだな。本当に抗血清の接種を受けていたのか？」

「当然だろう。君も私も、同じ時期に受けたはずだ」

「……」

そうだ。そこに疑いの余地はない。仮にゼルジルガが密《ひそ》かに〝黒曜の瞳〟との繋がりを維持していたとしても、擁立者のエヌまで操作されていることはあり得ない。

「……エヌ。貴様は……何故、六合上覧《りくごうじょうらん》に挑んでいる？」

「恐怖以外の方法で、民を統制する必要がある」

エヌは、淡々と、平坦《へいたん》なままの口調で答えた。

「君がそういう考えでいるなら、それは私も強く感じているところだ。君とは敵対することになるだろうが、その点だけは共感している」

ケイテは振り返ってエヌを見ることはなかったが、それはひどく不気味な言葉に聞こえた。

この男の目的は、果たしてどこにあるのか――

「知ったことではない。貴様はこの戦いで敗退するからだ」

◆

調整室での会合を終えたケイテは、道中でハイゼスタと合流した。

同じ二十九官でも、官僚然とした出で立《いた》ちのケイテと薄汚い髭面《ひげづら》のハイゼスタが並んで歩いている様は、ひどく異様な取り合わせに見えることだろう。

「爆破は上首尾」

高所から人の流れを観察しつつ、城下劇庭園付近の食品倉庫で高性能爆薬を遠隔起爆することが、淵叢《えんそう》のハイゼスタの役目であった。

「被害は軽傷者三名ってところか。それなりに被害は出しつつ、殺すほどでもなく……ンッフフフフフ。一人はいーい年の女だったがね……お見舞いに花でも送ってやるか。ンッフフ……」

「余計な真似をするな。首を切り落とすぞ」

「冗談だ。今度ばかりは証拠を残しちゃマズい作戦なのは分かってるさ……しかし、例のドローンとやら、使わないで良かったのかい？　ようやく上手く動かせるようになってきたんだがね……」

「偵察ドローンの優位性は、ディスプレイを介した即時性のある画像受信程度のものだ。あれを動かすには毎回発電をして充電する必要があるし、誰かがついて操作し続けなければならん。自在に動くというだけの機械なら、軸《じく》のキヤズナの機魔《ゴーレム》の方が余程優れている」

「へえ〜。そりゃ大したもんだ」

周囲で調査活動中のエヌの兵の目を欺いて爆破事件を起こした仕掛けは、極めて単純だ。キヤズナの小型飛行機魔《ゴーレム》で監視網を空中から潜《くぐ》り抜《ぬ》け、高性能爆薬を切り離して投下する。

将来的には、この爆撃戦術で人的損失なしに敵軍を制圧することも可能になるだろう。

「ともかく、安心してほしいね。エヌの奴に言い逃れの余地は与えてないさ……。奴の部下だけじゃなく、市民にもしっかり目撃させるかたちで爆破してる。ンッフフフ……容疑を晴らすだけでも相当な手間がかかるぜ、これは……」

「だといいがな」

ケイテはエヌを蹴落としたいわけでも、その目的を阻みたいわけでもない。

いずれロスクレイ陣営と対決する日を迎えるために、目障りな障害を一時的にでも排除しておきたかっただけだ。

「あんたの方の仕事はどうなったんだい？」

「エヌの言質は取った。擁立者の俺自身を狙ってくる可能性も想定していたが……フン。そちらはどうやら、肩透かしだったな」

ケイテは、衣服に仕込んだ小型の機械を取り出す。〝彼方《かなた》〟の兵器ではない。軸《じく》のキヤズナが生成した、感知特化の機魔《ゴーレム》だ。施設内にケイテとエヌ以外の何者かの侵入があれば、ソナー機構によってそれを検知し、次の行動に移れるように備えていた。

「そこまで怖がる必要があるかねェ。調整室に忍び込める暗殺者なんざいないだろうに」

「無能め。黄都《こうと》の兵が厳重に警備を固め、部外者の立ち入りを防いでいるということは……黄都《こうと》の兵を欺ける技量の者なら、一方的に攻撃を仕掛けられるということだ。仮にエヌが〝黒曜の瞳〟と手を結んでいるなら、あの場が一番の好機だった。その程度のことも理解できんのか？」

調整室は、交渉のために設けられた安全地帯であるとされている。だがこの六合上覧《りくごうじょうらん》に関わる限り、真の安全地帯などどこにも存在しない。それはこの戦いの大前提だ。

「……だが、それでも敵さんは襲ってこなかった……と。そうなるとさすがに、ゼルジルガは潔白と見ていいんじゃあないかね……。企んでいるとすりゃ、エヌの方かい」

「あれが何を考えているのか、分かったものではないがな。昔から不気味な男だった」

そもそも――と、思う。

都市計画部門統括であるはずのエヌが、何故〝黒曜の瞳〟の残党討伐に名乗りをあげたのだろうか。黄都《こうと》が成立し区画再編が行われはじめた時期、エヌは都市防疫計画の一環として医療部門と連携したことがある。その繋がりで、いつの間にか血鬼《ヴァンパイア》駆除の担当者に収まっていたのだという。

エヌも、文官でありながら練度の高い野戦工作部隊を保有していた。まるで六合上覧《りくごうじょうらん》が開催されるよりも前から、〝黒曜の瞳〟の討伐を狙っていたかのような――

「……ハ」

ケイテは自嘲した。

（不気味な男だから？　何だというのだ？）

結局、ハイゼスタの意見の方が正しいのだ。わざわざ深読みをして恐れる必要はない。

予定通りに城下劇庭園で試合をしても、メステルエクシルは順当に勝利したはずだ。エヌの持ち得る手段に、メステルエクシルの不死身を超える手立てなどないのだから。

少なくともキヤズナやハイゼスタは、ずっとそのように主張している。ケイテは見えない敵と無意味に戦い、消耗しているだけなのかもしれない。

（だが万が一はある。どんな時にも）

あのロスクレイはゼルジルガとの対戦を避けた。何かがあると、黄都《こうと》最強の男も、それを直感していたのだとしたなら。取るに足らぬ第一回戦の相手こそ、最も放置のできない存在なのだと――

ケイテの本能が囁《ささや》いているように思えてならない。

（……俺の知らぬ何かが、動いているとしたら）

◆

夜。湖畔の邸宅の一室で、帰還した工作員が報告を行っている。

「試合場が変更されます」

〝黒曜の瞳〟七陣後衛、変動《へんどう》のヴィーゼの骨格は生まれながらに歪んでいた。四足で這《は》うような動きでしか歩むことができないが、隙間や高所に潜み、偵察を行う能力に極めて秀でている。

「第六試合は日程を二日遅らせ、旧市街広場で開催されることになりました。明日の朝には議会から公式に発表されるでしょう」

「……わかりました」

一方で、報告を受ける令嬢は外見の全てが完璧に整っている。瑞々しく白い肌と、細身ながら滑らかな曲線を描く体。〝黒曜の眸〟を統べる少女は、名をリナリスという。

「この後の動きを考えましょう。少しの間、考えの整理にご協力いただけますか、ヴィーゼさま」

「勿論です」

円卓《えんたく》のケイテの気性を考えれば、エヌの測量計画にはどこかで横槍《よこやり》が入るだろうと予想できていた。そもそも測量計画が円滑に受理された流れにも、こうした対立を煽《あお》る黄都《こうと》主流派の意図があったことは想像に難くない。

しかし敵の動きは想像以上に強引で、かつ破壊的だった。まさか自ら爆破騒ぎを引き起こすことで、城下劇庭園そのものを使用不可能にするとは。

「黄都《こうと》の方々は、爆破事件の犯人を特定できるでしょうか？」

「いいえ。捜査情報を盗みましたが、爆発の原因は単純な火薬や油ではあり得ないようです。同様に、その燃焼物を仕掛けた手段も不明。あの規模の爆発を引き起こしている以上、我々の知らぬ、極めて高性能の爆薬であるとしか考えられませんが……」

「……現代の科学で解明できていない物質である以上、その存在を前提とした捜査ができない。そういうことですね」

「少なくとも、試合開始までに円卓《えんたく》のケイテが尻尾を掴まれることはないと考えます。試合場の変更だけならばともかく……劇庭園が使えなくなるのは、予想外の事態です」

策を講じる必要があるが、リナリスが動かせる手数は多くはない。〝黒曜の瞳〟の兵は精強ではあるが、所詮は十名にも満たぬ集団に過ぎず、各組織の内に潜ませた従鬼《コープス》を組織的に動かすのも、時期尚早の策であるといえる。

リナリスは、細い指を自らの唇に当てた。

「……劇庭園の安全を示すことは可能でしょう。ケイテさまの兵を支配し、爆破事件の犯人として出頭させせます。犯人が捕らえられ、犯行の目的が明らかになりさえすれば、混乱が収まるのもきっと早くなるでしょうから」

「なるほど。敵が不正を作り出したのと同じように、こちらは真犯人を作り出すことができる。確かに、意趣返しとしてはこれ以上ない手です」

「ふふふ。そんなつもりではございませんけれど」

リナリスは、困ったように笑った。

「少なくとも、メステルエクシルさまには公衆の面前で、試合というかたちで戦っていただく必要がございます。懸念はむしろケイテさま以外の陣営……第六試合より早くロスクレイさまやジギタ・ゾギさまにケイテさまを落とされてしまえば、私達は大きな好機を失ってしまいますから」

「……二日間の延期。それまでに余計な動きがなければよいのですが」

「まずはゼルジルガさまと連絡を取り、他の陣営の介入に備えましょう。この戦いで誰よりも命を削らねばならないのは、ゼルジルガさまです」

——奈落《ならく》の巣網《すあみ》のゼルジルガは日夜大道芸に繰り出しており、組織との繋がりは一切ないかのように見える。意識の外からの、ドローンを用いた監視ですら、ゼルジルガの怪しい動きを捉えることはできなかった。

それでも地上最大の諜報ギルド〝黒曜の瞳〟である限り、彼女らには常に連絡手段がある。披露する芸の組み合わせ。取り出す風船の色の順。紙吹雪の僅かな形状の差異。ゼルジルガは、大道芸そのものによって暗号を送り続けている――衆目の中、公然と。見えていても見せることのない、意識を自由自在に操る術こそが、奈落《ならく》の巣網《すあみ》のゼルジルガの道化としての力であった。

〝黒曜の瞳〟との繋がりを保ちながら、勇者候補として表で動く。それはゼルジルガ以外にはできなかったことだ。

「ゼルジルガは……あのメステルエクシルに勝てるでしょうか？」

「必ずしも、勝つ必要はございません。生き残ることさえできるのなら」

リナリスは微笑んだ。

彼女がゼルジルガを六合上覧《りくごうじょうらん》に出場させている理由は、決してゼルジルガを勝ち上がらせるためではない。〝黒曜の瞳〟がただ勝つだけであれば、擁立者を一人ずつ暗殺して、不戦敗に持ち込むことが最善手であろう。

「ありがとう存じます、ヴィーゼさま。任務に動いて構いません」

「はい。失礼いたします、お嬢様」

ヴィーゼは居間を後にする。

「……」

今回の爆破事件は想定外の事件だったが、許容範囲だ。〝黒曜の瞳〟は何も変わらず、迅速に令嬢の意思を遂行するだろう。第六試合は開催される。

（あと数日で……ゼルジルガさまが戦ってしまう。あのメステルエクシルさまと、命を賭して）

その現実を自覚するたび、背筋が凍えるような恐怖を感じる。

ゼルジルガが死ぬかもしれないということ。

他でもない自分がその作戦を指揮しているということ。

――判断を下さなければならなかった。ゼルジルガの命を賭けて、六合上覧《りくごうじょうらん》に挑むか。何一つ動かぬまま、いずれ全員が時代の亡霊として死んでいくのか。

（……大丈夫。お父さまのようにできる。冷徹に、全てを駒として動かした時……最善の方法は、いつだって分かっている……いつだって）

口元を押さえる。誰も見ていない。ヴィーゼは去って、広い居間にはリナリス一人だ。

（一人の犠牲も出すことなく、誰にも正体を暴かれることなく……お父さまの目指した、戦乱の時代を。私は……私のような娘は、せめてそれを成し遂げなければ）

リナリスには秀でた策謀の才があったが、それ故に、策謀の力の不確かさを知っている。

城下劇庭園の爆破が予期できなかったように、リナリスの予想外の事態はきっと起こる。その不確かな土台の上に、家族のように愛するゼルジルガの命を賭けているのだ。

（――皆が、これをしていた。お父さまも。その前の統率も。……私にだって、きっと）

◆

第六試合は、開催直前に大きな変更を余儀なくされた。

爆破事件が発生した城下劇庭園ではなく、第一試合が行われた旧市街広場において、窮知《きゅうち》の箱《はこ》のメステルエクシル及び奈落《ならく》の巣網《すあみ》のゼルジルガの試合が行われる。

観戦席の仲介を担う商店への補償は莫大《ばくだい》な額であったが、黄都《こうと》第三卿、速《はや》き墨《すみ》ジェルキは凄《すさ》まじい手際で各所への指示と采配を行い、このような事態までも予測された状況の一つに過ぎなかったことを証明してみせた。

メステルエクシルの擁立者、円卓《えんたく》のケイテは、擁立者用の観戦席から会場の様子を睨んでいる。その隣の席には、軸《じく》のキヤズナもいた。

「……条件は良いとは言えんな」

青空には極彩色の気球が浮かび、紙吹雪が舞っている。浮かれた市民達の光景。

「急な会場変更で、もう少しばかり客席は減ると踏んでいたが……これではメステルエクシルの真価が発揮できないだろう。ガスやロケット弾では市民どもを巻き込みかねんからな」

勇者候補である限りは大前提として、人族《じんぞく》の味方であることを証明し続ける必要がある。

ケイテ個人は黄都《こうと》の民の十人や千人程度は巻き込んで爆殺しても構わぬと考えているが、それによって魔王自称者認定を受け、他の勇者候補全ての討伐対象になることは避けたい。

「馬鹿かいお前は。最初からンな真似する必要ねェだろ。ゼルジルガ程度の奴が相手なら、頭を少し小突けば終わりだ。脳みそが飛び散るぜ！　ヒッヒヒヒ！」

「ゼルジルガに何かを仕掛ける猶予を与えたくはない。試合開始と同時に、初撃で確実に絶命させるのが最良だ」

「余裕だそんなもん」

キヤズナは売店で購入した餅菓子を齧《かじ》っていた。黄都《こうと》の生活を満喫しすぎている。

「柳《やなぎ》の剣《つるぎ》のソウジロウは、ガトリングガンに等しいオゾネズマの飛刀を剣一本で凌いだそうだ。戒《かい》心《しん》のクウロの一件もある。開始直後の射殺は確実とは言えんぞ、婆ちゃん」

「だ～から余裕だッつってんだ。その程度、想定してないとでも思ってんのか」

試合場に立つメステルエクシルの両肩には、薄い箱状の装置が二つ並んで据えつけられていた。

〝ＬＲＡＤ２０００Ｘ〟。前方標的を選択的に制圧する、指向性音響兵器だ。音には射線も予備動作もねえし、盾で防御もできないだろ。そのまま食らっても聴覚くらいはなくなる代物だが――メステルエクシルのやつはそんな程度の性能じゃねえ。一瞬で意識がブッ飛ぶぜ。開始と同時にこいつをブチ込む。終わりだ」

「……本当か？　何でもありだな。〝彼方《かなた》〟は」

軸《じく》のキヤズナは何もかも大雑把なように見えて、同時に油断がない。

長い人生の大半を戦いの渦中で過ごしてきた魔王自称者は、必然的に比類なき戦巧者となる。

「さァて。ゼルジルガの奴が怖気《おじけ》づいて逃げたら笑えるんだがね」

キヤズナがそう呟いた時、試合場の反対側に、砂人《ズメウ》が現れる。奈落《ならく》の巣網《すあみ》のゼルジルガだ。大道芸の際に使っていた、全長50cm程の鳥人形——モーフを抱えていた。

「いやいやいや！　お客様が愉快そうで結構なことでございます！　しかし、もっと笑顔になれますよ！　本日はこの私の絶技、ぜひともご覧あれ！」

彼女への歓声は、子供の声が最も多い。

「ゼルジルガーッ！」

「ゼルジルガが来た！」

「どうも、どうも！　モーフくんも皆様に会えて大変喜んでおります！」

観客に手を振り、風船を取り出してみせてはくるくると回す。命を賭した真業《しんごう》の試合の直前であっても芸を欠かさないのは、道化の矜持だろうか。

「……どう見る。婆ちゃん」

「ああ？」

「人形を操って戦う者など聞いたことがない」

「まあ武器だろうな。中までカラッポってことは絶対ないだろ。どっちにしろ、メステルエクシルのX線センサには中に詰まってるモンがバッチリ見えてるんだ。偽装する意味なんざ全然ねえよ」

六合上覧《りくごうじょうらん》は一対一の真業《しんごう》である。おぞましきトロアの魔剣やメステルエクシルの音響兵器がそうであるように、その者が自らの力で持ち運べる武器であるなら、持ち込みや使用に関する禁止事項はない。それが銃火器であろうと人形であろうと。

「ゼ、ゼルジルガ！」

メステルエクシルが叫んだ。入場したゼルジルガに駆け寄らんばかりである。

「ま、また、てじな、みせてくれるの！」

「ええ！　とびきりの芸をお見せしますよ！　なのでメステルエクシルは少々お手柔らかに……なんなら負けてくれちゃったりしませんかね？」

「はははははは！　ぼくは、かあさんのために、かつんだ！　てかげん、しないぞ！」

「それは良いことです。勝利を捧《ささ》げたい相手がいるというのは」

ゼルジルガは目を細めた。


第六試合。窮知《きゅうち》の箱《はこ》のメステルエクシル、対、奈落《ならく》の巣網《すあみ》のゼルジルガ。


「両者、静粛に」

向かい合わせに立った両者の間に、大柄な女が進み出た。

黄都《こうと》第二十六卿、囁《ささや》かれしミーカ。鉄のような厳格な印象の女である。

「候補者は試合に無関係な見世物の類を行わぬよう。ゼルジルガ、良いか」

「……オホン！　これは……あー、失礼いたしました」

「そちらの候補者も、よろしいですか」

「はははははは！　よ、よろしい！」

「――この試合も、これまでの試合と同様。真業《しんごう》の取り決めを定めます。片方が、倒れ起き上がらぬこと。片方が、自らの口にて敗北を認めること。その二つによって勝敗を決する！　その他の事柄に関してはこの囁《ささや》かれしミーカが、自らの名誉に懸け、厳正に判定します。各々、この条件に合意するか！」

「アッヒャヒャヒャヒャ！　……無論！　このゼルジルガ、正々堂々と！」

「ぼ、ぼく、ぼくは！　はははは！　さいきょうだ！」

「メステルエクシル、合意と見做《みな》す！　楽隊の砲火とともに、はじめ！」

ミーカは試合場に背を向け、石段の上の審判席へと下がる。

楽隊の銃声とともに、全てが始まる――見守る全員が集中した、その寸前。

「はは――」

メステルエクシルは想定外の動きをした。後方を振り向き、空に発砲した。

試合開始の合図よりも早く動いたように見えた。

「何を」

ケイテは、メステルエクシルがたった今何を撃ったのかを見た――気球だ。異常に高度が低下した気球が、ケイテの頭上にあった。

楽隊の銃声が鳴る。試合開始。ゼルジルガが動く。

（まずい。メステルエクシルは）

銃撃された気球が引火して、爆発した。

(……婆ちゃんの危険に真っ先に反応する！)

気球の中から白い煙が客席に降り注いだ。開始と同時にゼルジルガがばら撒《ま》いた煙花火の煙幕も合わさって、観客達の視界が閉ざされる。

「うわっ」

「何これ！」

「爆発!?」

やはりケイテの危機感は正しかった。先手を撃たれた。

「……くそっ！　婆ちゃん！　大丈夫か！」

試合開始に先んじたメステルエクシルの攻撃に、幸い反則は取られていない。

必殺の攻撃を仕掛けるはずだったというのに、気球の撃墜にその一手を使わせられた。

「大した小細工じゃねえよ！　メステルエクシル！　関係ねェ撃ち殺せ！」

「はははははははは！」

金属の悲鳴のような銃撃音が鳴り響いた。可視光を阻害する煙幕も、メステルエクシルのセンサー類に対しては無意味だ。ガトリングガンの弾痕が旧市街の無人廃墟を穿《うが》ち、半壊させていく。

しかし煙の中にゼルジルガの姿はなく――代わりに、ゼルジルガの操る人形だけが飛び出した。

単なる人形ではあり得ない、超高速の突進。メステルエクシルはそれを腕で防いだ。

防がれてなお、それは弾かれることなく回転を続け、高音とともに火花を散らし続けた。銃弾を遥かに凌駕《りょうが》する速度と威力であった。

「……モーフくん！」

◆

気球墜落騒ぎと煙幕で観客達の目を欺いたゼルジルガは、旧市街広場に隣接する無人廃墟に身を潜めている。ここまでは予定通りの動きだ。

旧市街広場周辺は、六合上覧《りくごうじょうらん》の試合場に用いるべく周辺住民の立ち退きが行われていた。第一試合のトロアとサイアノプがそうであったように、戦闘中にそうした建物内に突入することもあり得る――とはいえ、それはあくまで試合場の定義の穴を突いた例外的裁定に過ぎない。

鏡を用いた仕掛けで、遠くのメステルエクシルの姿を捉える。

（……まずは、初撃）

常軌を逸した出力で飛行を続ける機魔《ゴーレム》の人形を、遠く離れたゼルジルガは指先の糸で制御している。モーフ人形が詞術《しじゅつ》を詠唱した。

「【――閉じる黄昏。抉れ《saknamop lastarmokg》】」

「【器を鋼玉の棘で満たし地平面の結び目から根と茎と葉と分かち世塵は黄金の《amteneaor sharbardhor nes tortsind gert zept merticst》】」

詠唱に後から追いつき、メステルエクシルが右腕を散弾銃へと再構築した。人形は眩《まばゆ》い熱光線を照射し、その右腕と胸部を半ば溶断しながらすれ違っている。胸部装甲が高熱によって溶け、メステルエクシルは高速飛行する人形を一度見失った。熱による知覚系のエラー。

──人形の正体を、レシプト改二という。突撃穿孔《せんこう》のみの機能に特化した、特攻用機魔《ゴーレム》。

〝黒曜の瞳〟は、墜落事故を起こした気球内部にこの機魔《ゴーレム》を潜ませていた。ゼルジルガが最初に持ち込んでいた人形も、すり替えによって奇襲を行うための布石である。

（棺《ひつぎ》の布告《ふこく》のミルージィの切り札。メステルエクシルと比べてはまったく、笑ってしまうくらい性能は低いでしょうが）

それでも、レシプトとネメルヘルガがそうであったように……機能の一部分に限れば、メステルエクシルの能力に比肩し得る。レシプト改二は、さらにその単一機能特化型。

ゼルジルガは、蜘獣《タランチュラ》の糸を介してレシプト改二の高速機動を方向制御し続けなければならない。レシプト改二自身はその機能を持ち合わせていないためだ。

「く、ふ……これは、また、随分と骨が、折れる……！」

凄まじい速度で暴れる糸の先端を、床に打ち込んだ杭《くい》に掛けて力を分散し、指で、時には足や歯をも使って同時に複雑制御を行う。糸を引こうとするたび、凄まじい加速度と負荷が指にかかり、ゼルジルガの指から血が滲《にじ》む。指の骨が軋《きし》み、折れる寸前まで撓《たわ》む。

閃光《せんこう》じみた速度でレシプト改二は試合場を半周し、メステルエクシルの背後へと回っていた。

一方でメステルエクシルは、試合場中央で動いていない。

「モ、モーフくんじゃない！　なんだろう？」

だが、全身に無数の銃口を生成した。

（……まずい！）

指にかけていた糸を、すぐさま手放す。高速飛行するレシプト改二に、正確な偏差射撃が三度命中した。被弾がそれだけに留まったのは、ゼルジルガが一部の糸を手放し、その飛行機動を不規則に変化させたためだ。

銃撃で軌道を乱されたレシプト改二は、瓦礫《がれき》の中に墜落して停止する。

（あの速度にすぐさま対応して……撃ち落とせるとは！）

レシプト改二の本体は、前面の傾斜装甲に守られ、致命的な機能不全には至っていない。しかし機関部に僅かな歪みがある。糸を通してそれが分かる。

「おいメステルエクシル！　そのガラクタは時間稼ぎだ！　ゼルジルガを探して殺せ！」

観客席からキヤズナが大声で指示を出している。

ゼルジルガはその機を逃さず、レシプト改二に繋がる糸を引いた。

「わ、わ、わかった！　かあさ……」

（再突撃）

瓦礫の山から機魔《ゴーレム》が猛然と飛び出す。推進は止まっていない。

狙いはメステルエクシルではない。方向制御のされていないレシプト改二は瞬時に加速し、住宅廃墟の二階部分を貫通した。瓦礫の雨が降り注ぎ、メステルエクシルの次なる行動を妨害する。

（残り五本。いや六本。……初撃を制御するだけで、蜘獣《タランチュラ》の制御糸がこれだけ千切れてしまうとは。恐らく特攻を仕掛けられるのはあと一度。いやはや、まったく……）

タン、と軽い音が響いた。

左上腕の痛み。

「……ッ！」

矢が突き刺さっている。

いつの間に近づけてしまったのか。気配すらなかった。

ゼルジルガの背後には……鳥の骨組みのような無数の機械が、音もなく浮遊している。

「機魔《ゴーレム》……！」

自律駆動し、飛行し、そしてメステルエクシル自身が動かずとも索敵を担う。メステルエクシルはレシプト改二を迎撃しながら、同時にこの機魔《ゴーレム》の群体を生産していた。

微塵嵐《みじんあらし》との戦闘から得られた情報で、その無限の能力の一端を知っていたはずだ。

機魔《ゴーレム》をも作り出す、機魔《ゴーレム》。

「アッヒヒャ……こんなもの、知っていたところで、どうやって」

機魔《ゴーレム》の群れが一斉に矢を放った。ゼルジルガの糸は機魔《ゴーレム》の大半を射出寸前に絡め取り、瓦礫を巻き込んで攻撃を逸《そ》らし、致命的な嵐をやり過ごした。

串刺しになる。左膝。腰部。腹部。左爪先。

致命傷は——そして道化の芸を操る両腕だけは、避けなければ。

攻撃はこれで終わりではない。索敵用の機魔《ゴーレム》がこの潜伏地点を見つけたということは。

（……来る！）

無事な右脚を使って、窓からすぐさま跳躍する。爆発。

骨まで破砕しそうな衝撃波と爆風に押し流されるように、ゼルジルガは試合場へと転がり出た。

寸前までゼルジルガが隠れていた廃墟は、その体積の半分以上が消失していた。

「――〝SMAW ロケットランチャー〟」

メステルエクシルは呟くと、腰部から展開していた砲身を再構成によって畳んだ。

負傷が深い。続く攻撃に対処しなければならない。

どうやって。何に。

メステルエクシルの単眼が、ゼルジルガを照準した。その背中には、箱状の装置が。

「ア……ッ、ヒャ、これは……お久しぶ」

見えない巨大な何かが、ゼルジルガの体を叩いた。

空気そのものが彼女を押し潰したようだった。知覚の許容範囲を超えていたために、それが音だと認識することもできなかった。

――指向性音響兵器。

「〝LRAD 2000X〟」

ゼルジルガは意識を喪失した。

◆

「フン。勝ったな」

ケイテの隣に座るキヤズナは、むしろ不機嫌そうに言った。

そういう時の彼女は、自分の息子が僅かでも何かに傷つけられた事実が許せないのだと、弟子であるケイテには理解できる。

円卓《えんたく》のケイテも同じように怒りを抱いているからだ。

「……気球の一件は明らかに意図的な事故だ。試合場に仕掛けがないことは徹底させていたが……空は俺にとっても死角だった。想定しておくべきだった」

正しく危機を直感していながら、それに相応しい備えができていなかった。

メステルエクシルは当然のように勝利したが、ケイテ自身は負けていたとすら言っていい。

「ンなもん、どっちにしろ大した問題じゃなかっただろ」

「メステルエクシルが半自動的に迎撃するロジックまで織り込まれていたのだ。だから爆発物などではなく、空気より重い煙幕を充満させていた。機魔《ゴーレム》の人形にしたところで、まさかエヌの伝手《つて》であの完成度の機魔《ゴーレム》を用意できるとは……」

「いいや。ありゃ、ミルージィの機魔《ゴーレム》だね」

「……なんだと？」

キヤズナはやはり片頬杖《ほおづえ》を突いたまま、戦場を眺めている。それとも、警戒しているのか。

――棺《ひつぎ》の布告《ふこく》のミルージィ。この世界における蒸気機関の開発者。〝本物の魔王〟の時代後期に認定、行方不明となっている魔王自称者である。特に機魔《ゴーレム》の完成度においては、軸《じく》のキヤズナにも匹敵すると称された男だ。

「機魔《ゴーレム》の造りには、作った奴の個性が出る。あの人形をミルージィが作ったのは間違いねえが……ミルージィなら、ああいうのは作らねえ。妙だ」

「ハァ？　どういう意味なのかさっぱり分からん……！」

「設計思想が奴らしくねえんだよ。まるで奴以外の誰かに無理矢理作らされたみたいな……」

キヤズナは、そこで言葉を止めた。

試合場で異変が起こっていたからだ。ゼルジルガが、立ち上がっている。

「おい。婆ちゃん」

「いや、いやいや……あり得ねえぞ。物理的に」

意識を失った戦士が倒れず、無意識に立ち続けるといった事例は存在する。だが、音響兵器が直撃し昏倒《こんとう》した後で、倒れた状態から立ち上がることがあり得るだろうか。

「続行」

裁定者のミーカが、短く告げた。

◆

（ああ、面白い、面白い。地面がグラグラ揺れて……いや、違う）

自分の足が立ち上がったことを自覚して、ゼルジルガはその意識を保とうと努めた。

立ち上がらなければ、もしかしたら永遠に目覚めることもなかったかもしれない。

夢すら見えない闇の中に、つい一瞬前まで落ちていた。

(揺れているのは私の方で、私は……私は、戦っている)

指を動かす。一本、二本、三本。糸を操る練習の習慣的行動から、自分が自分であることを取り戻していく。

「え？　また、たたかうの？　じゃあ、も、もういちど……たおしたら、ぼくのかちかな！」

裁定役のミーカが、メステルエクシルに対して試合再開の説明をしているようだった。

――ありがたい。今は僅か数秒でも、十年の時を上回る価値がある。

(情けない。奈落《ならく》の巣網《すあみ》のゼルジルガ。メステルエクシルが無敵で不死身の機魔《ゴーレム》だなんて、そんなものは……とうの昔に承知していたことだったのに)

たった今立ち上がったのも、ゼルジルガ自身の強さではない――彼女の体を代わりに動かして、立ち上がらせてくれた者がいる。

万が一の時にはそうするように、二人で約束をしていた。

ゼルジルガは、リナリスの従鬼《コープス》である。

(ありがとうございます。お嬢様)

ゼルジルガは、六合上覧《りくごうじょうらん》の勇者候補として志願した。それが容易くできる。自ら死線の先へと踏み出していくような任務は、彼女にとっては……かつての〝黒曜の瞳〟にとっては、日常に過ぎなかった。

リナリスにとっては、断腸の思いだっただろう。だからこそゼルジルガは笑う。

「……ヒャ、アヒャ」

「ゼルジルガ。ぼく……ミーカに、い、いいこと、おしえてもらった！」

メステルエクシルの単眼が、興奮したようにギョロギョロと動いた。

「ゼルジルガは、こ、こうさんしてもいいんだって！　そうしたら……ゼルジルガをころさなくたって、いいんだよねえ！　はははははは！　ゼルジルガは、ぼくの、ともだちだから！」

「ええ、ええ……そうですねえ……まったく。そうでした」

自分の芸に喜ぶ子供達を見てきたゼルジルガには分かる。メステルエクシルは無敵の兵器だ。しかし同時に、幼い子供だ。

だがこの世には、一度友になった相手をも殺すことができる者がいる。

ゼルジルガはそういう生き物だ。恐らくはメステルエクシルも。

――平和な世界には決して生息できぬ、戦闘生物。

メステルエクシルの装甲に刻んだ僅かな損傷はとうに修復されている。

もはや煙幕はなく、隠れる場所もない。ゼルジルガの全身は満身創痍《そうい》で、メステルエクシルと正面から向かい合っている。メステルエクシルが僅かでも銃口を動かしたその瞬間、それだけでこの世から消し飛ばされるであろう実力差がある。

（私達は勝つ必要はない）

〝黒曜の瞳〟の本領は戦闘ではない。窮知《きゅうち》の箱《はこ》のメステルエクシルと戦う状況に陥った時点で、それ自体が敗北を意味していると言ってもいい。

「奈落《ならく》の巣網《すあみ》のゼルジルガ。降参の意思は」

（けれど、負ける必要だってないでしょう）

囁《ささや》かれしミーカの言葉に、ゼルジルガは首を振って答えた。

「アヒャ、ヒャ……私が負けてしまう前に、ひとつだけ、やることが。メステルエクシルは、お友達ですからね……」

息も絶え絶えの有様《ありさま》で、ゼルジルガは最後の武器を取り出した。

「これを、あげましょう」

「あめ――」

ただの飴玉《あめだま》だった。

その時、メステルエクシルが振り返ったのはキヤズナの方向だった。ゼルジルガから意識が外れたその一瞬、彼女はずっと握り込んでいた最後の二本の糸を解き放った。

「再……、再突撃！」

向かい合う二人の横合いから、全ての係留を解かれたレシプト改二が猛然と飛来した。弾頭の如くメステルエクシルの胸部に特攻し、食らいついていく。

「【レシプトよりハレセプトの瞳へ。《resipktiohalese》土中の歯、《win hal telk》花弁は金の膜《nertak mamert》――】」

回転。穿孔。詠唱。

「あ、あれ」

「【――閉じる黄昏。抉れ《saknamop lastarmokg》】」

レシプト改二は、完全な接触距離から熱光線を放った。内蔵した魔具を最大励起した熱術《ねつじゅつ》照射。自分自身すら溶解させる熱とともに、レシプト改二はさらに貫通し、突き進もうとした。メステルエクシルの命の核——造人《ホムンクルス》まで。

「ははははは！　くすぐっ、たい！」

そして微塵に砕けた。

メステルエクシルには、兵装を作り変える必要もなかった。あらゆる機魔《ゴーレム》を単独で凌駕する出力によって、装甲に食い込んだレシプト改二を拳で叩き潰しただけだ。

銃撃を耐久する防御力も、装甲を貫く攻撃力も、メステルエクシルの性能には及ばなかった。

だが。

「——お嬢様」

機魔《ゴーレム》を撃破するその僅かな一瞬を、奈落《ならく》の巣網《すあみ》のゼルジルガが逃さぬはずがなかった。

目を凝らしてようやく視認できる細い糸が、胸部の亀裂へと伸びている。

レシプト改二は、ゼルジルガの糸の誘導者だ。

「奈落《ならく》の巣網《すあみ》のゼルジルガ——ご信頼に応え、一芸成し遂げました」

雨上がりの蜘蛛の巣のように、水の雫を糸の上で渡らせる芸がある。

それは戦闘には無用の、取るに足らぬ大道芸でしかないのかもしれない。

——僅か一滴の血液病原が、命の核たる造人《ホムンクルス》を冒した。

「……」

「メステルエクシル。この一手……」

何の変哲もない飴玉が、地面に落ちた。

……メステルエクシルと出会ったあの日。ゼルジルガはキャズナを撃つ寸前に飴玉を見せた。彼が咄嗟《とっさ》にキャズナを振り返った理由は、その脅威を刷り込んでいたから。

「あなたがお友達でなければ、できませんでしたよ」

地上最強の兵器はその場で力を失い、倒れ、そして起き上がることはなかった。

◆

「何が……何が起こった？」

すぐ近くで戦闘を見ていたはずであるのに、円卓《えんたく》のケイテにはその決着が理解できなかった。

メステルエクシルは不死身の魔族《まぞく》だ。機魔《ゴーレム》が死ねば造人《ホムンクルス》が機魔《ゴーレム》を再生させ、造人《ホムンクルス》が死ねば機魔《ゴーレム》が造人《ホムンクルス》を再生させる。そしてこの二つを同時に滅ぼすことはできない。

万が一、メステルエクシルが敗退する可能性があったとしても、このような負け方であるはずがなかった。

「おい！　メステルエクシル！　何やってる起きろ！　負けちまうぞッ！」

キャズナは立ち上がり、今にも試合場に乱入しかねぬ勢いであった。ケイテは彼女の暴走を抑えなければならなかったが、それ以上に恐ろしい予感があった。

（空からの奇襲――本当にその程度のことが、俺の予感の正体だったのか？　気球を使った攻撃は、本来の試合場である城下劇庭園では到底使えなかったはずだ。何故ミルージィの機魔《ゴーレム》がここで突然出てきた？　気球だけの問題ではない……俺が試合場を動かそうとすることも、そもそもメステルエクシルがこの六合上覧《りくごうじょうらん》に現れることも、全てを操っていた者が……いたと、すれば）

「メステルエクシル！　おいッ！」

「……ッ、婆ちゃん下がれ！」

ケイテは咄嗟にキヤズナの手を引いた。突如として体を起こしたメステルエクシルが、ケイテ達の観客席へと向かって突進した。客席を薙《な》ぎ倒《たお》して破壊し、そのまま旧市街を突っ切っていく。

囁《ささや》かれしミーカが叫んだ。

「第四卿、円卓《えんたく》のケイテ！　メステルエクシルを直ちに捕縛せよ！　擁立者は勇者候補を制御すべし！　これは試合場からの逃走と裁定される！」

「貴様、この俺に指図を……！」

常のような苛烈な怒りも、瞬時に抑え込まなければならなかった。

キヤズナは既に無言で走り出している。ケイテもその後を追うしかない。

今の状態がどれほどの異常事態なのかを説明したところで、ケイテ陣営以外は誰一人理解できぬだろう。制御という面であれば、軸《じく》のキヤズナ以上にメステルエクシルを制御できる者など、この世に存在するはずがないのだから。

「あいつの意思じゃねえ」

走りながら、キャズナが呟く。

「独り立ちなら裏切られたって構わねえが、あれは別物だ！」

「ならば制御を奪う技術でもあるのか……！　機魔《ゴーレム》とはいえ、機械のはずだ！」

「違う。不正侵入やら権限偽装なんてのは、そりゃ〝彼方《かなた》〟の機械だけの話だ。機魔《ゴーレム》は詞術《しじゅつ》の生き物だ。制御権限なんざ――」

旧市街の裏路地に差し掛かったところで、キャズナの足が止まった。

二つの意思によって制御される、地上でただ一例の魔族《まぞく》。故に、他の機魔《ゴーレム》には存在し得ない脆《ぜい》弱《じゃく》性があるのだとしたら。

「……ある。そうだ。共有の呪いだ……！　メステルとエクシルの命はどっちも等価だが、権限は〝彼方《かなた》〟の知識を持ってるエクシルのが上だ！　同じ権限で判断させちまったら、命令系統の衝突が起こるからだ！　アタシの言ってる理屈が分かるかケイテ！」

「大体分かるが！　造人《ホムンクルス》の方をやったとでも……！」

「あのクソ人形、最初からエクシルのいる胸部装甲を狙ってやがった！　生身の生き物相手なら、上位権限に割り込める奴らがいるだろう！」

「……血鬼《ヴァンパイア》……！　やはりゼルジルガは〝黒曜の瞳〟と繋がっていたのか!?」

認め難《がた》い結論だ。何故ならケイテは、その可能性がないことを入念に確認していたのだから。

千里鏡《せんりきょう》のエヌはこのことを把握しているのだろうか。陰謀の根は、果たしてどこから張り巡らされていたというのか。

「他に何がある！　クソッタレが……全員ブッ潰してやる！　戦争だ！」

「だから落ち着け！　婆ちゃんは知らないかもしれんが、従鬼《コープス》化させるには、ただ傷を与えればいというものではない。相当量の親個体の体液を投与する必要がある……！　あの戦闘中の傷で感染するのは不自然ではないか!?　たとえ血の一滴や微粒子で――げうっ!?」

ケイテは突如として襟首を掴まれ、地面へと引き倒された。

鼻のすぐ上を、何かが高速で通り過ぎたことが分かった。円月輪。

「すぐやらなきゃなんねえんだよ！　始末に来やがった！」

キヤズナは、路地の突き当たりの屋上を見据えている。そこには四足で構える、異形の人間《ミニア》が。

ケイテは発条《ばね》の如く起き上がり、瞬時に抜剣した。

「――婆ちゃんッ！」

影のように現れていた狼鬼《リカント》が、ケイテの剣を大爪で受けた。

今の瞬間まで、接近に気づけていなかった。この巨体にして、あり得ざる無音の足運び。

「グルッ、ル」

狼鬼《リカント》が短く唸《うな》ると、ケイテの刃は握力で捻《ね》じ曲《ま》げられ、それを握るケイテ自身も押し込まれていく。ケイテはすぐさま剣から手を離し、防御よりも優先して耳を塞いだ。

狼鬼《リカント》は爪を振り上げ、遠方の狙撃手は新たな二つの円盤を構えた。

「よく塞いだケイテ！」

輝きが破裂した。暴力的な轟音《ごうおん》が狼鬼《リカント》の五感すら怯《ひる》ませ、太陽の直視に等しい光によって、狙撃手も標的を見失った。

軸《じく》のキャズナが投擲した六角柱の兵器は、M84スタングレネードである。

「よしッ、ずらかるぞ！」

「何を言ってるのか全く聞こえん！」

閃光と爆音が収まるとともに、二人の姿は消《き》え失《う》せている。

◆

旧市街広場には、困惑と不安の囁きが満ち始めていた。

試合に敗退した窮知《きゅうち》の箱《はこ》のメステルエクシルは突如暴走し、いずこかへと消えた。これまでの五試合では見られなかった事態である。

しかしそんな中で、ただ一人安堵《あんど》の息をつく少女がいた。

黒いヴェールで顔を覆って、人目を惹《ひ》く美貌を隠している。

（……よかった。よかった。本当に……よかった）

意識を失っていたはずのゼルジルガの肉体と、そして新たに支配下に置いたメステルエクシルを操作していた者がいる。血鬼《ヴァンパイア》の親個体であるリナリスが、この場に出る必要があった。

リナリスは何一つ目立つ動きをせず、ただこの客席から、思考によって従鬼《コープス》に命じただけだ。

（ゼルジルガさまを生かすことができた。私が、想定していた……流れの通りに）

〝黒曜の瞳〟は、最初からこの旧市街広場へと試合場を変更させるつもりでいた。

観客や廃墟という障害物を利用することでメステルエクシルの使用兵器を限定させ、気球の仕掛けを用いて空中からの妨害を行うことができた。さらに試合場が急遽変更となったことで、ケイテ陣営以外の陣営にも、この試合に対して大きな仕掛けを打つ時間を与えなかった。

円卓《えんたく》のケイテは自信に満ちた傲慢な男である。自らが治めるべき民であっても、能力に劣ると見做した者を愚民と呼んで憚らない。だが一方で、優れた能力を認めた者の動向には極めて聡い――猜疑《さいぎ》心が強いとすら表現すべき心理傾向があった。

ゼルジルガの糸の攻撃では、どのように策を講じてもメステルエクシルを打ち倒すことはできない。ならば円卓《えんたく》のケイテは、それ以外の何らかの策がそこにあると信じる。

その疑念を裏付けるように、エヌの測量調査が始まる。ケイテは敵が劇庭園に仕掛けを施すと考える。ゼルジルガだけでは勝利の手段はないのだから、試合場を用いた策でメステルエクシルを倒す他にないと、その策の正体を探ろうとする。

だが、そこには何もないのだ。エヌはただ測量を行っていただけなのだから。

何かを仕掛けているが、何もない。

その危惧から逃れるためには、一つの手段しか残されてはいない。

根本的に試合場を変更する、ということ。

そしてリナリスの想定通りに変更の要望が出され、〝黒曜の瞳〟にとって一方的に有利な条件で試合が行われた。

〝黒曜の瞳〟の情報収集は、六合上覧《りくごうじょうらん》開催の遥か前から始まっている。修羅が一点に集った微塵《みじん》嵐《あらし》の戦いは、リナリスが微塵嵐《みじんあらし》アトラゼクを動かすことによって仕組まれたものであった。

いずれ集うであろう人智《じんち》を超えた怪物達の中で、最も有用な駒を見定めるために。

――それが、窮知《きゅうち》の箱《はこ》のメステルエクシル。

（これで、私達はもう六合上覧《りくごうじょうらん》を戦う必要すらない）

黒曜《こくよう》リナリスの空気感染による強制支配の異能は、無比ではあるが無敵ではない。

黄都《こうと》二十九官や女王といった主要な人材は、その多くが抗血清の接種を受けているだろう。血液を持たぬ魔族《まぞく》の類にも無力だ。兵士や民衆を無制限に支配することができる力だが、勇者候補の如き突出した強者に対してはどうか。脆弱なリナリス自身が接近し感染させるか、同等以上の強者によって対抗しなければならない。

六合上覧《りくごうじょうらん》はそうした強者に王城試合という縛りを課し、試合条件を定めた上で戦うことのできる場であった。

（突出した強者を、正面から打倒する戦力。……今、私達はそれを手に入れた）

メステルエクシルは、今や〝黒曜の瞳〟の一部だ。

機魔《ゴーレム》であり、造人《ホムンクルス》であり、従鬼《コープス》。

〝彼方《かなた》〟の兵器を生産する工場にして、滅ぼすことも能《あた》わぬ不死の兵士。

「――そして全ては、秘密の裡《うち》に」

群衆の只中へと紛れながら、令嬢は密かに唇に指を当てた。

◆

第六試合の決着から、半日程度の時が経過していた。夕刻である。

ケイテとキヤズナは、未《いま》だに旧市街を抜け出ることすらできていなかった。

「……まずいな。こっちの出口も張られてやがる」

探査用の機魔《ゴーレム》を引き戻して、キヤズナは舌打ちをした。

狼鬼《リカント》の隠密《おんみつ》兵と、四足の狙撃兵。最も警戒すべきはその二名だ。どちらも信じ難い練度であり、キヤズナが即席で作成した機魔《ゴーレム》のみでは、正面からの突破は困難であろう。

「やはり〝黒曜の瞳〟としか思えん。いつからメステルエクシルは狙われていた？　何が目的だ……組織ぐるみで、この六合上覧《りくごうじょうらん》を乗っ取るつもりか……！」

「ッたく、こういう時に備えて地下に抜け道でも作っておかなかったのかい」

「そんなものがあったとして、この状況では真っ先に押さえられるに決まっているだろう……！

情報が漏れているのだ！」

「じゃあなんだ、こんな辛気臭いところでこのまま干物になれってのか！」

「……そうするしかない」

あの二名ではないが、敵と思しき存在は路地や下水道を巡回している。逃げ道と思える経路の全てが押さえられていた。

一方で、こうして潜伏している二人はまだこのように生きている。この動きは……

「連中の動きは、俺達を見つけ出すというよりも、俺達を逃がさないためではないか……？　外部との連絡を断ち、痺れを切らして現れる時を待っているとしたらどうだ。例えば、〝彼方《かなた》〟の兵器で逆に待ち伏せを受けることを警戒している。奴らも〝彼方《かなた》〟の手の内までは把握しきれてはいない以上、こちらの行動に応じて動くよう徹底されているのかもしれん」

「フン……要はビビりのクソ野郎どもってこったな。じゃあアタシらはどうする」

「このまま帰還しなければ、いずれ俺の兵か、ユカの公安部隊が俺を捜索に来るだろう。その部隊と合流して逃れれば、敵もおいそれと奇襲はできまい」

試合の裁定はゼルジルガの勝利に終わった。だがケイテは、まだ勝利を諦めてはいない。

六合上覧《りくごうじょうらん》に敗退したとしても、メステルエクシルさえ取り戻せば勝利の目は十分にあるのだ。

ロスクレイやハーディに戦争を仕掛け、六合上覧《りくごうじょうらん》の結果ごと全てを覆す。メステルエクシルの勝敗に関わらず、彼のその計画は何も変わらない。

「とにかく、婆ちゃんは機魔《ゴーレム》の量産を続けてくれ。いくら間に合わせだろうと、次の遭遇ではせめて戦力を揃えなければ、到底切り抜けられん」

「チッ、黄都《こうと》は土が悪いんだよなァ……！　研究室に戻りさえすりゃ、いくらでも希少材料が用意できるってのに」

「……！　待て」

外の市街から響いた声に、ケイテは動きを止めた。

それは間違いなく、ケイテの所在を探す声であった……しかし。

「元第四卿、円卓《えんたく》のケイテが、この市街の付近に潜伏しています！　罪状は六合上覧《りくごうじょうらん》における重大な不正行為、及び先日の城下劇庭園爆破！　ケイテの指示を受けた爆破実行犯は、既に議会に出頭しており――」

「ばッ……！」

大声で呼びかけているのは黄都《こうと》の兵だ。それは指名手配の通告であった。

「馬鹿な……！　馬鹿な！　おのれ、なんだ、それは……！」

「ヒッヒヒヒヒ！　悪いことばっかしてっからそうなるんだ」

「だが、これは何かの間違いだ！　何なんだ奴らは！」

元第四卿。

率いるべき陣営を失ってしまえば、メステルエクシルを取り戻したところで、何も意味などないのではないか。

「やっぱりこいつを使うしかねえな」

キヤズナは一つの器具を取り出した。

ディスプレイが備わっており、単純な電池を繋ぐと、淡い二つの光点が浮かぶ。

「クソッ……そいつは……何だ。婆ちゃん」

「相手が血鬼《ヴァンパイア》なら、もう手は二つしかねえだろ。親個体をブッ殺すか、エクシルをブッ殺してもう一度ゼロから再生させるかだ」

「……一度再生させてしまえば、感染前の状態に戻すこともできるということか」

「正確には、メステルの上位権限者の消去だな。エクシルが毒や病気を食らったとしても、本来はメステルの生術《せいじゅつ》で即座に治療できるようになってる――それができないのは、上位権限の命令でその回復機能が抑制されてるからだ」

「婆ちゃん側の遠隔指令で自滅させることはできないのか。魔族兵器なら必要な機能だろう」

「あァ？　なんで自分の子供を自滅させる機能が必要なんだ。バカか？」

「それは……いや、もういい。話を続けよう。手段は中身の殺害しかないわけだな……どうすればメステルエクシルの装甲を破壊して、中身を殺せる？　誰であろうと、全く容易い話ではないぞ」

「バカ、それ以上だ。エクシルの保存羊水も血鬼《ヴァンパイア》の病原にやられてンだろうが。エクシルを殺すだけじゃあ、再生の端からまた感染して終わりなんだよ。中の羊水ごと全部吹っ飛ばすような攻撃じゃなきゃあ、まず無理だね」

　メステルエクシルの完全なる機構は、今や彼らに牙を剝《む》いている。

　精鋭無比の〝黒曜の瞳〟が彼らを包囲していて、黄都《こうと》の全てはもはや敵だ。

「……無理、だとしてもだ。メステルエクシルがいる場所なら分かる。迷子になった時のためにな……追跡だけなら、どうにかできる」

「追跡……その画面は発信機か……！」

「さすがにこっちの世界でＧＮＳＳは使えねえ――星の向こうにまで人工衛星を打ち上げまくらなきゃならないからな。ＬＯＲＡＮ形式で座標を出すしかないから、精度は全然当てにならねえ。大雑把に距離と方角が分かる程度のモンだ」

「おい待て、何故メステルエクシルの追跡が星の向こうの話になってる？　本当に大丈夫なのか、それは」

「ヘッ、アタシが間違ったことが一度でもあるかよ？　やるのか、やらねえのか！」

キヤズナは、何故だか先程よりも生気に満ちているように見えた。

――軸《じく》のキヤズナの人生はずっと、周囲の全てが敵ばかりだ。

生まれながらの悪党。ケイテもきっと同じだ。

「……やる」

全ての結論が出てしまった後ですら、悪党は決して諦めない。

「そうだ。まだ終わりにはさせんぞ。メステルエクシルを取り返す。六合上覧《りくごうじょうらん》も……この陣営争いも、全ての勝敗を覆させてやる……！　俺が、この円卓《えんたく》のケイテがッ！　諦めるものか！」

第六試合。勝者は、奈落《ならく》の巣網《すあみ》のゼルジルガ。

八　放埒

時は遡る。六合上覧《りくごうじょうらん》の第三試合が終わって、遠《とお》い鉤爪《かぎづめ》のユノには、行く当てがなかった。

正しく表現するのなら、自ら行く当てを捨ててしまったということになる。第二十七将ハーディの秘書としてこの黄都《こうと》で暮らしていくこともできたはずなのに、彼女はまたしても、激情に身を任せて破滅の道を選んでしまった。

（……信頼を裏切った。私は、ハーディ様のことを……。あの人のことが憎かったわけでも、迷惑をかけたかったわけでもないのに）

ただ個人的な感情で持ち場を離れて、偶然に出会ったリノーレという少女を助けて、ハーディ陣営の最も重要な機密を知ってしまった。ユノがあの文書を読み解いたことが知られたのなら、ユノは間違いなく殺されるだろう。

だから戻る場所がない。リノーレとともに、黄都《こうと》郊外の森の中を彷徨《さまよ》っている。

「……どこに」

震える声で、リノーレの背に呼びかける。彼女についていくしかなかった。

「どこに行くつもりなの？　黄都《こうと》から出る道だってさっき通り過ぎちゃったのに」

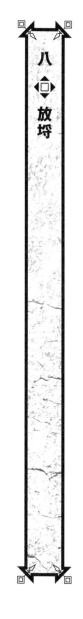

道の両脇では、深い木々が行く手を塞いでいる。ユノは何度か背後を確認した。もしも彼女達が追われていたら、逃げられる確率は極めて低いだろう。

「……ご心配なさらずとも、尾行される恐れはございません」

命に関わりかねない秘密を同じく知ってしまったというのに、リノーレは、ユノと違ってずっと落ち着いていた。それどころかその表情は、何かを考え続けているように見えた。

夜の幻のように美しくて、思わず魅入られてしまいそうな顔。

「でも、もし本当に尾行されていたら、私達が分かるはずない……」

言葉の途中で馬の蹄《ひづめ》の音が近づいてきて、ユノは息を呑《の》んだ。小さく悲鳴すら上げていたかもしれない。リノーレはその場で静かに佇んだままで、馬車が追いつくまで待った。

馬車はその傍らに停まった。

「お嬢様。お迎えにあがりました」

「――ええ」

御者がリノーレに一礼する。森人《エルフ》の女のようだったが、両目を包帯で隠している。もしも本当に目隠しをしているのなら、馬車を操れるはずがないのだが。

「えっ、あの、え？」

「そちらの方は？」

「彼女は……遠《とお》い鉤爪《かぎづめ》のユノさまです。……ええと」

リノーレは何故かその時になって、少し困ったように柳眉をひそめた。

「私の……友人、です」

「なるほど？　これから屋敷にお招きするつもりでしたか？」

御者は座席から半身で体を乗り出し、視線を向ける。

ユノの背に、得体の知れない寒気が走った。

柳《やなぎ》の剣《つるぎ》のソウジロウが動きはじめる寸前に近い気配があった。

「それは……」

「待って、全然何も分からない……屋敷がこの先にあるの？　それに、お嬢様って……」

「お聞きください、ユノさま。この後、お帰りになる家が、なければなのですけれど。私の屋敷で……少しの間匿《かくま》うことも、あの、できるのではないかと……」

「……」

「……」

リノーレは恥じらうように微笑んで、首を傾げた。

「……いかがでしょう？」

「えっと、わか……わか……り、ました……？」

御者とリノーレを交互に見ながら、ユノは頷いた。

いずれにせよ、今の彼女には他に行く当てなどないのだから。

◆

大きく柔らかなベッドに背中を投げ出す。

目の前に掌《てのひら》をかざし、ひどく目まぐるしい一日を思って、ユノはため息をついた。

ユノ自身の心にも、それ以外にも、信じられないことばかりが起こりすぎた。

(復讐《ふくしゅう》する)

心の中で、最初にすべきことを呟く――影積《かげづ》みリノーレ。ハーディの計画。結末を見届けることのできなかった柳《やなぎ》の剣《つるぎ》のソウジロウの第三試合。そして、ユノ自身の未来。

たった今いくつもの懸念があったとしても、最も優先すべきことを違えてはならない。

何もかもを踏みにじって省みることのない、そんな強者達に復讐をする。

その強者達の中でも、全てに優先して、軸《じく》のキヤズナを殺す。

(復讐する。復讐する。復讐する。復讐する)

憎悪しなければ駄目だ。これまでのユノは、その心を保ち続けることができなかった。

ユノのような少女には、軸《じく》のキヤズナを殺せるような力は永遠に持ち得ないのかもしれない。それでも心の真実まで失ってしまったなら、それ以外の何を拠《よ》り所《どころ》にすればいいのか。

ユノはうつ伏せになって、白い枕に顔を沈めた。

(……だから、安心するとか。満足するとか。幸せになるとか。私は、そんな気持ちになっちゃいけないんだ。憎悪を忘れない限り、私はまだ、本当の自分のままでいられる……)

扉の方から、控えめにノックの音が響いた。

ユノは陰鬱な気持ちのまま体を起こして、答えた。

「どうぞ」

「──失礼いたします」

リノーレだった。純白の寝衣を身に纏っている。既に風呂を済ませたようで、肩で切り揃えた黒髪は、少しだけ湿っていた。

「お邪魔でしたか?」

「べ、別に」

ユノは咄嗟に目を逸らしてしまう。同じ女性であってもそうしてしまうような魅力が、リノーレにはあった。金色の瞳も、透き通るような肌の白さもだが……

(こんなに)

薄手の寝衣は、体の曲線がはっきりと見えてしまう。

(こんなに大きいんだ……胸……)

「ユノさま。本日のこと、あらためてお礼を申し上げます。この屋敷にお招きした時も……不安にさせてしまって、大変申し訳ございません」

「別に……大丈夫よ。秘密があるのはお互い様でしょう?」

「いいえ。ユノ様に名乗っていただきながら、私は名前を隠しておりました。私の本当の名前は、リナリスといいます」

「……リナリス」

六合上覧《りくごうじょうらん》の試合場へと潜入し、重要文書を盗み、そして偽名を名乗っていた。

真っ当な目的を持つ者ではないことは確かだ。だがそれでも、リノーレは――リナリスは、期せずして共犯者となってしまったユノに対して、せめて誠実であろうとしているのだろうか。

「あなた達の目的は何なの？　黄都《こうと》と敵対している……のよね？　ハーディ様にも敵対派閥は多いから、もしかしたら黄都《こうと》の誰かかもしれないけれど……」

「それも、お伝えいたします。私達は〝黒曜の瞳〟です」

「……！」

ユノは思わず、リナリスの顔を見た。真剣な眼差しで、嘘をついているようには見えない。

〝黒曜の瞳〟。魔王戦争の裏で暗躍を続けたとされる、諜報ギルド。

ユノのような一般人は、その噂《うわさ》しか耳にしたことがない。あるいはそんな噂自体が、各国の諜報部隊の動きを欺瞞《ぎまん》するための流言であるとも。ごく稀《まれ》に元〝黒曜の瞳〟を名乗る傭兵もいるが、その大半は疑わしい自称でしかないのだとも聞く。

「だからオカフ自由都市とか……旧王国主義者とかに雇われて、黄都《こうと》を倒そうとしているってこと？　だとしても、あなたみたいな子まで潜入して……」

「……それ以上のことは、どうか……お許しくださいませ。知ってしまうことが、ユノさまの身を脅かしてしまうこともあるかもしれませんから」

ユノは、床の方に目を逸らした。

「なら、どうして……リナリスは、〝黒曜の瞳〟で戦ってるの？　今日のことだって、一歩間違えればその場で殺されていたかもしれないのに」

「それは……」

例えば野盗や暗殺組織が、攫《さら》ってきた子供に仕事をさせていたというような話は昔からある。リナリスもユノと同じ年頃の、それも育ちの良い少女だ。少なくとも彼女には何らかの事情があったはずだ。ユノが自分の人生に対する復讐のために戦っているように。

「どうして……でしょうね」

胸元に手を当てて、リナリスは絞り出すように呟いた。

「そうしなければならない……どうしても、そうでなければ……私自身の人生が、始まらないように思えるから……。だから、成し遂げようとしているだけなのかも。ユノさま……ユノさまは、どうして、あのようなことを？」

「……人生が、始まらない」

そうだ。それはユノ自身の心をも言い表している言葉のように思える。

ユノは身を乗り出して言った。

「ねえ、リナリス。私は、復讐がしたいの」

「……劇庭園でも、それを伺いました。柳《やなぎ》の剣《つるぎ》のソウジロウさまに復讐をしたいのですか？」

「それだけじゃない……と思う。私は、全滅したナガン市の生き残りで……ソウジロウがあの日、迷宮機魔《ダンジョンゴーレム》を斬って。だから私は今……生きているけれど」

死ぬのは勿体《もったい》ない。ソウジロウはそう言っていた。

全てがなくなってからが面白いのだと。

「私の人生が、まるで何でもなかったみたいに踏みにじられたくなかった。失う前でも、後でも。だから復讐の相手はソウジロウとか――迷宮機魔《ダンジョンゴーレム》を造った軸《じく》のキヤズナだけじゃなくて、もっと何か、大きなものなんだと、思う」

ベッドに腰掛けたまま枕を抱いて、ため息をつく。

ユノは弱い。力や才覚だけでなく、精神まで無秩序で不確かで、彼女が望むようなことは何一つ成し遂げられないように思う。そうだとしても――

「強者に勝ちたい」

自分のその言い方は、まるでソウジロウのようだ。そう思った。

「お辛《つら》い思いをされたのですね」

リナリスはユノに手を重ねた。

「……ふふ。私達って、少しだけ似ていると思いませんか？」

「それは」

なめらかで細い指先が、ユノの手の甲に触れている。

近くで見ているだけで、どうにかなってしまいそうなほど綺麗な顔だ。

「私なんかには分からないわよ。リナリスの事情も知らないのに」

「お話ししましょうか？」

「別に……私だって、そんなことまで踏み込んで聞きたいわけじゃないから……」

そもそも今のユノは、自分自身のことだけで手一杯なのだ。それがリナリスのことだとしても、これ以上複雑な何かに関わってはいけない。

「ユノさまは……私のことを、お嫌いになりませんか」

「……ハーディ様のことなら、もうお互い様だから」

「そ、それなら」

リナリスは、気まずそうに自分の横髪を指で梳《す》いた。

「お友達に……なっていただける、でしょうか」

「……そうね」

友達。何も知らずにナガンで暮らしていた頃には、ユノにも友達がいた。

今は……黄都《こうと》で暮らしはじめてからも、同世代の友達は一人もいない。

「そうなれるかも」

「ああ。ありがとう存じます」

リナリスが、安心したように笑った。

リナリスは……物語の天使のようにかけ離れた綺麗な少女は、何故だかその時だけ、年相応の少女みたいに見えた。

(同じ)

リュセルスがそうだったみたいに。

(なんで――なんで、この子は)

ユノはリナリスの手首を引いた。自分でも理解しきれない、怒りの衝動があった。

「んっ」

リナリスは突然体を崩されて、ベッドの上にもつれて倒れ込むような形になる。

両手首を摑んで、片膝を腹の上に乗せる。

「え……」

「どうして安心したの?」

「ユ、ユノ、さま」

――私は、ずっと復讐のことだけ考え続けないといけない。

「私は……! 弾火源《だんかげん》のハーディの秘書なのよ。こうやって潜り込んで、情報を探ることが私の仕事だったかもしれない。もしかして想像していなかったの?」

「こほっ、それは――」

組み伏せている体は、とても細かった。

体力があると言い難いユノの力でも押さえ込めてしまうし、もしかしたら、このまま首を折ってしまえるのかもしれない。

「あなたの目的が……どうしても、やらなければならないなら、あなた達の秘密を知った私を、すぐ殺すべきだったでしょう……! 私ならそうした。絶対に……安心したり、気を抜いたりなんてしない……！　だって、私は……」

「う、ぁ……」

涙に潤んだ瞳が、ユノを見上げている。

「……っ」

本当にこの少女が〝黒曜の瞳〟であるなら、ユノのような小娘一人、始末できない道理はない。暗器の類は勿論、あの時警備兵を昏倒させた毒や薬物。抵抗する手段がないはずがない。

このリナリスが、ユノと同じように覚悟を持って戦っているなら、今すぐにでも。

「私……私は……ただ、うれしくて……」

「……」

「友達に……なれると……」

「……っ。ごめん」

ユノは、手を離した。また、狂気の発作だ。

リナリスを傷つけたいと思ったわけではなかった。それどころか、彼女と友人になりたいとすら思っていたかもしれないのに。

もしかしたらユノは永遠に、自分で自分の安寧を壊し続けるしかないのではないか――

「ごめんなさい。こんなこと……するつもりじゃ、なかったのに。あんな文書を見たのに、ハーディ様のところに戻れるわけないじゃない……だから信用して話してくれたって、私だって分かってるのに。じ……自分でも、訳の分からないことばっかり」

リナリスの襟元が乱れて、白い鎖骨が覗いている。

ひどい罪悪感だけがあった。

「……けほっ。お気に、なさらず。……そう、ですよね。混乱されるのも、無理のないことでした。今夜は……ゆっくり身を休めて、それから……ユノさま自身のことを、お考えください」

何か言葉をかけようとしたが、できなかった。

リナリスは一度振り返って、弱々しく笑った。

「おやすみなさいませ」

◆

ユノの寝室の扉のすぐ横には、人間《ミニア》の青年が佇んでいた。

特徴のない男だが、抜身の長剣を携えている。〝黒曜の瞳〟の、塔《とう》のヒャクライという。

「――お、お嬢様。ご無事でしたか」

「ええ」

寝室から出たリナリスは、恥じらうように視線を落とした。

「お恥ずかしいところをお見せしてしまいました」

「と、遠《とお》い鉤爪《かぎづめ》のユノは……始末すべきです。最悪だ……狂っている。あの時、す、少しでもお嬢様の首に手が伸びていたら……僕は。め、命じられなくたって、首をはねてました。お嬢様だって、あんな狼藉《ろうぜき》……と、止めてしまえば、よかったのに」

「……。そうするべき……だったかもしれません。ご心配をおかけして、痛み入ります」

ユノは自覚していないが、彼女も既にリナリスの従鬼《コープス》である。

血鬼《ヴァンパイア》の史上ただ一例だけの、空気感染する変異種。一度でも黒曜《こくよう》リナリスに近づいてしまった者は、リナリス自身の意思に関わらずそうなる。親個体のリナリスの指令一つで、一切の動作を封ずることも、自発呼吸を止めて死に至らしめることもできる。血鬼《ヴァンパイア》に支配されるということは、そういうことだ。

（……まだ）

リナリスは、自分の首筋に触れた。

（まだ、友達でいられるかもしれない。まだ、しばらくの間は――）

六分儀《ろくぶんぎ》のシロクや棺《ひつぎ》の布告《ふこく》のミルージィに。あるいは天眼《てんがん》のクウロにその可能性があったように。

「お、お嬢様は……甘すぎます。あの手のクズは、必ず裏切る……。い、今はそのつもりがなかったとしても、その時の気まぐれで本心すら変わる。こ、心が弱いからです。僕は……そういう奴のことは、分かる」

「そうかもしれません。それでも……本当に裏切られてしまう、その時までは」

彼女らは〝黒曜の瞳〟だ。仲間を救うために、そうでない者には無慈悲を貫く闇の輩だ。だからこそ、仲間を切り捨てることを恐れるべきなのだ。リナリスはそう信じる。

「ユノさまは私の友達です」

それは父の望みから外れた、身勝手な願いに過ぎないのだろうか。

九 オカフ迎賓室黄都支所

逆理《ぎゃくり》のヒロトは、ダントが借りた共同住宅とは別に、黄都《こうと》の高級住宅地に専用の事務所を所有している。最上級の長椅子と、悪印象を与えない程度に高級な調度、そして茶と菓子を切らすことなく備えた――応接室を、この六合上覧《りくごうじょうらん》に参加するに当たって真っ先に確保した。

〝灰髪の子供〟。逆理《ぎゃくり》のヒロトの強みは、自身が得意とする領域でしか戦わないことだ。自由に使うことのでき、会話が漏れることのない交渉用の一室さえあれば、それはヒロトにとっては軍勢や情報よりも遥かに有効な力になる。

荒野《こうや》の轍《わだち》のダントの監視こそ常についているが、ヒロトはこの応接室に官僚から商店主に至るまで多くの者を招いており、様々なかたちで交友関係を広げ続けている。

そして六合上覧《りくごうじょうらん》の試合中にすら、この応接室を用いる機会が来た。

柳《やなぎ》の剣《つるぎ》のソウジロウと、移《うつ》り気《ぎ》なオゾネズマの対戦が行われている最中、当のソウジロウの擁立者――黄都《こうと》第二十七将、弾火源《だんかげん》のハーディが、ダントとの会合を要求したのだ。

「お前らの第一回戦の狙いは分かっている」

ハーディの第一声はそれであった。

「オゾネズマが勝った場合は、負けた俺の陣営を早々に取り込んで……そっちの主導で反ロスクレイ派閥をまとめ上げようって魂胆だろう」

弾火源《だんかげん》のハーディは黄都《こうと》二十九官最年長に近いが、軍部全体に強大な影響力を持つ重鎮である。王政の撤廃を目論《もくろ》む改革派と呼ばれる絶対《ぜったい》なるロスクレイに次ぐ、第二の派閥――軍部派の長だ。

対するヒロトの側は、オカフ自由都市との繋がりを持つ逆理《ぎゃくり》のヒロトと、最小派閥の女王派である第二十四将ダント。そして小鬼《ゴブリン》の戦術家、千一匹目《せんいちひきめ》のジギタ・ゾギである。

「オゾネズマは最初からお前らの陣営だ。違うか？」

「確かに、移《うつ》り気《ぎ》なオゾネズマはこちらの勢力ですな」

「……おい、ジギタ・ゾギ」

その問いには、ジギタ・ゾギが答えた。ダントが咎めるのも意に介さず、言葉を続ける。

「なに、ダント殿。今さら隠し立てすることもありません。あの物量の妨害を全力で退けた以上、どこの誰が支援しているかくらいは勘付かれて当然です。それにこういった話は、オゾネズマ殿ではなくこちらに持ってきてもらわなければなりませんのでね」

ソウジロウの擁立者であるハーディは、現在行われている第三試合を試合開始前に勝利すべく、オゾネズマの試合場到達を妨害する交通遅延策を幾通りも講じた。だがそれは、オゾネズマの背後で動いたジギタ・ゾギによって退けられている。

「で、オゾネズマとジギタ・ゾギが手を組んだ背景には、お前がいたというわけだ」

次にハーディは、ヒロトへと視線を向けた。

「〝灰髪の子供〟……噂はよく聞こえてくるぞ。いい噂ばかりではないがな」

「それでも、名を覚えていただけていただけで光栄です、ハーディ閣下。逆理《ぎゃくり》のヒロトです。第二十四将の下で、こういった交渉の窓口も担当しております。お話を伺いましょう」

ヒロトは右腕を差し出し、ハーディも握手に応える。

外見上は十三程度の子供であるヒロトの手は、ハーディよりも遥かに小さい。

「やはり〝客人《まろうど》〟か。手が若い。小人《レプラコーン》や森人《エルフ》でも、手の年齢は嘘がつけねえからな」

「ご明察の通りです。〝彼方《かなた》〟の世界のお話でもいたしましょうか。例えば今の黄都《こうと》には蒸気機関車が走っていますが――」

「……厚意はありがたいが、俺にも時間がない。単刀直入に言おう。この前、オカフの傭兵の中から何人か人死にが出ただろう――どうも、色んな組織に工作員を紛れ込ませてやがる連中がいるみたいだ。オカフ自由都市も六合上覧《りくごうじょうらん》の協力者として、そいつらの炙《あぶ》り出《だ》しに動いてもらいたい。要はオカフからの情報提供が欲しいってことだ」

「無論、ハーディ閣下直々の要請とあらば、我々も是非協力したいところです。黄都《こうと》の捜査情報を共有していただけると考えても？」

「残念だが、そいつはできん。相手の実態が分からない以上は、情報が漏れる道筋は少ないに越したことはねえからな。だから代わりの交換条件を出す。黄都《こうと》としての話じゃなくて悪いが……」

ハーディは、ごく真剣な顔のまま言った。

「反ロスクレイの共同戦線を張ってやってもいい。もしもこの試合でソウジロウが負けたら、どっちみち政治的に奴を倒すのは難しくなるからな。お前らの勢力に合流したい」

ヒロトは完璧な微笑みを浮かべたまま、ハーディを観察する。

黄都《こうと》第二の派閥、ハーディ陣営を取り込むことができる。いずれロスクレイ陣営と対峙《たいじ》しなければならないヒロト陣営にとって、願ってもない話だ。

だからこそ、論理の虚と実。相手が何を求め、何を恐れるのかを見定めなければならない。

(逆だ)

表情筋一つ動かさずに、自分が言葉を返すまでの一瞬で、敵の思考を追跡する。

(ハーディ陣営か、ケイテ陣営。あるいはイリオルデ陣営。この六合上覧《りくごうじょうらん》で大規模な裏工作に動いている陣営が存在することは間違いない。しかしその捜査に関する、一方的な情報提供の要求。ハーディが容疑者として疑っているのは、恐らくオカフだろう。これに対する返答で、オカフの関与の度合いを確かめようとしている。本気でこの要求を通そうとしているようには見えない。ならば本当の要求は何か。ハーディは最初に、私達の第三試合における目的を確認しようとした。ソウジロウが負けた場合、勢力を合流したい——こちらの交換条件こそがその実、交換条件を装った要求だとしたなら。まず考えられる可能性としては、こちらの陣営を確実に取り込む策がある。別の可能性としては……ハーディは手段を選ばず第一回戦を勝ち抜こうとしている。その結果が得られるなら、候補者は必ずしもソウジロウである必要はないということか……)

脳に膨大な思考を羅列する——まだ情報が足りない。

ハーディ自身に、さらなる答えを口にしてもらう必要がある。

「――正体不明の工作員。私達はその勢力を、〝見えない軍〟と呼称しています。オカフ内部にも〝見えない軍〟に取り込まれていたと思しき者がいたため、内部調査も行っていたところです。他にこの共通の敵に対処しようという方がいるなら、最初からこれらの情報を提供するつもりでいました。黄都《こうと》の捜査情報の流出を防ぐ必要性上、勢力も合流しない方がいいでしょう。今申し上げた通り、オカフ内部にも潜入工作員が確認されています」

ヒロトは最も単純な揺さぶりを仕掛けた。本命と思しき要求のみ拒否する。

「ありがたい話だ。だが俺達は六合上覧《りくごうじょうらん》の方も勝たなきゃならん。俺達ばかりが〝見えない軍〟とやらの対処に追われて、最後にロスクレイが一人勝ちってのが最悪の結果だからな。もし第三試合でオゾネズマが勝ったとして、第二回戦で当たるのはロスクレイだ。その場合にお前らはどう戦うつもりでいる？　奴は勝ち上がってくるぞ」

「……フフフ。確かに。第二回戦で彼を相手取るとなると、それは黄都《こうと》そのものを敵に回すに等しいことでしょうね。それを慮《おもんぱか》っての申し出ならば、非常にありがたいことです」

「ハーディ殿。実は……六合上覧《りくごうじょうらん》でのご協力以上に、こちらで調査情報の見返りとしていただきたいものがあるのですが」

ジギタ・ゾギが横から口を挟んだ。勢力の合流についてはっきりとした回答を迫らせないように、ヒロトの話題を敢えて切ったのだ。ヒロトにはそれが分かる。

ハーディは葉巻の煙を吐く。

「内容を聞こう。何だ」

「単刀直入に伺いますが、ハーディ殿は、〝見えない軍〟の正体についてどのように見当をつけておられますかな」

「元第五卿、異相《いそう》の冊《ふみ》のイリオルデ」

ハーディは即答した。以前にもヒロト達が検討していた有力容疑者である。

「中央王国時代からこの国の貴族階級を牛耳ってやがる怪物だよ。あの当時はどこの省庁にも奴の息がかかった連中がいて、中央王国内のことならネズミが何匹いるかまで知っていた。今だってそうかもしれん」

「それほどの有力者が、六合上覧《りくごうじょうらん》に割り込みもせずに隠居しているものですかね」

「逆だ。イリオルデが六合上覧《りくごうじょうらん》に入り込まないように、ジェルキやロスクレイが、徹底的に奴を潰したんだ。収賄容疑やら不正人事やら――とにかくその手の話には事欠かんジジイだったんでな。自業自得といえば自業自得だが、イリオルデが黄都《こうと》議会に喧嘩《けんか》を売る理由もあるってことだ」

「……なるほど。しかしアタシは〝見えない軍〟の正体については別の見解を持っています。この敵は、複数体の血鬼《ヴァンパイア》が統制する従鬼《コープス》集団である可能性があるかと」

「……血鬼《ヴァンパイア》？」

「確かに元第五卿の影響力は極めて強く、多くの陣営に潜在的な味方を持っているかもしれません。しかしそれも黄都《こうと》内に限った話。〝見えない軍〟は我々オカフの中にも入り込んでいるわけです。黄都《こうと》や中央王国と関わりのなかった傭兵にも。オカフ以外の組織でも、不審な行動とともに姿を消した者の話はいくつかあります。その名前を突き合わせてみると、互いに相関がない――いえ。相、関ヽがヽなヽいヽとヽいヽうヽ相ヽ関ヽがヽあヽりヽすヽぎヽるヽ。つまり……敵さんには無作為な対象を自由に工作員に変える手段がある、と見れるわけですな」

「血鬼《ヴァンパイア》といえば、直近の事例では〝黒曜の瞳〟だ。例えば奈落《ならく》の巣網《すあみ》のゼルジルガが、こういう大規模な仕掛けを打てると思うか。大道芸をしながらか？」

「いいえ」

「すると千里鏡《せんりきょう》のエヌが討ち漏らした残党の中に、まだ強力な親個体がいると」

「可能性としては。しかし知られている限りの血鬼《ヴァンパイア》の生態からして、この数の従鬼《コープス》を短期間のうちに生み出しているというのは、明らかに辻褄《つじつま》が合いません。よって親個体が複数、というのが今のところ現実的な仮説となるわけです」

「興味深い話だ。で、協力の見返りに欲しいものってのも、それに関係する話なんだろうな」

「そういうことです。この敵をより深く調査するために、血鬼《ヴァンパイア》の抗血清をいただきたい」

「……なるほど？」

〝本物の魔王〟の時代以前、この大陸には血鬼《ヴァンパイア》との戦いを繰り広げた歴史があった。その時代に、血鬼《ヴァンパイア》の抗血清の製法が発明されたという。ジギタ・ゾギ達が生まれた小鬼《ゴブリン》の新大陸では生まれ得なかった技術だ。

「分けてやりたいのはやまやまだが、正直なとこ、難しいな。俺も詳しくは知らんが、抗血清は製造原料が特殊で、一度に作れる本数ってのが限られていたらしい。まだ中央王国時代のが何本かは残っているとは思うが、二十九官の中にだって未接種の奴が半分以上残ってるくらいだ。そいつらを差し置いてお前達に融通するとなると、俺の権限じゃ、せいぜい一本が限度だろうな」

「……一本」

ヒロトが代わりに答えた。

「十分ですね。ジギタ・ゾギが接種を受けることができれば、最悪の事態でもこちらの組織を機能させることができます。——抗血清一本。その交換条件で行きましょう」

血鬼《ヴァンパイア》の抗血清の希少性はヒロトも知っている。僅か一本というのはひどく頼りない条件だが、実際にそれほど入手困難な物品でもある。この機を逃すわけにはいかない。

「〝見えない軍〟への対応はそれでいいだろう。話を戻すが、六合上覧《りくごうじょうらん》の話はどうする」

「第二回戦をどう戦うか——ですか」

ヒロトは思考する。果たして、この場でハーディと手を組むと答えるべきか。曖昧な立ち位置でいることを許してくれるほど甘い相手ではないだろう。

単純にロスクレイに対抗する力を欲しての申し出ならば、間違いなく受けるべきだ。しかしそうでない場合——他に裏の意図があるかどうかを、確かめる必要がある。

「ところで、疑問に思ったのですが、ハーディ閣下」

「なんだ」

ヒロトはハーディの全てを読んでいるわけではない。だが、核心を導く質問はできる。

「準決勝戦をどのように戦うつもりでいますか？」

僅かな静寂があった。

その場の空気の色が変わったことを、ヒロトは肌で感じている。

ハーディは片目を見開いて、ゆっくりと葉巻の煙を吐き……灰皿に押しつけて火を消す。

「……それは、お前らの方だってそうだろう？」

「フフフ。そうかもしれませんが」

応接室の扉が開いたのはその時だった。年嵩《としかさ》の女参謀が入室して、ハーディに耳打ちをした。彼は顔をしかめて立ち上がり、壁にかけていたマントを羽織った。

「少々まずい事態が起こった。劇庭園で俺の書簡を奪おうとした奴がいる。劇庭園付きの兵士が斬り殺したそうだが、そいつも抵抗されて腕を斬られたらしい。俺から訪ねておいて悪いが、直接事情聴取に戻りたい。埋め合わせはする」

「奪おうとした？　……あんたの部下にも工作員が紛れていたのか」

「ああダント。連中はどこにでも入り込めるみたいだな。〝見えない軍〟とはよく言ったもんだ。六合上覧《りくごうじょうらん》の間は、お前も気を張っておけ」

ハーディは参謀を伴い、応接室を立ち去っていく。

ジギタ・ゾギは焼き菓子をもさもさと頬張りながら、窓の向こうで駆け去っていく馬車を眺めていた。独り言のように言う。

「今の参謀は仕込みでしたな」

「確かに。もう少しで重要な情報を引き出せそうな気がしたんだけどな……抜け目がない」

「どういうことだ。事件を捏造《ねつぞう》して強引に話を打ち切ったということか？」

ダントも、初めて彼らの会話に疑問を挟んだ。

名目上これはダントとハーディとの会談であったが、一連の会談中、ダントは腕組みをして沈黙したままであった。逆理《ぎやくり》のヒロトの本領である交渉において、自分は余計な口出しをするべきではないと考えていたのかもしれない。

「事件そのものは本当のことでしょう――そうでなければ、後で事実関係を調べられた時に困りますからな。しかし仮にあの事件が起こらずとも、何かしら急を要する話題を前もって用意してあったはずです。参謀の入室は、万一のために準備されていた流れだったということですなあ。ポケットの中で、小型のラヂオを指で叩くなどして指示することもできます」

「……どうして分かる。奴がそうしたところを見たわけではないだろう」

「分かるんですよ」

その問いにはヒロトが答えた。

「退席の直前、ハーディは葉巻を灰皿に押しつけて消していましたね。煙草《たばこ》とは違って、葉巻の火は通常、あのように消したりはしません。灰皿に立てかけるように置いて、自然に消えるのを待つ……葉巻は一度火が消えてしまったものでも、再び火を点《つ》ければ吸うことができるからです。ハーディがそれを知らないはずがない――つまり参謀が入ってくる直前の時点で、これ以上を吸う気がなかった。すぐに退席することが分かっていた、ということになります」

「……そうか。確かに、そうかもしれない。俺も葉巻の吸い方くらいは知っておくべきだったな。ならば、準決勝戦の件はハーディに都合の悪い話題だったのか？」

「必ずそう、と断言できるわけではありませんが」

――兆しを感じたからだ。ヒロトはそう認識している。

質問そのものには、その場凌ぎの答えを幾通りも用意できただろう。だが、その先に踏み込まれることを恐れたのだ。

「ま、直接顔を突き合わせての交渉では、誰だろうとヒロト殿には勝てやしません。それが分かったということでしょう。それでいて、協力関係の可能性という楔《くさび》だけは打ち込んで去った……得られた情報についてはこちらが多いですが、最低限の目的は向こうも果たすかたちに収めましたな。慎重に動いていますが、一方で迷いがない。弾火源《だんかげん》のハーディが第二回戦でロスクレイに勝つつもりでいるのだとしたら。この点に何か大きな仕掛けがあるように思えますなあ」

「……大きな、か」

ダントは苦々しく呟く。

「大きな野心。大きな目的。強大な勇者。誰も彼も、そんなことばかりだ――」

◆

その後、移《うつ》り気《ぎ》なオゾネズマは負けた。ヒロト陣営にすら秘していた最強にして最悪の一手は、オゾネズマ自身の呪われし過去そのものだった。本物の勇者を知る者として、その功績を騙《かた》る者を根絶する――命を賭した目的こそが誤りであったことを知って、自ら敗退を選んだのだ。

ダントは一連の顛末《てんまつ》を伝えるべく、共同住宅三階の、ヒロトの部屋を訪ねた。真夜中である。

「オゾネズマが負けたぞ」

「……そうですね」

「一つ聞きたい。オゾネズマが勝つと思っていたか？」

「かなりの確率で。正直なところ、なかなか信じられません」

ヒロトは苦笑に近い笑いを浮かべた。

「〝灰髪の子供〟も見立てを間違うことはある、か」

「ええ。残念ながら」

ダントにとって、それは複雑な事実である。

逆理《ぎやくり》のヒロトは決して、常に先を予測し備えられる力があるわけではない。それはむしろ戦術家であるジギタ・ゾギの領分であろう。逆理《ぎやくり》のヒロトについたところで、常に勝つとは限らない。

だがオゾネズマの敗退の事実に動揺してくれたことで、ダントはようやくこのヒロトという男の内に、人間性を垣間見《かいまみ》たようにも感じていた。

「……前々から聞きたかった」

ダントは、椅子に腰掛けた。

今、この部屋にジギタ・ゾギはいない。明日の第五試合に備えた調査に出ているのだという。

「貴様自身の目的は何なんだ？」

「既に明かしているとおりですよ。この大陸での小鬼《ゴブリン》の種族復興。人族《じんぞく》との平和的共存です」

「俺の質問への答えになっていないな。それはジギタ・ゾギの目的だろう」

この勢力の主だった戦力は――オカフ自由都市の傭兵も、勇者候補の枠を得たオゾネズマすらも、ジギタ・ゾギの戦術で動いていた。近代史最大の黒幕とされる〝灰髪の子供〟は、実のところ陣営を率いてなどおらず、ジギタ・ゾギの計画の補佐だけに専念しているように見える。

「私利私欲、という答えで納得してはもらえませんか？　社会システムが変革する時代の節目に権力の椅子を確保すれば、長い目で見ても大きな既得権益を作り上げることができるでしょう」

「違うな。貴様がそのような俗物なら、互いにこうして苦労してはいまい。俺とてその程度は理解できるぞ」

「参りましたね。……有権者の前で、言わないように決めていることなんですが」

「……」

ヒロトはぼんやりと窓の外を眺め、星のようなガス燈《とう》に目を馳《は》せた。

しばらくの間、沈黙だけがあった。

そして恐ろしい答えを言った。

「何もありません」

逆理《ぎやくり》のヒロトは、ため息のように笑った。

「……何だと？」

「本当のことです。私には目的がありません。ジギタ・ゾギには小鬼《ゴブリン》の種族復興の道筋を。オゾネズマには勇者候補を討伐する機会を。ダント閣下にご協力いただいた参加枠の確保も、彼らそれぞれの目的に協力するという公約を果たしていただけで、私自身は支持者の意思以上の目的で動いているつもりはありません」

「…………」

「だから、言わないように気をつけているんですよ。嘘みたいでしょう？　有権者というのは面白いもので、私利私欲のない清廉な政治家を欲しているように言いながら、本心ではそんなものはあり得ないと信じ込んでいます。だからこのような目的は、正直に話すほどに信用されないのです」

「バカな……」

ダントは目眩《めまい》を抑えようとした。あり得ない。地上最後の巨大国家の乗っ取りに等しい行動を、何の目的もなく、見返りも考えずに実行できる者がいるのか。

だが、分かるのだ。彼は嘘を言っていない。

ヒロトが嘘を信じ込ませる話術を使っていて、そのように感じるのだと思いたかった。

「つまり……つまり、そういうことなのか？　彼らがこうして六合上覧《りくごうじょうらん》に挑んでいるのは、純粋に支持者への見返りであって……それ自体が貴様の求める結果だと」

「……そうです。ダント閣下。政治家とはどのような存在だと思いますか？」

ヒロトは、床に広げられたままの戦術図上の駒を取った。

「ここに『A』という個人が存在するとします。彼には成し遂げたい目的がありますが、しかし一人の力でそれを達成することは困難です。……一方で、彼と全く接点のない『B』という個人がここにいます。彼にも別の目的がありますが、同じように一人では手に余るものです」

「待て。『A』とか『B』というのは、何だ」

「……ああ、その……〝彼方《かなた》〟の記号だとでも考えてもらえば。とにかく二人は、この時点で互いの存在を認識できていない。そのままでは目的を達成することができないということです――そこで、『C』が現れます」

彼は並べた二つの駒の間に、もう一つ、小さな駒を置いた。

「『C』は何もできません。『A』や『B』の助けになれる力は何も持っていないし、彼らの目的について正確な知識すら持ち合わせていないかもしれない。彼は最弱です」

「仮に『A』と『C』や、『B』と『C』が力を合わせても、一人の時と変わらない力しか発揮できないということか？」

「そうです。しかし『C』にはこの二人にはない力があります。この場で一番弱い彼は、『A』とも『B』とも仲が良いのです。『C』の仲介によって『A』と『B』は見事協力関係を結び、互いの目的を達成します。もしかしたら、『C』にも少しは見返りがあるかもしれません。結果的に、この登場人物は三人とも、全員幸せになることができました」

「……」

「この『C』が政治家です」

遠くの街路を馬車が駆けていく音が、かすかに届く。静かな夜だ。

他の誰の目も届かぬ共同住宅の小さな一室で、彼はただ一人に向けて演説をしている。

「政治家には人を惹きつけるカリスマが、正しい知識と戦略が、一切失言することのない話術が、壮大な未来へのビジョンが必要だと主張する者がいます。それは誤った理解です。そのような仕事は、それができる者に回してしまえばいい。政治家に必要な能力など、『誰とでも仲良くする』能力以外にないと私は思っています。目的のために力を欲する者と、目的のために力を提供できる者を人脈によって繋ぐということ――そこに政治家自身の意思は必要なく、どのような目的があろうと問題ではありません。目的はその政治家の支持者が決めるべきことなのですから」

「つまり、こう言いたいのか……逆理《ぎゃくり》のヒロト。貴様一人だけが、生まれながらの政治家だと。政治家として、何も異常なことをしているわけではないと」

「私利私欲のない、清廉潔白な政治家を民が求めるなら、そのようになるでしょう」

逆理《ぎゃくり》のヒロトの外見は若い。だが、ダントより長く生きていることは間違いない。〝客人《まろうど》〟の年齢は、〝彼方《かなた》〟の世界を追放された時点での年齢だ。

彼は十代の前半にして、このような視点で社会構造を認識していたのか。

「――それは、極端な大衆主義に過ぎん。支持者の希望を無秩序に叶え続けるだけでは、社会は永遠に前進しない。貴様が嘘を言っていないなら、それこそ悪夢のような政治家だと俺は思う」

「そうでしょうね。けれど私は、誰の支持を受けるかを自分で決めることもできます」

「……」

ダントが属する女王派は黄都《こうと》の中では最も弱く、本来はこの六合上覧《りくごうじょうらん》で真っ先に消え去るだけの派閥だった。

だが……実情はどうあれ、ダントはまだ戦うことができている。小鬼《ゴブリン》と、傭兵と、そして得体の知れぬ〝客人《まろうど》〟の政治家の力を借りている。

それは、ヒロトが誰の味方をするかを決めたからなのだろうか。

「……逆理《ぎゃくり》のヒロト。貴様は小鬼《ゴブリン》の国家を作ったらしいな」

「ええ」

「何故、小鬼《ゴブリン》の味方をしようと思ったのだ」

ヒロトは疑いようもなく人間《ミニア》だ。〝彼方《かなた》〟から訪れて最初に触れたのも、当時の人族《じんぞく》の社会であったはずだ。人を喰う鬼族《きぞく》に味方し、あまつさえ知性に著しく劣った小鬼《ゴブリン》を導くなど、尋常の感性ではあり得ない判断だった。

「それは……自分でも、はっきりとは分からないのですがね」

ヒロトは少し笑って、自分自身の手を見た。

逆理《ぎゃくり》のヒロトの〝客人《まろうど》〟としての真の逸脱性がどこにあるのかは、定かではない。弁舌能力なのか。交渉能力なのか。自らの望みを持たぬ精神性であるのか。

「――その方が、良くなると思ったんです」

あるいはさらに根源的な、別の能力なのか。

「良くなる？　当時の小鬼《ゴブリン》にそんな余地があったというのか？」

「ええ。間違いなく。……ダント閣下。小鬼《ゴブリン》は何故この大陸を追われましたか？」

「知れたことを聞くな。人族《じんぞく》に害を為し、人族《じんぞく》を喰らうからだ」

「ならば。人を喰らわぬ小鬼《ゴブリン》であれば？」

「……どういうことだ」

鬼族《きぞく》は人族《じんぞく》を喰らう。その大原則がある限り、ジギタ・ゾギやヒロトが目指すような、両者が共存する新社会が訪れることはあり得ない。

しかしヒロトのジギタ・ゾギへの公約が揺らがぬ以上、その手段は実在するのだ。

「――そう。良くなりました」

暗闇の中で彼は笑った。

「その問題は解決済みということです」

十　穴倉の牡牛亭

黄都《こうと》のうらぶれた水路街に、〝穴倉《あなぐら》の牡牛亭《おうし》〟という酒場がある。

華やかな演奏者の姿もない、安酒を出すだけの酒場だ。一年前までは店主の娘が拙い鍵盤を弾いていたが、トギエ市へと嫁いでしまい、客足も往時より減っている。

それでも、このような半地下の薄暗く埃《ほこり》っぽい店構えを好む物好きはある程度残るもので、その席で会話を交わしているならず者も、まさにそうした類であった。

「矢印じゃねーよ！　俺ぁ知ってるぜ。この『ハート』ってのがな……へへ、どういう意味だと思う。心臓だ」

「心臓はこんな形してないだろ。本当かよ」

「上の丸くなってるやつが心房ってこと？　〝客人《まろうど》〟ってどういう感性してるんだろうね」

「でも俺が来たお陰で分かっただろ？　弟がやってる店の取引相手によォ、いるんだよ〝客人《まろうど》〟が。間違いねえ。『ハート』だ」

「分かった分かった。『ハート』が心臓だとしよう。『クラブ』が木のマークだろ。『ダイヤ』が宝石だ。じゃあ『スペード』はなんだ」

「『ハート』よりはこっちのが矢印っぽくない？」

「バカお前、他の三つと同じで、これも何か元になってる物体があるんだよ。矢印じゃねえ」

「木じゃないのか」

「『クラブ』と被るだろ。やっぱり俺が思うに、こういう形の『スペード』があるわけだな。あっちの世界によ」

そんな益体もない会話に割って入る声があった。

「楽しそうだな」

三人は会話を止め、新たな客を見て、それが知った顔だと気付いた。

襤褸《ぼろ》を纏った魔族《まぞく》である。

「……よう、〝音斬《おとぎ》り〟」

「何か楽しい報せでもあったか。〝音斬《おとぎ》り〟」

「さあ、どうだかな。そいつは〝彼方《かなた》〟の遊びなのか？」

白い指がカードをつまみ上げる。関節の継ぎ目も露《あら》わで、言葉通りの意味で純白だった。

名を、音斬《おとぎ》りシャルクという。命と記憶を失ってなお生き続ける虚ろな骨格、骸魔《スケルトン》だ。

「今朝の仕事で見つけてきたんだよ。こいつで新しい賭け勝負をするんだ」

「賭けをするなら、色札の方が面白いだろう。〝彼方《かなた》〟の娯楽の質は微妙だからな」

「勿論そうだが、たまには気分を変えたい時だってあるだろ」

「用は何なの？」

シャルクは隣のテーブルから椅子を引いてきて、座った。

「俺の試合も近いんでな。他の候補者の情報を探っているところだ。第四試合まで、試合をどれか見に行った奴はいないか」

「じゃあ俺だ。第一試合、第二試合、第四試合」

「私は第三試合と第四試合だけだ」

「俺は第二試合と、第四試合……あー、第五試合も席買っちゃったんだけど。しかも女の席まで」

「ククッ、最っ悪だな！」

「金は返ってきたのか？」

「全然。エルプコーザ行商、最悪だよ。もうあそこの品物、絶対買わないから俺」

十六名の勇者候補の力と弱みを探るべく、複雑怪奇な陰謀を張り巡らせる者達がいる。

だが音斬《おとぎ》りシャルクはより単純で確実な方法を取る。この広い黄都《こうと》に、六合上覧《りくごうじょうらん》を目撃した観客は無数に存在するのだ。この王城試合のためだけに黄都《こうと》の市民権を買った者も少なくない。そうした者達の話を直接聞き取っていけばいい。

こうした酒場を選んで渡り歩く理由もある。彼らのようなならず者は魔族《まぞく》の傭兵であるシャルクと仕事の階層が近く、異種族を忌避することが少ない。さらに、戦闘者としての視点で試合を観戦できる者がいるためだ。

〝青の甲虫亭〟における魔法《まほう》のツーとの接触以来、シャルクもこのような地道な情報収集に努めていた。無論、『頭のいい』候補にはシャルクの動向は筒抜けになっているだろうが——シャルク自身の情報が流出する分には、大きな問題ではない。

彼には家族や友人のような狙われて困る関係の者はいないし、試合前に暗殺や妨害を試みる敵が現れたとしても、それはその都度対処すればいいと考えている。相手が動いた後でも十分間に合うことが音斬《おとぎ》りシャルクの強みだ。

「そういう〝音斬《おとぎ》り〟は席買ってたりするの？　勇者候補なのに」

「俺は第二試合以外は全部見ている。第五試合もな」

「第二試合は？」

「……キャラバンの抽選に漏れた。死体を乗せて、葬送車に間違われるのが嫌だったのかもな。そもそも第二試合は、日程も強行軍だった」

「その辺りは、さすが俺だな」

大柄なごろつきが、自慢気に胸を叩いた。

「俺は第一試合の前に車を手配してよ、すぐ次の便に乗れる支度をしてたんだ。この中じゃ俺が一番勝ち組だろ」

「……確か、第二試合は途中で避難誘導の入った試合じゃなかったか？　キャラバンの手配料が上乗せされていたし、損だ」

「ハッ、お前はそういうケチくせえ価値観だから駄目なんだよ！　冬《ふゆ》のルクノカだぜ！　あんなとんでもねえ息《ブレス》は見たことねえ……！　星馳《ほしは》せアルスの宝だって見たぜ俺は」

グラスが三つ運ばれてくる。シャルクの頼んだ酒だ。

それらを目の前の三人へと奢《おご》って、シャルクは続けて尋ねた。

「その目が俺みたいな節穴じゃないなら、第二試合についてはお前から聞いたほうが良さそうだな。その前に、第一試合についてはどう見ている」

「ああ、あれか？　確かにおぞましきトロアの魔剣は本物だったよな。あれだけゾロゾロ魔剣を揃えて、それなのに、たかが粘獣《ウーズ》に負けた――」

「ほう」

「……とか抜かす奴らがいるがな。そこは俺だ。俺はしっかり見てたぜ。あの技はまともな剣術の鍛錬で身につくものじゃねえ。あいつが剣を持ち替える動き、目の前で見切れると思うか？　正直、怖気が走るね」

「俺も同じ意見だ。あの試合は、サイアノプの読みが恐ろしく正確だった。どんな魔剣に切り替えても、その性質や技の全てに対応していたように見えた。そこが奴の強みなのかもな」

シャルクは、この大柄な男についても評価を上方修正していた。あの試合におけるトロアの強さの要を言語化できている以上、第二試合についても、この男からは有益な情報を引き出すことができるかもしれない。

シャルクは、その隣に座っている陰気な男にも話題を向ける。

「第三試合を見たのは、お前だけか」

「この手の祭りは好きじゃないんだが……第十四将には個人的な借りがあって、私はその縁で見させてもらった」

「なら聞かせてもらうが、あの試合は……」

「…………」

「……どうも、あの試合の話は調子が狂うな。お前だけじゃない。今夜会ってきた他の連中も、俺もそうだ。見ごたえのない戦いでもなかったはずだ。なんだったんだ？」

「……私は、あまり考えたくないね」

「移《うつ》り気《ぎ》なオゾネズマか」

シャルクが第三試合で当初注意を傾けていたのは、むしろ柳《やなぎ》の剣《つるぎ》のソウジロウの方だった。リチア戦争でたった一度だけ刃を交えた、逸脱の〝客人《まろうど》〟。後にも先にも、音斬《おとぎ》りシャルクと正面から切り合うことのできた剣士は、この男一人しかいない。

その技をもう一度見る良い機会だとも考えていた――試合が始まるその時までは。

ソウジロウの対戦相手の移《うつ》り気《ぎ》なオゾネズマは地上最強の混獣《キメラ》だった。それは確かだ。人体を冒涜《ぼうとく》するかのような無数の腕。光線めいて放たれる刃の投擲技術。肉体の分離。

……だが、と音斬《おとぎ》りシャルクは思う。

（その程度のことを、今さら怖がるものか？　死人の、俺が）

シャルクはその恐れの正体を探ろうとしているが、理由を正確に言い当てられた者には、未だ出会ったことはない。

ともかく、オゾネズマは負けた。残りの勇者候補にとって悪い結果ではないはずだ。

空気を変えてしまった沈黙を見かねてか、小柄な男が口を挟んだ。

「第四試合の話をしようよ」

「ああ、待ってたぜ！　やっぱりロスクレイは最高の男だったな。よくあそこまで耐え抜いたもんだぜ」

「いーや、何度も言ってるけどさ。足を折られる前にキアを斬るべきだったね。どこのろくでなしに利用されてたかなんて知らないけどさ、共犯は共犯でしょ。ロスクレイは馬鹿だよ」

「ああ？　どっかのゲスが何か言ったか？　ガキの命助けて何が悪いんだ。言ってみろよ」

「だーから、敵はそこを織り込み済みでキアみたいな子供を表に出してきたんだろ！　キアを斬れなかったたってことは、結局そういう罠にはめられてるんだよ！」

「……待て、待て。そもそも、犯人は結局誰だったんだ。私はそこが気になる」

「分かんないけど、あんな化物みたいな詞術《しじゅつ》ができるとなると、イズノック学舎……にもいないか？　まだ、議会も正式に発表してないでしょ」

「どうでもいい。大事なのは、そういう化物みたいな攻撃にロスクレイは耐えきったたってことだぜ。最後までガキを傷つけねえでよ。あいつには本当に倒すべき敵が分かってたんだよ。本物の英雄だろ。それを言うに事欠いて馬鹿呼ばわりってのは、どんなお偉いゲス野郎様だ？　あ？」

「分かった……分かった分かった。謝るよ。ロスクレイ様は英雄様。豚の腸詰めでも奢るから、機嫌直しなよ」

「チッ……お前が食いたいだけじゃねえのか」

（……くだらん）

第四試合には、シャルクが敢えて口を出すべきことは何もない。ロスクレイの戦いに関しても、せいぜい必死にやった結果なんだろう、と考えるだけだ。

キアという少女がどのような仕掛けであれらの攻撃を駆使していたかは、不明だ。故に第四試合を勝ち上がられた場合厄介だったのは、間違いなくキアの方だった。

ロスクレイは完全に確定したはずの勝敗を無理矢理に覆して、しかも自身は重傷を負いながら勝ち上がってくれている。好都合な試合結果だったと言えるだろう。

（負けた奴のことについては……まだ、考えなくてもいいか？）

もしもキア自身にあのような絶大な詞術《しじゅつ》があるとすれば――シャルクは到底それを信じてもいないが――彼女が黄都《こうと》のどこかに存在する可能性があるというのは、恐ろしく危険なことであるのかもしれない。

その次の第五試合。魔法《まほう》のツーに関しても思うところはある。〝青の甲虫亭〟で多少会話を交わした程度の間柄だが、あの日のツーは、無敵の肉体と精神を備えているように見えた。

そんなツーが、真業《しんごう》の試合に恐れをなして第五試合を辞退したのだという。実際に何が起こったのかをシャルクが知る術はない。

（……俺は、第七試合だ）

恐らくは、単純な幸運なのだろう。対戦順序の遅い音斬《おとぎ》りシャルクには、六合上覧《りくごうじょうらん》の全貌を見通す機会が与えられている。

この戦いは単純な戦闘能力のぶつかり合いではない。試合順序が早かったならば、シャルクもそれすら知らぬまま敗退していたかもしれない。

（……俺も、もう少しばかり考えて動くべきだったかもな）

◆

店を出たシャルクを、地上への階段の先で待ち伏せていた男がいた。男は傘を差していて、シャルクが店にいる間に小雨《こさめ》が振り始めていたのだと分かった。

小太りの、奇妙な器械を首から下げた男だった。

「なんだ」

問答無用で攻撃を仕掛けるほど無軌道ではない。ただ、面倒そうに声をかけるだけだ。

「ああ、いいですかお話？　時間あります？」

「俺は『なんだ』と聞いただけなんだがな」

「えー、じゃあまず挨拶からですかね？　僕は黄昏潜《たそがれもぐ》りユキハルです。なんだと言われると、まあ、記者ってことになりますか。どう答えるのがいいんでしょうね？」

「……。言い直す。何の用だ」

黄昏潜《たそがれもぐ》りユキハル。名乗っている名前が本当なら、オカフでも名の知られた、当代最高峰の情報屋だ。あらゆる死地に踏み込んで情報を摑《つか》み取《と》ってくる異常な生還能力から、〝彼方《かなた》〟から訪れた〝客人《まろうど》〟なのではないかという噂もあった。

「音斬《おとぎ》りシャルクさん。あなたを雇いたいという方がいます」

「相手と内容による。なんだ」

「依頼主は〝灰髪の子供〟です。仕事内容は、潜伏している血鬼《ヴァンパイア》及び従鬼《コープス》の捜査」

「……血鬼《ヴァンパイア》？　今時そんな連中が、しかも黄都《こうと》にいるのか？」

「ああ血鬼《ヴァンパイア》って、辺境の疫病って印象ありますよね。でも大真面目な話なんです。血鬼《ヴァンパイア》の感染源がこの黄都《こうと》で活動していて、黄都《こうと》軍も含めた色々な組織に従鬼《コープス》を送り込んでいる疑いがあります」

「報酬は」

「〝本物の勇者〟についての情報」

「……」

「……と、いうのはどうでしょう？」

シャルクは足を止めて、初めてユキハルの方向を振り返った。人懐こい笑み。首に下げた器械以外は、どこにでもいるような小太りの男に見える。

「俺のことを……よく調べているみたいだな」

「リチア新公国にオカフ自由都市。あなたが魔王自称者の国を渡り歩いていたのは、〝最後の地〟に勇者の痕跡がないかどうかを探していたんですよね？」

音斬《おとぎ》りシャルクは、自分が何者であるかを知らない。

〝本物の魔王〟を殺した勇者はまだ見つかっていないのだという。その死体すら。

この骸魔《スケルトン》としての命が始まったその時から、勇者という言葉を聞くたびに、恐れと焦燥がシャルクの虚ろな胸を騒がせる。

「断る」

「……理由を聞いてもいいですか？」

「六合上覧《りくごうじょうらん》の参加者だからだ。俺は、俺の擁立者からこの戦いを勝ち進む仕事を受けている。依頼の二重受注はあまりしたくないんでな」

「なるほど。まあ、いいでしょう。すぐにお話を受けてもらえるなんて思ってません」

ユキハルはひらひらと手を振る。

まるでシャルクがそう答えることを分かっていたかのようだった。

「……あんたが本当に黄昏潜《たそがれもぐ》りユキハルなら、いい機会だ。聞いておこう」

シャルクは、厚い雲に覆われた空を見上げた。

雨の影響を受けているのか、路地を照らすガス燈の光がチカチカと瞬《まばた》いている。

「あんたは……勇者が何者なのか、探そうとしたことはあるのか？」

「……〝最後の地〟の外でなら。けれど〝本物の魔王〟の死亡時期は曖昧です。当時、誰が〝最後の地〟に向かったのかの目撃証言すら集められませんでした。当然ですよね。〝最後の地〟の周りにいて、正気だった人なんていないんですから」

「それなら、推測した限りでもいい。本物の勇者がもしいるとしたら……世界最高の情報屋の黄昏《たそがれ》潜《もぐ》りユキハルなら、そいつをどんな奴だと思う」

「……。シャルクさん。あなたはリチアの時もオカフの時も、〝最後の地〟の情報という報酬は、いつも最後まで後回しにしてきた。自分の足で〝最後の地〟を探すことだってできたでしょう。僕の目には、まるで勇者が絶対に見つからないように勇者を探しているみたいに見えますね」

「……そう見えるか」

その通りだ。誰よりも真実を欲しているはずなのに、同時に逆のことをも願っている。

ユキハルは皮肉げに笑った。

「はは。シャルクさんだけじゃない。本当はみんなとっくに分かっていて……分かっていないフリをしているだけなんです。だってそうでしょう？　〝本物の魔王〟の恐ろしさを知っていれば知っているほど……そうに決まってるじゃないですか」

〝本物の魔王〟を殺した勇者はまだ見つかっていないのだという。その死体すら。

もしかしたらそれは、誰にも見つけられなかったのではなく――

「〝本物の勇者〟は、恐ろしい」

十一　サイン水郷

十年以上も昔のことだ。

サイン水郷《すいごう》には、遥か昔から〝針《はり》の森《もり》〟と呼ばれる一角がある。太い鉄柱が森林の如く丘の上に突き立っていて、村からその丘を見ると、針の山のように見えるのだ。

地平咆《ちへいほう》メレは、いつもこの〝針の森〟にいる。好きな時間まで眠りこけ、寝そべったまま雲の形を眺める。村から訪れる者がいれば、面倒がりながらも相手をしてやる。

その日も、メレのもとを訪れた子供がいた。

「何、寝てるんですか」

ミスナという。他の子供達と馴染《なじ》みたがる性格ではないようで、いつも一人で行動していた。ガラスの塊を削ったような厚い眼鏡をかけて、教団文字の文法表を小脇に抱えている。村の子供達の中で一番賢いのだと聞いたことがあった。メレはそんなことを真剣に覚えてはいないが。

「俺がいつ寝るのも起きるのも俺の勝手だろ。あー……もう昼か？」

実のところ、メレはしばらく前から目覚めていた。ただ身を起こすのが億劫《おっくう》で、少しばかり空の色の変化を見ていたくなっただけだ。

魔王軍がサイン水郷を通り過ぎてから、しばらくはそのような日が続いている。

「……メレはなんで戦わなかったんですか」

「……」

発言の意図が分からず、メレは首を掻いた。

ミスナの言葉は幼子のそれとは違った意味で難解であることが多く、どうにも接し方に困る。

「みんなは、メレが村を守った英雄だって言ってます。私はぜんぜんそんなこと、思わないです」

「あー、そうかよ。お前みたいなチビにどう思われようが、俺には全然関係ねえけどな」

――小一ヶ月前まで、この村は滅びの危機にあった。

〝本物の魔王〟とそれに伴う魔王軍が、村の境界近くにまで押し寄せていたのだ。森の獣が狂い始めて、兎《うさぎ》や鳥が共食いをして絡み合った死体が発見された。大量の鹿が川に身を投げて、村人は子供の目が魔王軍を見てしまわないように、昼間から何重にも戸締まりをしていた。

サイン水郷の住人に狂気が波及するのも、時間の問題であった。

メレにできることは少なかった。彼はただ丘の上に立って、魔王軍を睨み続けた。

二百五十年もの間寝転がってばかりいた巨人《ギガント》は、巨大な黒弓をいつでも引けるように構えて、太陽が昇る前から、沈んだ後までもずっと、そこに立ち続けていた。

何日間もそれが続いた。食事もとらず、陽気な軽口すら叩かなくなったメレを村人の誰もが心配したが、彼らも、押し寄せる恐怖に対して何もできずにいた。

村そのものが張り裂けてしまいそうな緊張があった。

……そして、それは通り過ぎていった。

魔王軍はこの小さな村を素通りして、別のどこかへと向かっていった。

「いいからお前も帰って寝とけ。俺もまだ眠くて仕方ねえや」

「……毎年の洪水を、メレが止めているのは本当ですか」

「知らねーよ。俺は弓の練習してるだけだ」

「村に来る鳥竜《ワイバーン》を全部射《う》ち落してるのも、メレだって」

「俺のメシだ。お前らなんかに渡すかよ」

ミスナは瞳に涙をいっぱいに溜《た》めて、メレを見上げた。

淡々とした口調とは裏腹に、怒りと悔しさの入り混じった顔に見えた。

「……そんなに強いなら、どうして矢を射たなかったんですか」

「ああ？」

「〝本物の魔王〟が、近くにいました。倒せたはずです。メレが射ちさえすれば、みんなが助かったんです……この世界のみんなが」

メレは寝転がったまま、ぼんやりと利き手の右を伸ばして、閉じては開いた。

〝本物の魔王〟は、すぐ隣の村にまで来ていた。射てば、届いたのだ。

メレの矢は防御不可能の、一方的な大破壊だ。〝本物の魔王〟の正確な位置が分からなかったとしても、地形ごと根こそぎに破壊してしまうことができたはずだ。

そんな単純なことに思い至らなかったはずがないのに。

——何故射てなかったのか。

「ハ、矢射つのは疲れんだよ……面倒くせえから、やらなかったんだ」

「違います。メレは逃げたんです」

「……」

「ほ、〝本物の魔王〟が怖かったから、射てなかったんです。みんなを助けられたのに、メレにはその勇気がなかったんです！」

——〝本物の魔王〟は、北方正統王国を滅ぼしてしまった。

世界を脅かす恐怖と戦うべく、残された二王国は地平全土から人材を集めていて、〝本物の魔王〟を滅ぼす戦略を考え続けている。

戦いを挑んで勝てない相手だとしても、人にできることはいくらでもあるはずだった。

山間の都市にまで誘導し、山ごと焼き払うのはどうか。

〝本物の魔王〟が越えられないような堀や壁を築き上げ、孤立させるのはどうか。

侵攻経路の井戸に毒を投げ入れ、食料を絶やして飢えさせるのはどうか。

人為的な疫病や、魔族《まぞく》の大軍勢を用いて攻め落とすのはどうか。

もしかしたら、今度こそ〝本物の魔王〟を倒せるのではないかと。まだ、世界に希望が残されているのではないかと。

そうした試みは、何一つ為されずに終わっている。

作戦指揮官が狂った話もある。実行すべき兵が寸前で脱走した話もある。人道の観点から民が反発した話もあった。あるいはそのどれでもなく……ただ自然に消えていった。

――全ての敵を滅ぼす引き金を、何故か誰一人引けないのだ。

抗う意思を何もかも奪う。するべき事ができず、するべきでない事をしてしまう。

相対せずとも、どれほど離れていても、世界のどこの誰であろうとも、その恐怖に直面させる。

それが、〝本物の魔王〟。

(射てたはずだ)

本当はミスナが訪れるよりも前から、メレは目覚めていた。

体を横たえたまま、同じことばかりを考え続けている。

魔王軍がサイン水郷を通り過ぎてからも、ずっと。

(俺は、構えていることしかできなかった)

「村は、助かりましたよね。でも魔王軍は……魔王軍はこの村を越えて、ギラノ林地を滅ぼしました。友達のユレンがいたんです」

「……知るかよ。全然、知ったこっちゃねえ。俺は俺のねぐらが守れればそれでいいんだからよ。他んところは、関係ねーだろ」

「だって……お、大人のみんなは……ざ、残酷ですよ……！　弓を射てなかったメレを英雄扱いして！　メレが一番わかってるのに！　それでいいんですか!?　つらくはないんですか!?」

村人達は、メレが勝ったのだと言う。サイン水郷の守護神が、魔王軍を追いやったのだと。

――違う。メレは恐怖に負けていた。打ち倒すべき敵を、初めて射てなかった。

あと少し勇気があれば。あと少し強ければ。

かつてのメレなら〝本物の魔王〟を射てたかもしれない。そう考えてしまう。

「知らねえって、言ってんだろ……！　もうお前、うるさいから帰れや……。早く二度寝してえんだからよ」

「私……私は……私達のメレなら、本物の勇者になれるって……」

「…………」

ミスナはそれ以上言葉を続けず、小さな背中は丘を下りていった。

次の日から、ミスナの姿を見かけなくなった。

メレのもとを訪れた日の翌日、キャラバンに乗って村を出たのだと後から聞いた。村の外で学んで、自分自身で〝本物の魔王〟と戦うことを決めたのだと。

けれど、それだけだった。

〝本物の魔王〟が英雄に倒されることはなかったのだから。

◆

いくつもの年が巡った。

〝針の森〟に、たった一羽《わ》で鳥竜《ワイバーン》が飛んできた日のことを覚えている。

サイン水郷に鳥竜《ワイバーン》が現れる事態は多少珍しいとはいえ、メレにとっては記憶に残すような事柄でもなく、いつもそうするように、黒弓に矢を番《つが》えた。

こうした鳥竜《ワイバーン》を駆除する際に用いるのは鉄の柱ではない。工術《こうじゅつ》で生成した土の矢だ。

（…………）

だが、その時のメレは矢を弓に番えたまま、山に突き立っている鉄柱にその鳥竜《ワイバーン》が降り立つまで待った。戦闘を仕掛けたなら、どちらもただでは済まない相手だと分かったからだ。

――その鳥竜《ワイバーン》には三本の腕が生えている。

「……。あんたが、地平咆《ちへいほう》メレ……？」

星馳《ほしは》せアルスという。この地上に残る限りの伝説の財宝を簒奪し、英雄を蹂躙した、最強の鳥竜《ワイバーン》。

彼の到来は常に、その地の伝説の終わりを意味している。

「だったらどうする。ここには何もねえぞ。俺以外はな」

メレは不敵に笑い、しかし低い声で返した。

星馳《ほしは》せアルスが現れたということは、メレにその順番が訪れたということだろう。

この世界の数多《あまた》の伝説はこの鳥竜《ワイバーン》を打ち倒すことができなかったが、地平咆《ちへいほう》メレならばできる。

サイン水郷は平和な地だ――二百五十年以上の間、彼が本気で戦うに値する敵は現れていない。

（――ついに、俺にやらせてくれるのか。嬉しいぜ。星馳《ほしは》せアルス）

黒弓を握る手に力が籠もる。仕掛けるなら早いほうがいい。丘を削る一射で天空に土砂を巻き上げ、自由に飛行する術を奪う。低空飛行で避けたならば村の田園に撃ち落とすような軌道で――

「…………」

メレは、射てずにいる。

矢の間合いに入っているというのに、星馳《ほしは》せアルスは静かに柱の上に留まったまま、メレをじっと観察していた。

「………………それ。その弓、強いのかな……」

「へっ、気になるのかよ？　誰がどこの世界のどんな材料で作ったか知らねえが、絶対にぶっ壊れねえ代物だぜ。こいつを奪ってみるか、鳥ガラ野郎」

「……やだな……。持ち運ぶの、面倒そうだし」

この冒険者にとっては、その程度のことが蒐集《しゅうしゅう》を諦める理由になる。裏を返せば、黒弓がアルスに扱える武器であれば、躊躇《ちゅうちょ》なく奪ったということだろう。

「それに、あんたの本当の宝は……そっちじゃないよね」

星馳《ほしは》せアルスは首を回して、サイン水郷の方角を見た。

「……どんな気分なの？」

「お前に俺の何が分かる。……何しに来やがった、〝星馳《ほしは》せ〟」

メレは矢から指を離していない。

メレは古の、巨人《ギガント》の戦士だ。洪水や鳥竜《ワイバーン》の群れなどではなく、深獣《クラーケン》とも竜《ドラゴン》とも戦っていた。その全てに勝利してきたことが彼の誇りで、強者と戦うことが、何よりの喜びだったはずだった。

けれど――射てば、どうなるだろう。

このサイン水郷で、戦うしかなくなる。

望むところだ。

（お前がやる気なら、やってやる）

魔王軍が押し寄せてきた時と、同じ自問を囁く声がある。

何を恐れているのか。

かつてのメレは、何も守る必要がなかった。戦闘の興奮のためなら、自分自身の命をも笑って捨てることができた。強く、そして勇敢だった。

このサイン水郷に根付いていしまうまで。

（……なんだそりゃ。関係ねえ。何も、関係ねえ）

巨人《ギガント》にあり得ざる年月を、技の研鑽《けんさん》に費やした。全てを破壊し、全てに的中する究極の弓だ。

だが地平咆《ちへいほう》メレが全力で戦ったその時、サイン水郷はどうなるだろう。

この小さな村は、彼の全力の戦いには耐えられまい。生活をともにできぬほどに尺度の違う、矮《わい》小《しょう》すぎる人間《ミニア》の村だ。矢の軌道が地表を掠《かす》れば村は根こそぎ覆され、彼の巨体が駆け抜ければ、田畑も家も潰れてしまう。

あの日魔王軍を前にした時と同じだった。

ずっと望んでいたはずのことすら、できなくなる。

誰よりも強い巨人《ギガント》が、この指を離すだけでそれができるはずなのに。

地平咆《ちへいほう》メレは恐怖している。

「…………」

アルスは動かない。メレが射たないとでも思っているのか。

それとも、地上のあらゆる宝を目にしてきた星馳《ほしは》せアルスは……メレがどんな宝を守らなければならなくなってしまったのかさえ、見透かしているというのか。

「もう一度言うぞ。何の……用だ」

「…………別に」

アルスは、メレの存在など意に介さぬかのように、全く別の方向に首を向けた。

自らの興味の対象以外にはそもそも関心を持ってすらいないようだった。

……最初から、戦闘のために訪れたのではなかった。

「あんたに、聞きたかっただけだよ……。どういう気持ちなのかな…………」

「なんだ」

「自分の故郷が……国があるって」

「……そんなんじゃねーよ。こんな小せえ村」

メレの本当の宝は詞神《ししん》の時代からの黒弓でもなければ、山に突き立った鉄の柱でもなく、地上最強たる自負ですらない。そうではなくなってしまった。

小さく弱い者の尺度で生きる内に、古の巨人《ギガント》もまた、小さく弱くなってしまったのか。

――この村を失うことを、恐ろしいと思う。

「悪くねえよ」

メレは、笑い飛ばすように言った。

サイン水郷は、彼にとっての枷《かせ》だった。メレはこの〝針の森〟で、年に一度の洪水からこの村を守り続けている。ここにいる限り、彼が真に戦うことはできないのだろう。

「自分の居場所があるのは、悪くねえ」

それでも、自分が弱くなったことを村人達のせいになどしたくはなかった。

サイン水郷のせいなどではない。長く生きていれば、そのようなこともあるだろう。

悪くない。望みのままに戦って、あの小さな村を滅ぼしてしまうよりは余程良い。

そう信じる。

「……そっか」

アルスは大きく羽ばたいた。彼がこの〝針の森〟を訪れたのは、それを尋ねるだけの、ひどく些細な理由だった。

「――なあ、アルス！」

去りつつあるアルスに向けて、メレは叫んだ。

かつての子供と同じように問うた。

「お前はなんで戦わない！　世界中の伝説をブッ倒すなら、一番デカい奴がこの世にいるだろう！まだ誰も倒せてねえ、この世で最強の奴がよ！」

「……？　…………ああ、〝本物の魔王〟のこと……」

遍《あまね》く伝説を打倒したその鳥竜《ワイバーン》ならば、その存在を倒す勇者にもなれたはずだった。多くの者達が、星馳《ほしは》せアルスに身勝手な希望を託していたのかもしれない。

けれどアルスは誰のためにも戦わない。いつも気まぐれで、自由でいる。

守るべき村人達のために不自由を選んだメレとは、正反対の生き方をしていた。

「魔王は何も持ってないじゃないか……。宝も……居場所も。倒したって、意味ないよ……」

そうなのだろう。〝本物の魔王〟はきっと孤独で、何一つ守るものはない。

夕暮れを待つ黄緑の空に、その翼は遠く消えていく。

伝説と、伝説殺しが、戦わずに別れた。

二百五十年間で、ただ一度の機会だった。

「……へッ、言い訳しやがって」

残された巨人《ギガント》は戦う相手もなく、丘に一人で立ち続けていた。

必中の弓を持つ地平咆《ちへいほう》メレは、その生涯で二度、標的を逃した。

◆

「ちょっと！　何昼過ぎまで寝てんのよッ！」

そして現在。黄都《こうと》の巨人街に、甲高い声が響いている。

黄都《こうと》第二十五将、空雷《くうらい》のカヨン。彼は地平咆《ちへいほう》メレの擁立者だ。

「もう夕方になっちゃうわよ！」

「うるせェ〜な」

地平咆《ちへいほう》メレは、屋根の下で目を覚ました。家屋とはいっても、ただ壁と天井を急造で設えた程度の、巨大な箱も同然の簡素な作りである。地平咆《ちへいほう》メレは巨人街に寝泊まりする他の巨人達《ギガント》と比べて、ゆうに四倍の占有面積を必要とした。

「へへへ」

「な〜にがへへへへよ。寝ぼけちゃって……夢でも見たわけ？」

そうだ。夢を見ていた。平和で、そして戦いに飢えた、長く幸せな日々だ。

「いいや……なんていうか、嬉しくなっちまってよ」

ここはサイン水郷ではない。守るべき、小さく弱い友もいない。

何も恐れることなく、かつての強い自分自身でいることができる。誰もがそれを望んでいた。

第七試合には、サイン水郷の巨大な英雄が現れるのだという。冬《ふゆ》のルクノカと並び称される、真なる伝説。地平咆《ちへいほう》メレ。

二百五十年、彼はその機会を待った。

「居場所があるってのは、悪くねえな」

強者が集ってくる。

十二 ◇ 第七試合

黄都《こうと》第十九卿、遊糸《ゆうし》のヒャッカは、若き俊才と呼ばれることがある。

物事を一面から見れば、そのように解釈することもできるだろう。

遊糸《ゆうし》のヒャッカは、鉄貫羽影《てっかんうえい》のミジアルや赤《あか》い紙箋《しせん》のエレアほど若くはないし、鎹《かすがい》のヒドウや片《かた》割月《われづき》のクエワイのような優秀な頭脳を持つわけでも、蝋花《ろうか》のクウェルのような卓越した身体能力を持つわけでもない。

――ヒャッカがこの地位にいる理由は、一度の幸運によるものである。

かつて、朝露《あさつゆ》のルイーザという〝客人《まろうど》〟がいた。極めて強靭《きょうじん》な病虫害耐性を備えた小麦の新品種を広めることで東部農地の生態系を塗り替え、小作人を引き連れて黄都《こうと》から離反したことで、大規模な食糧危機を招いた魔王自称者である。

農地所有制度の急進的な改革を訴えるルイーザとの交渉は幾度も決裂し、武力衝突はもはや避け得ぬ情勢の中、外交官として選ばれた男がヒャッカである。この頃には既に黄都《こうと》議会の方針は決定していたものの、経験の少ないヒャッカを起用した件には、前第十九卿が開戦責任から逃れるための人事だったのではないかという疑いの声すら上がっていた。

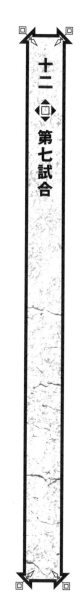

だが、もはや形式的なものとなった和平交渉の席で、状況は一変する。

朝露《あさつゆ》のルイーザは、ヒャッカの性格や発言内容の何かを一方的に気に入ったらしかった。それから両者の講和までは嘘のように順調に運び……ヒャッカは自分自身にすら理由の分からぬ大成果を導いた高い実務能力を買われ、農業部門統括の第十九卿に就任してしまった。

（私は、運が良かっただけだ）

そのように自戒することが、ヒャッカの習慣であった。

黄都《こうと》二十九官は、彼よりも遥かに有能な官僚が人族《じんぞく》の政治を左右する世界だ。ヒャッカにとって都合の良い物事が、二度も起こることはあり得ない。

ならば――次の一度の成功こそは、自らの力で掴む必要がある。そう信じていた。

そのための機会もあった。六合上覧《りくごうじょうらん》。

あの黒《くろ》い音色《ねいろ》のカヅキを討ち果たした無名の骸魔《スケルトン》の傭兵を、彼は自力で見つけ出した。

折良く、オカフ自由都市との戦争状態が終結したことも大きかった。元オカフ傭兵であった音斬《おとぎ》りシャルクを、勇者候補として擁立することが可能になったのだ。

しかし。

「――音斬《おとぎ》りシャルク！」

扉を開け放つと同時、彼は自らの勇者候補の名を呼んだ。

黄都《こうと》中央市街の、高級な宿の一室である。音斬《おとぎ》りシャルクは奥の壁に寄りかかって、窓の外の夜景を眺めているところだった。

ヒャッカは両足を揃えて姿勢を正し、身長差があるシャルクを見上げるようにして告げた。

「聞きましたよ！　〝青い甲虫亭〟の暴力騒ぎ、あなたが居合わせていたみたいですね!?　何故そのようなことを即座に報告できないのですか!?　擁立者の私が、他の官僚に聞かされるまで自分の勇者候補の話を知らないなんてことあり得ますか!?」

「……騒ぎ？　あの程度のことを、あんたらの言い回しではそう表現するわけか」

音斬《おとぎ》りシャルクの髑髏《どくろ》の顔には表情がない。皮肉や諧謔《かいぎゃく》を述べる時もそうだ。

「次からは気をつけてもいいが、道に躓《つまず》きそうな石があるとか、注文の酒が切れてる辺りのことから『即座に報告』した方がいいか？」

「ば……馬鹿にしないでいただきたい！」

ヒャッカは中央テーブルの椅子に座り、自分で酒を注いで、両手でコップを持って呷《あお》った。

この部屋も遊糸《ゆうし》のヒャッカが借りたものだ。周辺区画の治安と宿泊客への対応の充実度を調べ、警備体制も万全な宿を選んでいる。だがそれらの努力も、その客自身が夜な夜な街を出歩いているようでは何の役にも立たない。

「あまり乱暴に酒を飲むなよ」

「あなただって、酒も飲めないのに酒場通いするのはやめてください！　それも、わざわざ最底辺のならず者の溜《た》まり場《ば》みたいなところに！　勇者候補の品位を貶めるつもりなんですか！」

「俺には俺の考えがある。それに、こういう宿は経験上あまりいい思い出がないんでな」

シャルクは、宿が毎夜揃えている高級な酒瓶に興味を示したこともない。

当然だ。骸魔《スケルトン》には飲食も、もしかしたら安全な住居すら必要ないのだから。ヒャッカは、人間《ミニア》の尺度で彼の居場所を用意することしかできなかった。

「こそ泥程度は追い払えるだろうが、本気で暗殺するつもりの連中は躊躇なく来る。お前も命が大事なら、あまりこの部屋には立ち寄らんことだな」

ヒャッカは、無言で次のグラスを飲み干す。

彼にとって、勇者候補はただの道具であればよかった。

だがそこには、あまりにも順当な現実だけがあった。……自分を遥かに超えた力を持った者が、ヒャッカなどの下に道具のように付き従うはずがないのだ。

音斬《おとぎ》りシャルクは何も欲することがない。

食も、女も、金も、安全と命すらも、死者に対する取引材料とはなり得ない。

想像がつかない。他の擁立者は勇者候補をどのように制御しているというのだろう？

「……くそう」

「大丈夫か？　そんな飲み方をしておいて、まさか酒に弱いなんてことはないよな」

「か、関係……ないでしょう……！」

◆

「なんだヒャッカ、また俺に愚痴りに来たってわけかい……」

真昼の喫茶店。テラス席に座っている男は、第十五将、淵叢《えんそう》のハイゼスタである。

「違います！」

いつも彼のような素行不良者に悩まされているような気がする。音斬《おとぎ》りシャルクに関わる前から、ずっとそうだ。

「ハイゼスタ殿！　本日だけで何人の女性に声をかけたんですか！　六件も苦情が来ています！　何故か、この私のところにですよ！　分かりますかこの迷惑が！」

「なるほど六人ねぇ……ンッフフフフ。今日は八人口説いてみたが、そういうことなら二人は脈アリだったってことだ。悪くないねえ」

ハイゼスタの声と笑いは常に、歌劇の男声歌手よりもさらに低い。

大柄で野性的。小柄で忙《せわ》しないヒャッカとは、完全に正反対の印象の武官である。

「悪いです！　そもそも私のところに来た六人全員が既婚者ですよ！　そのうち四人は孫までいました！　何故あなたのように不真面目な者が二十九官にいるのか、理解に苦しみます！」

「やっぱり今日も愚痴じゃあないか……ンフフフフフ」

黄都《こうと》二十九官の武官の多くの例に漏れず、淵藪《えんそう》のハイゼスタも過去の戦争の功績によって二十九官入りした男である。しかし彼には、根本的に官僚として問題があった。素行不良なのだ。

よってハイゼスタに進んで関わろうとする者は、同じ二十九官にも多くはない。彼に正面から説教する者などは、ヒャッカは自分自身以外に見たことがなかった。

一回り年下であるのにも関わらず、何故だかそのような役回りになってしまっている。

「そもそも、ハイゼスタ殿は昼間から何をしているのですか？　仕事をしているのか遊んでいるのか、いつもどこにいるのか、毎回私が探す羽目になっているのですが！」

「ま、俺は俺で色々やっているのさ……六合上覧《りくごうじょうらん》はきっと面白くなるぜ」

「面白がっている場合ではないですが！」

――淵叢《えんそう》のハイゼスタがその実ケイテ陣営に属し、暗躍していることは、この時点では表沙汰にはなっていない。ヒャッカの目には尚更《なおさら》、ただ怠惰な男でしかないように見える。

ヒャッカはテーブルに両手を突いた。

「擁立者でなくとも真剣に取り組んでください！　六合上覧《りくごうじょうらん》は非常に、重要な、今後の黄都《こうと》の命運がかかった真業《しんごう》の催事なんですよ！」

「お前さんの出世もかかってるわけだしな」

「そう！　あっ違う！　わ、私はただ、王城試合だからこそ平時以上に規律を意識すべきだと！　それなのにシャルクは私に無許可で外出するし、あなたみたいな不良もいるしで……」

「ほーう。勇者候補にも自分の言うことを聞いてもらいたいと」

「はい！　いや、そういうことではなくて！　ああもう！」

「お前さんは模範的だが俗物だねえ」

本来なら、ハイゼスタのような男に煩わされている場合ではないのだ。目下の問題は音斬《おとぎ》りシャルクである。

しかもシャルクを制御した上で、あの伝説の英雄、地平咆《ちへいほう》メレを相手取って勝たなければならない。その手段を考えなければならないのは、擁立者であるヒャッカ自身である。

「……ンッフフフフフフ」

「何を笑ってるんですか……」

ヒャッカはテーブルへと突っ伏して呻《うめ》いた。これは、この世の誰も経験したことのない戦いだ。どのように戦えばいいのかなど、教えてくれる者はどこにもいない。

「私……どうすればいいでしょうか……」

「さあねえ」

ハイゼスタは大きな欠伸をした。

「まあ、試合場の件は上手くやったんじゃないか。その調子でやればいいだろ」

「……？」

それが最初の違和感であったかもしれない。

この時点で第七試合の試合場に関する協議は、一切行われていない。

◆

ヒャッカが状況の好転を知ったのは、大一ヶ月が過ぎた頃である。

執務室での部下との会話の最中だった。

「そういえば、ヒャッカ様。第七試合はドガエ盆地で決定したそうですね」

「え……」

ドガエ盆地は黄都《こうと》南部に位置する、小規模な火山跡だ。

大地は闘技場の如き円形に陥没しており、平坦な大地を高い岩肌が取り囲んでいる。

確かに、対戦相手が地平咆《ちへいほう》メレならば、ドガエ盆地こそが最も有利に戦える地形に他ならない。

ヒャッカ自身もドガエ盆地を試合場に希望するつもりでいた。

(試合場の話がもう出回っている?)

無論ヒャッカはそのような取り決めを、メレの擁立者——空雷《くうらい》のカヨンとの間に交わした覚えはない。正式な協議は勿論、個人的な口約束ですらそのような話は出ていなかった。

「その話を、一体誰から?」

「はあ。誰からも何も、皆噂していますが。間違ってましたか?」

「……私はまだ、試合場の協議を結んではいませんが」

「そうなんですか? ならば誰かの早とちりでしたかね。ドガエ盆地なら、それこそシャルクに有利な絶好の地形かと思ったものですが」

マリ荒野と同じく、黄都《こうと》市街から離れた試合場である。戦闘領域は広いものの、周囲を取り囲む隆起地形によって、メレの狙撃に十分な距離を取ることまではできない。

(私にとって最も有利な展開は、空雷《くうらい》のカヨンにこの試合場を合意させること……だった。シャルクの速度なら、メレの鈍重な巨体が矢を番えるよりも遥かに速く、開始位置から弓の間合いの内側に一瞬で肉薄できる。試合開始と同時に決定的な有利を取れる)

地平咆《ちへいほう》メレや冬《ふゆ》のルクノカのような規格外の巨体が戦うことのできる試合場は、マリ荒野とドガエ盆地しかない。そうであれば、この噂も理解できる。第七試合の試合場について、事前に勝手な憶測を立てた者がいたに違いない。

（……ならば、この噂を利用できないか？）

この事実は、ヒャッカにとって二つ目の幸運であるかもしれなかった。

噂を持ち込んできた部下に提案する。

「その噂、もっと多くの者に広めることはできるでしょうか」

「は……？　しかし、まだ試合場は決定していないんですよね？」

「だからこそです。私達に有利な試合条件なら、それを既成事実としてしまえばいいんです。試合場が決まったらしいという噂が流れているのなら、次は観客席の数についての噂を。それが十分に流布したのならば、次は試合の日時に関する噂を。商店や市民がそれらを真に受けて、ドガエ盆地の流れができてしまったとしたら――あのカヨンでも、もはや後には引けません。こちらの要求通りの試合条件を通すことができます！」

調整室での条件協議の日取りまでには十分すぎる時間がある。

それまでに外堀を埋め、試合の事前から地平咆《ちへいほう》メレを封殺する。

（やれるかもしれない）

思いがけない高揚が、ヒャッカの内から沸き上がっていた。

たった今口をついて出た、噂を利用する策も、分は悪くないように思える。成功すれば決定的な有利を得られるし、失敗したとしても損はないのだ。

何よりも、ヒャッカが自分の力で考えた策である。

（いいや、やれる。私は……私の能力で、六合上覧《りくごうじょうらん》を勝つ！）

◆

市民の間にも、第七試合の試合場に関する噂は広まりはじめた。

サイン水郷を守り抜いた生ける伝説、地平咆《ちへいほう》メレの試合である。民の関心は絶対《ぜったい》なるロスクレイや星馳《ほしは》せアルス、おぞましきトロアなどに次いで高く、ヒャッカが市街に出れば、その話題を耳にすることも多くなった。

その日、ヒャッカは取るに足らない買い物のために雑貨店に入った。

「どうも、ヒャッカ様！　王城試合の噂は聞いていますよ！」

「ありがとうございます！　こちら……この、ランプの芯を三つ」

「はいはい。先月とは仕入先が変わったんですが、質については保証済みです。ご心配なく。……ところで、試合場はやはりドガエ盆地ですか」

「いえ、そう決まったわけでもありませんが！」

ヒャッカに対する直接の質問に関しては、そのように答えている。彼は俗物だが、実直な文官ではある。万が一にも虚偽の受け答えをするわけにはいかない。

「しかし、近々そのようになりそうです」

故に、嘘ではない返答で印象を操作する。

市民が自発的にその噂を広めている時点で、その未来は近づいていると言っていい。

「ははあ。そうですかあ。まだ決まったわけではないと」

「やはり、皆そのように話しているのですか？」

「鍛冶のユティも〝輝《かがや》く雌鹿《めじか》亭〟の親父《おやじ》も言ってましたよ！　何しろまあ、地平咆《ちへいほう》メレの試合ですから。そりゃ気にならないのが嘘ってもんです」

「観戦席はもう売られているのですか？　まだ決まってもいないのに予約を受けつけている商店などがあれば、こちらで注意しなければなりませんので！」

「第七試合ー……は、聞きませんなあ。第二試合なんかは、とっくに予約で満杯らしいですが。冬《ふゆ》のルクノカが出るってのは本当ですかね？　イッヒッヒッヒ！」

（……むう。そこまで都合よく運ぶわけではないのか）

軽率な商店が既に動いているなら、試合場の噂を動かしがたい事実に持ち込むこともできた。

だが、それ故に席の販売に関しては厳重に管理されているのであろう。

協議結果の申請先は、商業統括の黄都《こうと》第三卿、速《はや》き墨《すみ》ジェルキ。彼が認めない限りは、商店から先に外堀を埋めることは不可能ということになる。

「しかしまあ、よかった」

「何か？」

「いやいや、こっちの話です！　またのご来店をお待ちしますよ、ヒャッカ様！」

市民の間に噂が広まりつつある。順調な流れだ――そう思えた。

◆

決定的な転機は、条件協議まで四日に迫ったその日に訪れる。

正午を僅かに過ぎた頃、執務を行うヒャッカにその報告が舞い込んだ。

「ヒャッカ様。市民からの苦情が来ておりますが。直《じか》に嘆願したい事柄があると」

「また！　ハイゼスタ殿の話ですか!?」

ハイゼスタ絡みの苦情処理は、ヒャッカにとって半ば日常業務となりつつある。

理由は不明だが、彼に関する苦情は何故かヒャッカが窓口だと認識されているようで、それは完全に無意味な手続きの迂回《うかい》であった。次の会議では必ずやその非効率さを議題に上げようと、ヒャッカは決心している。

「いえ、違います。ヒャッカ様です」

「なんですって？」

「ヒャッカ様への苦情ということですが」

ヒャッカは返答に詰まった。

統括する農業関係者からの意見は随時聴取しており、関係者がヒャッカのもとに直接嘆願に訪れる事態は、余程の緊急時でない限り起こらないような体制にしていた。

ならば六合上覧《りくごうじょうらん》を控えたこの時期に、そのような緊急事態が発生したのか。

困惑を隠しきれずに応接間へと向かうと、数名の婦人が既に着席している。

「お待たせいたしました。第十九卿、遊糸《ゆうし》のヒャッカです！　ご用件を伺いに参りました！」

「お忙しい中ありがとうございます。わたくし、北東六区長、杯堂《はいどう》のユバルクと申しますわ」

細身の中年女性は、ヒャッカが着席するや否や、やや早口で自己紹介を終えた。

苦情の場ということも手伝ってはいるが、ヒャッカにとって苦手な類の人種である。区長ともなれば担当地区全体の住民の意見を代表する立場であり、さらにその直接陳情ともなれば、黄都《こうと》二十九官でも無視することは難しい。

「前置きで貴重な時間を煩わせるわけにはいきませんので単刀直入に申し上げますが、ヒャッカ様は真業《しんごう》の戦いについてどのように認識しておりますの？」

「ど、どのように……とは？」

「不平等な条件を課せられた戦いで、互いの真実の業を見ることができるか、と問うているつもりなのですが」

「あ——もしや、第七試合の」

「もしやも何も、ドガエ盆地に試合場を定めたのはヒャッカ様なのですよね？　皆、そのように噂しておりますけれど。あなたのお相手は地平咆《ちへいほう》メレですのよ？　サイン水郷を守りあの微塵嵐《みじんあらし》を撃墜した、この世に知らぬ者などいない英雄です。その矢を、まさか、一度も射たせずして倒してしまおうと、そういうことですの!?」

中年女性は机を一度叩いた。そうしてヒャッカを威圧しようとしているのだ。

（……くそ。私が若いからといって）

腹立たしかった。仮にここに座るのがハーディやジェルキであったら、彼女はきっと同じことをしないだろう。

ハイゼスタの件についてもそうだ。結局は市民にとって、ヒャッカの方が文句を言いやすい相手なのだ。だからこのような損ばかりを被ることになる。

とにかく、このような苦情者に対する文言は考えてある。

「落ち着いてください、ユバルクさん！　よろしいですか？　まだ試合条件は決定していません。ただの風評をこちらに持ち込まれましても」

「関係ありません」

「え」

「関係ありません！　この件は皆の総意です」

中年女性は、紙片の束が詰まった袋をこれ見よがしに机上に置いた。

紙には異なる図柄の印章がいくつも並んでいる——投票印章だ。黄都《こうと》の各戸籍は固有の印章を持つが、これを判で押すことで、当該意見への同意を示すものである。

「こ、こんな……あの、袋いっぱいにあるのですか？」

「まだ二袋あります！　あなた、二十九官なのですよね？　市井の声を聞いたことがないのですか？　ドガエ盆地で試合を行うなど、明らかにおかしいでしょう！」

「ですから……そう決まったわけではなく」

「いいですか、ヒャッカ様！　この六合上覧《りくごうじょうらん》の大事な時に、あなたに不正疑惑がかからぬよう！　そのように助言するつもりで、私どもはここに来ているのです！」

ヒャッカは軽く額を抑えた。話が通じない……否。

たとえ彼女の当初の思い込みが間違いだったとしても、それを通そうとしている。

つまり自分の気に食わない試合条件を撤回するよう、強引に要求しているのだ。

（ふ。ふざけるなよ……！　通ると思ってるのか……！　そのような話が……！）

確かに、あの地平咆《ちへいほう》メレの技が初めて公の場で披露されるという事実は、六合上覧《りくごうじょうらん》の大きな触れ込みであっただろう。対する音斬《おとぎ》りシャルクは無名だ。市民の見方が一方的になるのも当然の成り行きであるのかもしれない。

——が、真業《しんごう》の意義は断じてそのような見世物ではないのだ。

互いに合意した条件で全力を尽くす。合意がある以上、勇者候補各々がその条件に責任を持つ。それが道理であるべきだ。

「……お気持ちは十分に理解しました。よく、検討いたします！」

ヒャッカは笑顔を作って答えた。

中年女性はそれからもひとしきり文句を言った後で、満足して去った。

彼女のような相手への応対は初めてではない。二十九官という立場であっても、民を治める以上はこうした理不尽に耐えなければならないことがある。

……だが、彼女の発した言葉が気にかかった。

（皆、そのように噂をしている？）

執務室へと戻る途中、足を止めて思う。

（第七試合の試合場の決定を流布するように、私は……指示していた。けれど市民にはどう伝わっている？　どのようにそれを噂しているのか……）

小さな棘のような不安だったが、俄《にわか》にそれが膨れ上がっていく。

これは皆の総意です。皆がそ、う、し、な、い、よ、う、に言っているのではないのか。

あなたに不正疑惑がかからぬよう。それがかかっているということではないのか。

（あの時の……雑貨屋の言葉は？）

――しかしまあ、よかった。

それはドガエ盆地でなくてよかった、という意味合いだったのではないだろうか。

いつしか、彼の足は廊下を引き返していた。

市井に流れている噂の内容を、正確に把握する必要がある。

◆

その夜。シャルクは珍しく自分の宿に戻ってきた。

「ヒャッカか。ちょうど良かった。悪いが、初めてお前に頼みたいことができてな」

「……シャルク」

空になった酒瓶が、何本か床に転がっている。

シャルクは特に興味もなさそうにそれを眺めて、ヒャッカへと視線を戻した。

「何か問題でも？」

「関係ないでしょう……」

結論から言えば、彼の危惧は全て的中していた。

あの投票印章の数は、決して間違ってはいなかった。あからさまにシャルク有利な試合条件に対し、市民はむしろ不満を抱いていたのだ。本人の前では誰もそれを口にしていなかっただけで、第七試合の話題の陰では、遊糸《ゆうし》のヒャッカの取引や裏工作を邪推する様々な悪評が立っていた。

（……こんなこと。少し調べればすぐに分かったというのに。対策できたのに……私は……考えて戦っていたつもりで、何も読めていなかった。浅かった。私の失敗だ。私の……）

降って湧いた、ドガエ盆地の噂という幸運に飛びついてしまった。それが結果として何をもたらすかを考えることなく。

擁立者である彼は音斬《おとぎ》りシャルクの実力を既に知っているが、黄都《こうと》の多くの民が期待しているのは、地平咆《ちへいほう》メレの方だったのだ。

あの時にすべきだったことは、風評を広めるのではなく、どんな手段を使ってでもそれを消し止めることだったのだろうか。

「話の続きをしても構わないか」

「……」

「第七試合の試合場をマリ荒野にしろ。余計な気を回すな」

「……ッ！　あなたまで！　シャルク！」

試合場をマリ荒野に。この日何度も聞いた言葉だ。ヒャッカはテーブルを叩いて叫んだ。

「真面目にやってください！　勝ちを捨てるようなものです！」

「そいつはおかしな話だな。勇者候補の品位がどうとか言っていた奴がいたはずだが」

「……くだらない！　酒場のならず者に何か言われたんですか？　だからくだらない意地を張って、わざわざ負ける戦いをするんですか!?　試合条件を決めるのは擁立者！　私です！　ゆ、勇者候補のあなたが……擁立者の私に、指図しないでください！」

「関係ない」

白槍の穂先の腹が、ヒャッカの首に当たっていた。

他の何にも価値を見出《みいだ》さぬ死者。取引の通じない男。

「酒場のならず者だろうが。そこらの露店の親父だろうが。誰だろうが、舐《な》められたままでいるのは、俺が我慢ならん。死んだ俺に、他に何が残っているんだ？」

「う……く……」

「くだらない意地以外の何が残っているのか、自分でも分からないもんでな」

試合条件を決定づける協議は、勇者候補同士の合意。

実際には、彼らの擁立者である二十九官が、代理人として交渉を行う。彼らの手腕が問われるのはそこだ。

だが……仮に候補者自身が不利な条件を望むよう仕向けられた事態が起こったのだとすれば、もはやヒャッカには何もできない。

「私……私はッ！　私は、シャルク！　勝ちたい！　勝ちたいんですッ！」

「ああ。勝たせてやる」

虚ろな戦士は、表情のない頭蓋で笑ったように見えた。

「全力の相手と戦って、勝たせてやる」

◆

条件協議当日。一対一の交渉を行う調整室に、空雷《くうらい》のカヨンが現れた。

端正な顔立ちの、隻腕の男である。彼は憔悴《しょうすい》した様子のヒャッカを見て、告げた。

「んじゃ、手早く済ませましょうか」

「……」

向かいの席に座り、彼は条件を切り出す。

「市民の間では、もうドガエ盆地で話は固まっているようね。混乱させるのも悪いし、アタシ達もその条件で――」

「う……うう」

敵の容赦のなさを、ヒャッカは恐れた。

近接戦闘という明確な弱点が存在するはずの地平咆《ちへいほう》メレとの対戦を、ロスクレイを初めとした多くの者が避けた。それはメレ以上に、擁立者である空雷《くうらい》のカヨンとの戦いを避けていたのだ。派閥の力も莫大な財力も用いず、相手の対応能力を知り尽くした最小の謀略で、目的を達成する。

ヒャッカは、最悪の相手との対戦を摑まされた。

「あの……その、条件では、駄目です……！」

ヒャッカ自身の口からそのように述べるしかなかった。

噂を消し止めるだけでは足りなかった。発生源を調査するべきだったのだ。

最初にこの第七試合に関する風評を流布していた者は誰だったのか。

あまりにも隔たった実力差を嚙《か》み締《し》めながら、それを言うしかない。

「マリ荒野です……第七試合は、弓の射程を、き、希望……します……！」

「あっ、そ。ありがと」

第七試合。音斬《おとぎ》りシャルク、対、地平咆《ちへいほう》メレ。

◆

本来この地ではあり得ない寒波が、遠巻きに集った観客を撫《な》でた。

第二試合の様相を話に聞いていた者も、あり得ざるその光景を見て、一様に絶句した。

マリ荒野である。

しかし平坦であったはずの地形は波打つように捻《ねじ》れ、かつて乾燥して罅割《ひびわ》れていた大地の岩石質は凝縮され、気象すら変える冷気はなお残り続けていた。


だが、この日彼らが目の当たりにするのは、冬《ふゆ》のルクノカの戦いではない。

第二試合で史上究極の竜族《りゅうぞく》二名が対峙した丘の上には、今は別の二名が立ち、試合開始の時を待っている。

その一方は、単眼鏡を用いずとも容易に判別ができた。巨人《ギガント》、地平咆《ちへいほう》メレ。彼の体躯《たいく》は同族の中でも突出して巨大で、背丈は20mを優に越える。天を衝《つ》く巨体だ。

もう一方も既に丘の上に立っているはずだったが、見えない。音斬《おとぎ》りシャルクは尋常の人間《ミニア》と変わらぬ背丈だ。黄都《こうと》に知らぬ者のない伝説的な英雄であった黒《くろ》い音色《ねいろ》のカヅキを討ち果たした傭兵が、その音斬《おとぎ》りシャルクなのだという。

両者の開始距離は、第二試合における星馳《ほしは》せアルスと冬《ふゆ》のルクノカの試合開始距離と同一である。

竜族《りゅうぞく》の飛行速度を想定して設けられた間隔であったが、メレが放つ矢の最大射程と比べれば、遥かに短い距離でもある。

試合開始直前、その地平咆《ちへいほう》メレの傍らで、空雷《くうらい》のカヨンは単眼鏡を覗いた。

「あっちにいるのが、音斬《おとぎ》りシャルク。見える？　アタシは見えないけど」

「あー、あの襤褸切れみたいな奴か？　小さくてよく見えねえなあ」

「真剣にやんなさいよね。黒《くろ》い音色《ねいろ》のカヅキの銃弾より速い相手よ。詳しい話なんて、調べてあげてないから。自分でしっかり見て戦いなさいな」

黄都《こうと》第二十五将、空雷《くうらい》のカヨン。このマリ荒野の試合を仕組んだ男である。

しかしこの第七試合において、彼は情報戦による試合条件の誘導以上のことをしたわけではない。さらに徹底した裏工作を仕掛けることも可能だったが、それはしなかった。

（それだと、やっぱりマズいのよね）

カヨンはこの黄都《こうと》の政争で、主要な派閥に属していない。ロスクレイ陣営にもハーディ陣営にも与せず、独自の思惑でこの六合上覧《りくごうじょうらん》に参戦していた。

地平咆《ちへいほう》メレを運用した微塵嵐《みじんあらし》阻止作戦も、そのための布石であった。作戦成功の巨大な功績を活用し、カヨンはどちらの陣営に対しても相互不干渉の密約を結んでいる。だがそれと引き換えに、メレは六合上覧《りくごうじょうらん》を最低限成立させるための、まともに成立する試合を担わなければならない。

それはカヨンの側も望むところである。

（メレの戦いを誰にも見せずに勝つなんて、あり得ないもの）

地平咆《ちへいほう》メレは、立って、敵を見据えている。

カヨンの知る彼とは別人のような凛々《りり》しさと、気迫があった。

「勝ちなさいよ。メレ」

「誰にもの言ってやがる。度肝を抜いてやるよ」

「……フ。応援してるからね」

◆

メレと反対側の丘では、音斬《おとぎ》りシャルクと遊糸《ゆうし》のヒャッカが戦闘開始に備えていた。

マリ荒野の冷気に小柄な体を震わせながら、ヒャッカが呻いた。

「見……見られて、います」

反対側に立つ地平咆《ちへいほう》メレの姿ははっきりと見える。臨戦態勢に入ったメレを、正面から見ているということ。それは、回避不可能な死の射程圏に存在することを意味していた。

「避けられるんでしょうね!?　こんなに離れているのに、焦点がこちらに合っているのが分かる！　試合開始と同時に射撃してきます！　メレの視力は特別なんです！」

「分かってる。どけ」

敵は当然、豆粒よりも小さなシャルクの姿を捉えているのであろう。シャルクは不利な条件を呑んだが、決してメレの力を侮っているわけではない。逆だ。

地上で誰よりも遠距離の戦いに優れた相手だからこそ、一本の槍しかその手に持たぬ彼が、メレの間合いで戦うことができたなら。

(――俺が何者なのか。今度こそ分かるかもしれない)

音斬《おとぎ》りシャルクは、強い。何故自分が強いのかが分からずにいる。

それは何かと戦うためだ。それだけが分かっている。魔族《まぞく》である以上……この世界の誰かが、これほどの強さでなければ勝てない何かを打ち倒すために、音斬《おとぎ》りシャルクを作ったのだ。

それは〝本物の魔王〟であったかもしれない。同じように強い、他の何かであったかもしれない。あるいは地平咆《ちへいほう》メレこそが、そうであるのかもしれない。

だから傭兵として戦い続けてきた。

自分自身の全存在を賭けて、その根源に近い者達と戦い続ける。それは〝本物の勇者〟の名を知ること以上に、シャルクが求めてやまない正体へと近づくことのように感じている。

その上で、勝つか、死するか。

「……勝たなければ」

シャルクの背後で、ヒャッカが小さく呟く。

「勝たなければ、意地も、誇りも、意味はありません。そうでしょう、シャルク!」

「……。どけ。矢が当たるぞ」

ヒャッカは正しいことを言っている。そう思う。

死力を尽くして戦わなければ、彼の望みは果たせない。そして負けてしまえば、何も残らない。

真の死線の先にしかその答えはない。

常軌を逸している。シャルク自身すらそれを理解していた。

「三度目を言わせるつもりか？」

「……」

邪魔なヒャッカをその場から退避させる。この広大な荒野のどこだろうと、メレの視線の向く限り死の危険があるからだ。特に、これからのシャルクの傍《そば》にあっては。

「……さあ、来い」

その場に残るのは凍《い》てつく孤独だけになる。

目覚めるような白さの槍を真横に構える。対するメレの弓は、闇の如き黒。

第二試合で試合開始の日時計としていた土柱は、その時の壮絶な戦闘で崩壊してしまっている。

しばしの静寂が流れた。

号砲の代わりの花火が、試合開始を知らせた。

（――来る）

薄青い空気に霞《かす》む遠方で、メレが弓を持ち上げる動作が見えた。主観時間においてその遥か前から、シャルクは疾走の体勢に入っていた。

二枚重ねにしていた襤褸の一枚を後方へと脱ぎ捨てている。気休め程度の囮《おとり》だ。だが仮に一度でもそちらに目を取られたなら、この遠距離でシャルク本体の動きを追うことは不可能になる。

加速の開始とともに、音斬《おとぎ》りシャルクは帯めいた軌跡と化した。

常人には像すら捉えられぬ、生命体ではあり得ざる神速。

(既に来ている。速い)

速度に追いつく思考で、シャルクは認識している。

矢を。一つの塔が迫るが如き、メレの一射の質量を。

(囮にはかかっていない。追ってくる。もう二十歩の圏内だ。七歩。今――)

落雷のように空気が哭《な》いた。

恐ろしく巨大で、煮えたぎった土の矢が、シャルクの存在地点を通過した。

大気を貫く速度があまりに速すぎるために、断熱圧縮の高温で土が燃えているのだ。それが地表を通過しただけで、竜の息《ドラゴンブレス》に凍てついていた大地は岩盤ごと溶融した。

刻まれた溝は地平線までの綺麗な直線を描いていて、矢が大地に命中した後でも、一切軌道を遮られずに破壊を刻んだことを意味している。

「……おいおい」

射線からやや外れた地点に逃れていたシャルクは、敵の強大さを改めて認識した。

軌道は見えた。着弾の瞬間も見えた。回避すら不可能ではない。

だが、怪物的だ。半ば呆れ、半ば感嘆して漏らす。

「俺を火葬にするつもりか？」

この一撃で明らかになった真に恐るべき点は、必殺の破壊力ではない。

空気の層で霞むほどの距離から、囮にも惑わされず音斬《おとぎ》りシャルクの運動を正確に捉え……さらには超絶の移動速度までをも計算して、到達点への偏差射撃を行ってきたということ。

(俺の速度に合わせてくるかどうかは警戒してたが――何も考えず動いていたら、今の一撃で終わっていたな)

メレに対して距離を詰めようとした最初の移動は、シャルクの全速ではない。命中の瞬間、もう一段上の速度で必中の狙撃を回避することができた。

シャルクの速度は移動慣性の大きさと隣り合わせであり、そもそも巨大な矢がもたらす圧倒的な攻撃範囲に対し、小手先の進路変更による回避など意味を成さないことは承知の上だ。

雷光よりも恐るべき災害を、常に単純な速度で上回らなければならないということになる。

(ここから見える地形起伏は三箇所。その後ろに隠れられれば、最低限奴の視線は切れる。今、矢を番えている……工術《こうじゅつ》でそれを生成している。発射間隔がある。起伏を利用しつつ最速で行けば――二発。二発凌げば、それで喉元だ)

シャルクの思考は動作と同じ異常高速を誇る。シャルクはメレが矢を番える過程を観察できるが、それ以外の常人にとっては僅かな一呼吸未満の間だ。

地平咆《ちへいほう》メレ。サイン水郷を救った、人族《じんぞく》の英雄。

しかしこの距離から見る彼は、射程の全域を滅ぼして余りある力を振るう、人の形をした災厄の機構でしかない。山が動き、生命を殺す。

巨体でありながら、距離の遠さのために、細かな動作までは把握することができない。

一方でメレは、シャルクの予備動作の一挙一動まで全て見えているのだろう。

このように駆け出した初動も。今、弓が放たれ――

その時、シャルクの機動は反転した。

矢を放たれたことを視認した後で、接近方向でなく、むしろメレから後退した。

「一体、何を!?」

遠く、馬車の内から趨勢を見守っていたヒャッカが、思わず叫んだ。

遠距離戦を得手とするメレからむしろ距離を離すという、子供でも理解できる悪手。定石にひどく逆らう動きであった。

破壊の線が再び地を舐めた。

それは凍土の土砂を噴き上げながら破壊を刻んでいくが、怪物的な瞬発力で進行方向を欺瞞したシャルクに、無論当たることはない。

「……俺がよく見えるか？」

これで、まずは一手。シャルクは、聞こえぬ敵へと呼びかけている。

「よく見えているほど、嘘の動きにもかかるはずだよな」

白槍を地に突き刺して制動をかけながら、シャルクはメレから視線を外してはいない。

敵の初動を見て、見た後で動き、動きによって対応する。

それは音斬《おとぎ》りシャルクのいつもの戦い方だ。敵に先に仕掛けさせ、超高速の思考能力で十分に観察できるのなら、どこの誰が相手だろうと完璧な対処ができる。

その時だった。

同時に三点、空の彼方から稲妻が降った。

シャルクの認識では、少なくともそうとしか思えなかった。

恐るべき地震の共鳴とともに大地が爆《は》ぜ割れて、熱を帯びた土砂は噴火の如く雲まで巻き上がった。その爆風は止まることがない。

「……」

三点。考えるまでもなかった——

つい先程、シャルクが移動先の候補として見ていた三箇所である。

天に矢を放ち、僅かに遅れてその地点に落着するよう射ったとでもいうのか。

もしもシャルクが反転せず、矢を避けてメレに接近することを選択していたとすれば……最初の一射を回避し、遮蔽物に隠れたその瞬間に。

(違う。俺の考えを読まれていたことなんて、大した問題じゃない。何なんだ？　あり得ない)

地形の流れを把握する目も、シャルクの思考を正確に追跡する戦闘判断も、空からの落着すら自在に操る弓術の精度すらも、本質ではない。

(三箇所だと？　この威力で)

距離が遠い。メレの射撃の瞬間を注視していたとしても、彼が手元でどのような動作をしたのか、シャルクの視力ではまったく把握できなかった。

シャルクがそうできたように、メレもまた射撃動作を欺瞞する技術があったということになる。

それすらも本質ではない。

（――四度射ったのか？）

多くの者が、地平咆《ちへいほう》メレのことを知っている。彼は地上で最も絶大な弓手である。

正確無比にして激烈なる射撃は、狙った標的を常にただ一本の矢で仕留めてきた。

だから誰一人として、想像したことがない。

地平咆《ちへいほう》メレは、連射ができるということを。

◆

音斬《おとぎ》りシャルクは、地上にあって他のどの存在よりも速い。

遥か地平線までの距離であろうと、庭園を横切るようにすぐさま到達できる。この戦いにおいても、その事実が変わったわけではない。

ただ、意味を失っただけだ。

（遠い）

シャルクは、メレまでの遠さを測っている。地平線付近で霞む地平咆《ちへいほう》メレの足元に到達するまで、どれほどの死線を掻《か》い潜《くぐ》る必要があるのか。

距離も速度も、今のこの戦いにおける『遠さ』とはなり得ない。

尺度は一つ。到達までに、シャルクは何度攻撃を回避する必要があるのか。

シャルクとメレを隔てる広漠たる空間は、全域が例外なく死の地帯だ。

最低でも四発の連射が、一呼吸のうちに可能なのだ。シャルクが到達するまでメレが放てる矢の量は、今や五倍を見積もるべきだった。

（違うな。もう奴の視線を切れそうな遮蔽はない、もっとだ。逃げ場は次々となくなる）

その思考に至った時には、既に走り始めている。手遅れである可能性があった。

天から降る矢で穿たれた遮蔽地帯は使えない。そこはもはやまともな足場すら残らぬ、暗黒の陥《かん》穽《せい》であろう。

その三点からは噴煙のように土砂が舞い上がっていて、まだ全てが落ちきっていない。

その粉塵《ふんじん》の陰へと隠れたい欲求があった。

（――分かるぞ。罠なんだろう）

神速で走るシャルクの視界では、左右の光景は飴細工のように溶ける。

メレが次の矢を装填する動きが遠くに見える。加速する。足も、思考も。

土煙で視界を遮ったところで、それは実際には遮蔽ではない。メレには、大雑把に撃っても標的を必殺できる攻撃範囲がある。煙幕越しに撃たれれば、一撃で消し飛ぶ。

走る。走り抜けていく。シャルクに可能な策はあるだろうか。

土の煙幕に隠れて近づくのではなく、そこに隠れた瞬間に切り返して回避。

囮を残して本体が身を隠し、メレがこちらを見失う展開に賭ける。

ありきたりだ。

——地平咆《ちへいほう》メレは狙いを定めずとも強い。その一点を違えてはならない。

これほどの攻撃範囲と攻撃速度に加えて、さらに超絶の精度を兼ね備えることが、戦闘技術としてそもそも過剰なのだ。

技を使うべき敵などいないはずのサイン水郷で、果たしてどのような存在と戦うべく積んだ研鑽なのか、到底想像ができない。

直線で距離を詰める以外の選択肢はない。全速力以上の速度でなければならない。

走り続ける。

これだけ思考を重ねても、シャルク以外の全てにとってそれは刹那の時間でしかない。

（俺に向けて射ってこない——）

安全地帯を潰し、土砂を巻き上げ、これまで見せていなかった連射という切り札を初めて見せて、メレはシャルクの足を止めた。再び思考し、走り出すまでの一瞬があった。

射ってこないのではない。

超高速のシャルクの足を止めたその時間で、メレは既に射っていたのだ。

加速の只中で、シャルクは蒼穹《そうきゅう》を仰いだ。

横一列に並んで輝く、恐るべき白昼の星を見た。

（さっきと同じだ。地面を垂直に穿つ連射。こいつは——）

連なった矢が、前方の大地に降り注いでくる。途切れることなく七発。

シャルクはその軌跡を、死の間際のように鈍化した時間で認識している。とうに死者である彼は、いつまでもそのような世界しか見られないのかもしれなかった。

降り注ぐ流星群の死地へと向かって、シャルクは自ら飛び込んでいく。

死の狭間《はざま》でなければ、求めるものを得られぬ宿命。

深く前傾する。極限まで滑らかに、鋭利に。

(地形を分断しようとしていやがる)

逃げ場となる三点を先読みして破壊した最初の連射を、メレは布石に変えたのだ。

真の狙いは、その三点の穴を繋げるように——地を穿つ破壊によって、決して越えられない断崖をマリ荒野に作り出すこと。

敵の接近を封殺し、自分だけが一方的に攻撃する地形そのものの作成。そうなればシャルクに一切の勝ち目は残らない。恐ろしく冷徹で、覆す余地のない戦術。

しかもこれは、最初から予定された戦術ですらない。シャルクが距離を取った一手を見た後でなければ成立しない必勝手を、シャルクの機動力に匹敵する判断速度で導いたということになる。

(——化物め。地平咆《ちへいほう》メレ。なんて野郎だ)

分断に間に合わなければ死ぬ。

破壊の雨が直撃すれば死ぬ。

死の断崖を越えたとして、破壊の範囲から逃れられなければ死ぬ。

駆ける。前傾する。さらに深く。さらに速く。

シャルクは、通常の骨格にはあり得ざる変形を可能とする骸魔《スケルトン》だ。例えば左右の腕を瞬時に接いで、槍の射程を延ばすような芸当も可能である。彼の骨格には、肋骨、腰骨、頭蓋にすら、可動する関節がある。滑らかに。鋭利に。

――それは知覚を越える速度のために誰にも認識できぬ形であったが、〝彼方《かなた》〟における航空機に似ていた。少なくとも、人の形ではなかった。

極限の前傾。獣の如き四足で駆けるシャルクは、頭蓋を、白槍を、自身の肋骨の内へと格納していた。骨格の隙間は閉鎖されて気流を遮断し、全体が鋭利な流線型となって音の壁を斬った。

音斬《おとぎ》りシャルクは、今やそれ自身が一つの槍であった。

光が空から降って、地殻を貫いて爆砕する。右前方。

落下する星は次々と連なり、大地を切断すべく落着する。

二発。三発。四発。

近い。近づいてくる。彼自身が近づいていく。

五発。六発。

すぐ真横にまで迫った破壊と、シャルクは垂直に交差する。

今。彼は分断の死線を越えた。

(まだだ)

すぐ背後に七発目が着弾。破壊が追いついてくる。

直撃せずとも、矢の攻撃半径に入ってしまう。

乱れ飛ぶ岩礫《がんれき》を通して、地平咆《ちへいほう》メレが垣間見える。射ち放った直後の体勢。既に、新たな矢を。

シャルクは、横一列に降り注ぐ破壊の、最後の僅かな間隙を抜けた。

メレがその可能性を想定していないはずがない。前方から八発目が来る。

「なるほどな」

メレは――この戦いの最初から、地を抉るような射撃を繰り返していた。

線を描く破壊は、射撃の軌道上に立つ限り、どこに立とうが致命的な攻撃となるからだ。

地上戦において理外の機動力を誇る音斬《おとぎ》りシャルクに対して、一点を狙う狙撃が不可能であることを理解している。

前方進路を壊滅させながら、八本目の矢が目前にまで迫っている。

分断の矢で誘導したシャルクの退避経路を完全に塞ぐ、直線の破壊。

地平咆《ちへいほう》メレは、弓手なのだ。

一撃で仕留められぬ敵であっても、攻撃によって得物を追い込む手管を知っていた。

シャルクは、後方から飛来した大きな岩礫を掴む。

地を蹴り、高く跳躍して、寸前で八本目を回避した。

そうしなければならなかった。

「最初から、これが……お前の……！」

――点ではなく、線の破壊を繰り返してきた。

空中を最後の逃げ場として意識させ続けるために。

シャルクは跳んでしまった。超高速の槍兵《そうへい》も、足場のない空中での回避はできない。

そこには、空中の一点を狙う九本目が。

◆

時は僅かに遡る。シャルクが反転し、三発の矢が大地に落着した直後である。

メレはシャルクの次の動作を待たず、七本の矢を天に射ち放っていた。

シャルクの高速機動の開始に合わせて一発。反転して回避された一発。地形を破壊した三発。

そして今、七発を続けざまに。

迷いなく、最初から決まっていたように、淀《よど》みのない動きだった。

「【メレよりマリの土へ《merre io mali》。導管《akovst》。陽光と爪《renterte》。波動《nakkotay》。伸びろ《torfarmict》】」

メレは工術《こうじゅつ》を唱え、柱めいた土の矢を再び生成する。詞術《しじゅつ》を作用できる土がある限り、彼の残弾数に限りはない。

「ねえメレ。鉄の矢は使わないの？」

驚くべきことに、カヨンはその場を逃げずにいた。

岩に腰掛け、薄く笑みを浮かべて、彼の戦いの様子を眺めている。

「運ぶのに随分苦労したのよ、これ」

カヨンが口にした鉄の矢とは、垂直に突き立つ巨大な鉄柱だ。ただ一射で洪水をも止める超重量の鉄塊は、六合上覧《りくごうじょうらん》における切り札として、サイン水郷の〝針の森〟から運び出したものである。

「集中してンだよ」

メレは短く答えた。

カヨンの視点からでは、音斬《おとぎ》りシャルクの姿は見えない。塵の大きさどころか無にも等しい——

その上、人智を超えた速度で走行する相手だ。

その標的を一切見失うことなく、それどころか挙動を読み切ってすらいる。

（メレ。やっぱりあなたは、信じられないくらい強い）

カヨンの見つめる先の空では、七つの炎の線が降り注いでいく。

そして流星のカーテンのように、その線が大地を貫いて、二つに分けていく。

世界の終わりのような地響きの中で、カヨンは燃える光を美しいと思った。

◆

竜《ドラゴン》を撃ち落としたことがある。

巨人《ギガント》と斬り合ったことがある。

今では神話となるような戦いも、メレが生きた時代では当たり前の闘争だった。

いつも楽観的に笑っている。いつ死んでも悔いることのないよう、全霊を尽くして一瞬の闘争を楽しむ。負けたのならば自分を越える強者に敗れたことを笑い、未練を残すことなく死ぬ。

弱者は死を恐れて泣くが、強者は死すらも誇りの内にある。

地平咆《ちへいほう》メレは、そんな闘争の螺旋の中にいた。力に優れ多くの敵を打ち倒してきた強い者が、より強い者に敗れる。あるいは地の利や好機を摑むことのできる賢い者が、より賢い者に敗れる。

この世の始まりの種族——竜《ドラゴン》や巨人《ギガント》は寿命で死ぬことがないのだという。戦いの果てに死ぬことこそが、彼らにとっての正しい死であった。

地平咆《ちへいほう》メレは、そんな螺旋の時代を戦い抜いた戦士だ。

命を投げ出すことを躊躇《ためら》わなかったが、それでもなお生きているということが、彼の誇りになった。逃げ惑い、怯《おび》え続けながら摑んできた臆病者の生ではない。闘争の果ての生は、それ自体が最強であることの証明になる。

——だから戦いを知らぬ人間《ミニア》の集落などは、取るに足らないものでしかないはずだった。


マリ荒野。試合開始直後の一射を、音斬《おとぎ》りシャルクはさらに加速して避けた。

速い。地平線の果ての一粒の木の実まで判別し、洪水の複雑な水流を見極めるメレの瞳でも、動きを追い続けることしかできない。先読みをして当てるしかない。

「強《つえ》え。とんでもない野郎だ」

メレは口の片端で笑っている。サイン水郷では見せたことのない、凶暴な笑いだった。

あの時の生を取り戻していた。鮮烈で、高揚に満ちた、誇りある生の輝きを。サイン水郷で暮らした平和な日々で失ってしまったように思っていたあの炎が、今ようやく、魂の内で再び点火していた。

（ああ。あそこの丘が）

メレは、既に四発の矢を放っている。

（——全部邪魔だな）

うち三発は、敵が接近に用いるであろう地形を狙った。

天空に撃ち放った三発の矢は、シャルク自身に向けて放った一発に僅かに遅れて、三つの丘を地上から消した。垂直に貫通し、膨れ上がり、爆裂する。

地平咆《ちへいほう》メレの尺度では、巨大な地形すらもその程度の障害物でしかない。

音斬《おとぎ》りシャルクの動きを目で追っている。後退した。動きを欺瞞して回避している。

この距離で……メレに全ての動きを見られていることを利用して、それができるのだ。

「強え」

笑う。笑う。

いつも楽観的に笑っている。それは勝利を確信しているからではない。

自分が今、闘争の螺旋の中にいることへの、喜びの笑い。

「いいぜ。シャルク。世界ごとブチ裂いてやる」

笑いながら、七発もの矢を天に撃ち放っている。

子供が指先で粘土細工を千切るように、メレはその矢で世界すら分断できる。

工術《こうじゅつ》。新たな矢を複数同時に生成する。

「【メレよりマリの土へ《merre io mali》。導管《akovst》。陽光と爪《renterte》。波動《nakkotay》。伸びろ《torfarmict》】」

「ねえメレ。鉄の矢は使わないの？　運ぶのに随分苦労したのよ、これ」

「集中してンだよ」

——カヨンはまだ残っていたのか。思考の片隅で思う。

後回しでいい。死闘に生き続けた古代の経験が、半ば自動的にメレの体を動かす。

既に十二発の矢を射っている。

どれほど歴史を遡っても、メレが一つの標的を相手にこれほどの矢を費やしたことはない。竜《ドラゴン》ではない。巨人《ギガント》ですらない。誰もその正体を知らぬ無名の魔族《まぞく》で、死者だ。

それでも音斬《おとぎ》りシャルクは、あ、の頃と同じ敵なのだ。

地平咆《ちへいほう》メレが求めてやまなかった、何一つ守る必要もなく、全霊で戦える相手だ。

「強えなあ、音斬《おとぎ》りシャルク……！」

メレは八本目の矢を射った。シャルクが地形分断を潜り抜けるであろう予測地点に、もはや見なくても照準できる。次の矢を番えた。

メレの行動に一切の迷いはない。まだ、この敵を始末するには足りない。

強いからだ。敵は必ず最適の解を取る。

八本目は、空中へと逃れる退路が残っている。その一点を穿つための九本目を射つ。九本目は、八本目の影を追うように続いた。流水の如く連続している。殆ど一動作にしか見えぬ二射だった。

（もっと）

次を番える。

（強えだろう。お前なら！）

九本目の、空中の一点を狙った射撃を回避することは物理的に不可能だろう。

しかし。万に一つ、空中にあってメレの矢を凌ぎ得るような何らかの手段を残しているのなら。

音斬《おとぎ》りシャルクがそんな敵であるなら、何よりも嬉しいと思う。

十本目の狙いはシャルクの着地点だ。狙いを定める。

シャルクが、地形分断の砂煙を貫いて現れている。

現れたその地点には、既に八本目の矢が到達しようとしている。

白い槍兵は跳躍してそれを回避した。

メレが予測した通りの、最適かつ最速の回避行動。

「――」

その軌道と交差するが如く、空中で九本目が到達した。防御不能の威力を持つ矢だ。

それを凌ぎきったとしても、着地点に十本目。メレは次なる矢を紡ぐ。

「【メレよりマリの土へ《merre io mali》。剝がれる茨《sai fartari》。氷海《nemkua》――】」

その時、異様な現象が起こった。

「【蟲と月《jin a tol》――】……なんだ」

シャルクが、空中で九本目の矢を回避したように見えた。

彼の跳躍の軌道はあり得ない折れ線を描いて、斜め前方へと落ちた。

本来の着地点を狙った十本目の矢も、よって命中しない。

（見たことがねえ――）

条理を外れた動きだ。何らかの飛行能力や、ましてや瓦礫を蹴った程度では説明のできない異常な急加速が、足場のない空中で行われていた。

「【伸びろ《kanderkor》】」

メレは工術《こうじゅつ》の詠唱を終えた。

今しがたの異常極まる着地によって、シャルクはさらにメレへの距離を縮めている。彼は空中で、推進方向に加速すらしてみせたのだ。

「――っは！　今まで……こんな奴は見たことがねえ！」

超高速の走行が再び始まる。残された距離で、何発の矢を放てるか。

「メレ。それは……」

戦いを見守るカヨンが、生成された矢の形状に息を呑んだ。

直線ではない。まるで節くれだった枝のように中途で捻じ曲がり、歪んだ、それはあり得ざる奇形の矢である。

〝奇《く》し矢〟という技だ。当然、遥か遠くまで飛ばすための代物ではない。

接近しつつある敵を殺すための――

「潰れろ」

シャルクの進路を塞ぐように、それを大地へと射ち込む。

恐るべき回転とともに、矢は地を跳ねて曲がった。

断末魔の蛇の如き軌道で大地を暴れて、抉り、巻き上げ、砕いた。
一切合財を更地に返す、線ではなく面の破壊を行う、殲滅《せんめつ》の一矢。
だが。
「……！」
メレは傍らの鉄柱を引き抜いた。すぐさま番え、射つ。思考すら挟まない。
鉄の矢はすぐ目の前に着弾して、彼が立つ丘そのものを大きく破壊した。
そうする必要があった。
敵の足を止めるために。
「……鉄の矢か？」
着弾した柱の影から、声が聞こえる。
声――声の聞こえる距離にまで、もはやその骸魔《スケルトン》は接近していた。
「さっきと比べて、随分とお行儀のいい矢だ」
あらゆる生還手段を封じられた滅亡の連射を、突破している。
不規則に暴れ狂う〝奇《くす》し矢〟を、初見で回避している。
弓手の生命線である距離を、たった今絶無にしてみせた。
その男が、矢の間合いの内側にいる。それでも。
彼の立つこの位置が、今は死線。
――音斬《おとぎ》りシャルクは強い。

メレが出会った誰よりも。メレが見たどの災害よりも。

あの闘争の螺旋の時代を生きた、どんな強者よりも。

「待ってたぜ」

巨人《ギガント》は、嗤った。

◆

空中を狙った九本目の矢が、シャルクの頭上を通り過ぎた。

跳躍した後での、鋭角的な軌道変化。この緊急回避は、この距離まで隠し持っていた奥の手だ。

もしもこの手段を気取られていたなら、地平咆《ちへいほう》メレは対応してきたはずだ。

（化物じみていやがる――強すぎる）

後方。本来の着地地点に十発目が着弾。

僅か一手を誤るだけで、何もかもが微塵に砕けて死ぬ。

（残念だ）

あと少しで届く――再加速とともにそれを意識して、シャルクの心には昏《くら》い感情の影が差した。

地平咆《ちへいほう》メレは、伝説よりも、シャルクの期待よりも、遥かに凄まじい敵だった。

感情の正体は、その地平咆《ちへいほう》メレを前にして、戦うことができているという歓喜。

そして諦観。

（殺すしかない）

それをせずに終われる敵ではない。

地平咆《ちへいほう》メレは、強すぎる。このまま距離を詰め切ったとしても、この敵はいくらでもシャルクを消し飛ばして余りある絶技を繰り出すだろう。

この試合でシャルクがメレを上回る手段があるとすれば、反応速度を超える一撃で、確実に命を絶つことだけだ。

その思考の間に、周囲の風景は過ぎ行く光と化している。

メレが次なる矢を放っていた。

連射ではない。射撃までの間隔が妙に長かった。

破滅的な相対速度で迫る矢に対して、シャルクはその意味を考えようとした。

回避を試みた。

「！」

大地に突き刺さった矢の方が、暴れ狂ってシャルクを避けた。

捻転。飛散。蛇行。壊滅。

（まずい）

包囲された。

その奇怪な矢は、暴力的な乱動で周囲の大地を破砕して巻き上げていた。シャルクの進行方向は大質量の岩で塞がれ、割れ砕けつつある大地にも足の踏み場はない。正面だけではない。右方。左後方。迂回経路を一瞬で判断しなければ。

既に限界近くまで加速していたシャルクは、変形していた肋骨から白槍を引き抜き、正面の岩を貫いた。その刺突点を支点にして、急旋回する。たった今まで立っていた位置に散弾の如き岩の嵐が殺到して、全てを削り取っていく。

(矢は。暴れ回っている矢の、本体はどこだ)

高速の旋回の最中にも、小刻みに送られる静物画のように全ての光景を認識できる。

正面、60m程の地点で地面に潜りつつある矢を確認する。だが高速の知覚だけでは、この異常な不規則軌道がどのように跳ね回るのかを予測することまではできない。

右か。左か。後方に跳ぶのか。

矢の動きから視線を外すことはない。超高速で後方に反転していく、その初動を知覚する。

(惑わされるな。見えるものだけに対処すればいい)

どの道、視覚以外の知覚は役には立たないだろう。地面が叩きつけられ、断裂し、撒《ま》き散《ち》らされる爆音がシャルクの周囲を取り囲んでいる。この地獄を突破できなければ死ぬ。

(矢は反転した。むしろ、こいつを追いかけるように——前方だ)

矢の軌道も、岩の殺到も、高速思考によって現象を引き伸ばして知覚しているに過ぎない。他の生物の視点からすれば一瞬のことだ。最適な道さえ見極めれば、シャルクは即座にこの破壊的な面攻撃の圏内から離脱できる。

先程のような緊急手段は使わない。シャルク自身と比べて相対速度の遅い岩は、主観では空中に静止しているかのように見える。それを宙で蹴り、加速する。

前方の地盤に着地する。その地盤も既に傾きつつあって、先程の矢が地形そのものを壊滅させる攻撃であることを改めて認識する。

だが、一瞬で崩れ去る足場だとしても、高速の世界では十分な足がかりとなる。迫り来る巨岩を低い姿勢で潜り抜ける。

崩壊していく地盤の迷路の只中を、神経に走る電光の如く駆け抜けていく。

シャルクが追いかけていた矢も、あらぬ方向に跳ねた。矢そのものによる奇襲はない——

地形分断。連続狙撃。そして〝奇《くす》し矢〟。

全ての射撃を捌《さば》き切った。もはや次の矢を番える時は与えない。

地平咆《ちへいほう》メレの立つ丘の上にも、すぐさま到達できる。最高速で距離を詰め、一撃で。

バチリ、と衝撃が走った。

「……！」

奇形の矢が、シャルクのすぐ背後を通り過ぎていた。

（バカな）

五歩後方を通過しただけだ。直撃はしていない。

だがメレの放った矢の威力に対して、その距離では回避とは言えなかった。矢が通過した風圧だけで、半身になっていた左腕の、肩から先が千切れ飛んでいた。

（どこから、出てきた）

跳ね回る矢の本体は、今の今まで追跡していたはずだ。一瞬で背後に回り込めたはずがない。

何が起こっているのか。それを高速の思考で理解しようとする。

「ああ」

すぐに理解できた。後方の地面を掘り砕いて飛び出してきた矢は、先端部分だけの破片だった。

(捻れた形状。暴れて、砕ける。散弾だったわけか——最初から)

腕を再接合する時間は残されていない。

もはや片腕だけだ。シャルクは走った。

「体が、軽く……なった、な!」

シャルクは、逆向きの稲妻の如く丘を遡った。白槍を構える。一直線に。

その寸前で、シャルクは全身の骨格を大きく展開した。

槍を地盤に突き刺す。乱気流で強引に失速をかける。

着弾。

目と鼻の先に、鉄の柱が突き立っていた。

最後の最後まで、怪物的な精度。

咄嗟の速射で放ったためか、威力も弱い。それでも、着弾の衝撃波だけで全身の継ぎ目が軋むのが分かった。

「……鉄の矢か?」

ただ一射で丘に亀裂を入れて、シャルクの立つ側の地盤が僅かに下がっている。

足を止め、近づけないための速射。

先程までメレの傍らにいた擁立者の空雷《くうらい》のカヨン——彼が十分に逃げる時間を稼ぐために、こうしてシャルクの足を止めたのか。

「さっきと比べて、随分とお行儀のいい矢だ」

だから皮肉を告げる時間だけ、シャルクは敵の意図に応えることにした。

「待ってたぜ」

メレも、その隙を突くことはなかった。

これが、ともに無双の骸魔《スケルトン》と巨人《ギガント》が交わした最初の、そして唯一の会話となる。

「【メレよりサータイルの針へ。《merreiosartille》動地《wikognen》】」

メレの詠唱と同時に、シャルクは踏み出していた。

鉄の柱の陰から猛然と飛び出し、弓の間合いの内側へと到達した。

——地平咆《ちへいほう》メレは、遠距離狙撃を得手とする弓手である。

彼我の距離が取れぬ戦場であれば、その本領を封殺される。

しかし。

それは近距離が得手でないということを意味するものではない。

「【天の鉤、《amzst》雨粒《fotima》】」

詠唱を続けながらも、メレは黒弓を手にして、腰を深く落とす。

20mもの巨重である。地形を一変させる剛力がある。動きは巨体に比例して速い。

そして不壊の黒弓は、それ自体が超質量の槌《つち》に等しく――

「――遅」

巨大な肉の塊が飛んだ。メレの右足の拇指《ぼし》であった。

脚を螺旋に裂いて白風が上昇した。

おびただしい血が大地を濡らすよりも先に、絶速の死神はメレの背骨まで到達していた。

メレが痛覚を認識するより速い。

狙いは脊髄。

「すぎるぞ」

天性の破壊力。圧倒する速度。超絶の武器。それらは何一つ意味を持たない。

認識が不可能なのだ。

音斬《おとぎ》りシャルクの槍が届く距離である限り、それに対処する時間など実在しない。

故に、唯一……

「【咲け】《lettemiks》」

意思の速度のみが。

先程大地に突き立てた鉄の柱。それは地平咆《ちへいほう》メレが何より信じ、馴染み、心を通わせた器物である。即座に詞術《しじゅつ》を疎通することができる。

莫大な鉄の質量が、一瞬にして変質した。

（鋼線、）

鉄の柱は、無数に裂けて、ほどけた。

膨大で、そして繊細な鋼線の波が迫った。

止めの一撃を繰り出す寸前――メレの背に取りついていたシャルクは、攻撃を断念して避けねばならなかった。銃弾や矢とは訳が違う。決して骨の隙間で回避するわけにはいかない。

隙間を通って線が絡んでしまえば、音斬《おとぎ》りシャルクは戦闘不能と化す。

（こいつは、）

回避する。メレの巨体を跳び、埋め尽くされていく空間を逃れる。

メレは最初から詞術《しじゅつ》の詠唱を始めていた。黒弓を用いた近接戦闘ではなく、この詞術《しじゅつ》の鋼線が本命だったのだ。

（自分自身の体で、俺の足を止めたのか！）

眼下は無限に広がり続ける鋼線の海だ。シャルクはメレの大腿部《だいたいぶ》に突き立てた槍にぶら下がって、辛うじて空中で堪えている。

落ちてしまえば、止まる。地平咆《ちへいほう》メレの前で停止することは死を意味する。

もう一度メレの体に食らいつき、脊髄を深く突き刺す。あるいは大動脈を断ち切る。

腕だけで捕まったこの体勢からでも、肉体の変形を用いれば再び……

（あと、少）

その勝算すらも、次に起こった出来事で瓦解した。

激しい衝撃と加速度がシャルクの体を襲い、空中に投げ出されている。

メレの体に深く突き刺していたはずの穂先が、宙に虚しく血の弧を描いた。

高速で思考を走らせる。たった今、何が起こったのかを考えなければならなかった。

（メレが、跳んだ）

外見からは信じ難いその挙動によって、しがみついていたシャルクの体が吹き飛ばされた。

最初に身を沈めたのは攻撃のためではなく、この跳躍の予備動作だったのだ。

高い。今はメレが高空から、シャルクを見下ろしている。

近接距離に踏み込んだその時から、逆にシャルクが追い込まれていて――

（違う）

鋼線の海へと落ちていく。脈動しながら広がる鋼線が、右腕に絡んだ。手にした白槍を投擲することも封じられた。

左腕があれば。あと僅かでも、槍を貫く時間があったなら。

（……違う）

投擲のために振りかぶる時間がない。

鋼線を切断して逃れる時間がない。

骨格を分離して再構成する時間がない。

「……違う……俺が、遅い訳がない……！」

空を塞ぐ巨影が構えた。シャルクが落ちていくこの空中は――天から見下ろすメレにとって、その下方の光景全ては。殺滅の弓の射程圏内だ。

死線。視線。太陽を背にした逆光の中、二つの眼光だけが。

だから、そこに狙いを定めることができた。

シャルクは白槍を射出した。

「遠い」

白い光が走って、巨人《ギガント》の左眼《ひだりめ》を貫いた。

メレの弓よりも速い、完全無動作の射出であった。

直後。低い呻きとともに放たれた矢は、シャルクを掠めて左脚を吹き飛ばした。

そして大地を壊滅させた。

「――だけだ！」

巨体が墜《お》ちた。全ての武器を失ったシャルクも、鋼線の海の中へと沈んでいった。

◆

――その目が俺みたいな節穴じゃないなら。

全ての手立てを封じられたはずの音斬《おとぎ》りシャルクは、如何《いか》にして地平咆《ちへいほう》メレの左眼を穿つことができたのだろうか。不可解な事象は、それ以前の段階で起こっている。

回避跳躍を読み切った九本目の矢を、シャルクは異常な空中機動で回避した。瓦礫を蹴った反動でも、飛行能力でもなく、瞬発的かつ急角度の軌道変化を行うことができた。

シャルクが空中制御に用いた原理は、強力な作用に対する反作用である。

音斬《おとぎ》りシャルクは、跳躍直前に確保していた重い岩礫を超高速で後方へと射出して、〝彼方《かなた》〟におけるロケットエンジンの如く、足がかりのない空中で反作用による推進力を得たのだ。

緊急回避に用いた、瓦礫の高速射出。決着に用いた、白槍の高速射出。

その正体こそが、シャルクがこの試合で隠し持っていた切り札である。

第七試合の開始直後、シャルクがその場から不可解な反転を行ったのは何故か。

虚を突くだけの動きではなく、動きそのものに狙いはなかったのか。

その時に向かった位置に何かがあると、最初から知っていたのならば。

──星馳《ほしは》せアルスの宝だって、見たぜ俺は。

「ヒツェド・イリスの火筒《ほづつ》」

音斬《おとぎ》りシャルクの全身には鋼線が絡んでいる。もはや動けない。白槍も手放してしまった。

「……と、言うらしい。星馳《ほしは》せアルスの宝だ。お前の技が負けたわけじゃないことだけは──最後に言っておくぞ」

第二試合、鎹《かすがい》のヒドウによる観客の避難誘導の直前に、アルスが使用していた魔具の一つ。

それは火薬すら装填されていないただの鉄筒でありながら、筒の先端に触れた物体を即座に、弾丸の如き高速で射出することが可能である。ルクノカの息《ブレス》の圏外にアルスを射出して余りある威力を持った、超常の魔砲であった。

酒場のならず者から第二試合の情報を知り得たシャルクが考えた可能性は二つ——まずは冬《ふゆ》のルクノカの息《ブレス》が直撃し、ヒツェド・イリスの火筒も崩壊したという可能性。

そしてもう一つ。アルスの体を打ち出した時、ヒツェド・イリスの火筒自体も、射出の反作用で息《ブレス》の圏外へと吹き飛ばされていた可能性。

第七試合の試合場はマリ荒野になった。

そこに星馳《ほしは》せアルスの魔具が未だ突き刺さっているとすれば、それを利用することはできないか。

予想される位置に目星をつけ、試合開始前から丘の下を観察していたからこそ、シャルクはその存在に辿り着くことができた。

ほんの僅かな時であったかもしれない。だがそれは、無限のような攻防だった。

音斬《おとぎ》りシャルクはどれだけの死線を潜っただろうか。

火筒のために反転していなければ、遮蔽位置を先読みした連射を受けて死んだ。

離した距離が少しでも遠かったならば、地形を分断されて死んだ。

地を暴れる矢が別の動きをしていたのならば、偶然の事故によって死んだ。

最後に眼球を狙った射出が外れていたなら、返しの一射で死んだ。

「立たないのか。メレ」

倒れて動くことのない、サイン水郷の英雄を見た。

彼らが互いに会話を交わしたのは、僅か一度の、短いやり取りだけである。

「……そうか。あんたは大した奴だったな」

それでも、シャルクはメレのことを理解できるように思う。

この男が何を誇りとしていて、何故戦っていたのかも。

踵を返す。行きがけに失った、もう片方の腕を取り戻す必要があった。

「その槍はくれてやる。地平咆《ちへいほう》メレ」

◆

第七試合が終わった。音斬《おとぎ》りシャルクは、夜の雑踏に紛れて歩いている。

彼はこれからも、まるで下層のならず者のように暮らしていくのだろう。

誰よりも巨大な英雄に勝ちながら、英雄のように華やかなものは何一つ必要ではない。

（……望んで、化物になりたがっている奴がいる。無慈悲で、痛みも恐怖もない、戦うためだけの……別の生き物みたいに）

地平咆《ちへいほう》メレは、きっとそうだった。

サイン水郷の守護神としての顔とは全く違う、修羅そのものと化した災厄の具現として、彼は戦っていた。

それはシャルクへの恨みや怒りによるものではなかったはずだ。メレは、あの戦いを喜んでいたのだと思っている。

（俺も、そういう化物だ。変わるまでもなく、生まれた時から――）

――音斬《おとぎ》りシャルクは、何者なのだろう。

「だが、分かった」

低く呟く。答えは確かにある。この世界のどこかに、戦いの最中に。

「――俺には……やはり、この戦いが必要なんだ」

戦うことだ。音斬《おとぎ》りシャルクにはそのただ一つしかできないが、決して孤独な生き物ではない。

この世界には確かにシャルクの同類がいて、戦い続けることで、シャルクが失ってしまった、自分自身の正体を知ることができるはずだ。

この六合上覧《りくごうじょうらん》で、戦い続ける。誰も知らず、何も必要としなかった彼もまた、ようやく何かを欲する心を得た。

次の試合がある。新たな槍を手に入れるべきだろうか。

ヒャッカに土産を買ってやってもいいかもしれない。

雑踏に紛れて、シャルクの手に何かが収まった。

感触がその正体を知らせる。

（白槍）

戦闘の最中で失ったはずの――

その事実以上に、驚くべきことがあった。

たとえ雑踏の中であろうと――シャルクの意識の間隙を突いて、何かを手渡せる者がいるのか？

膝ほどの高さの何者かが、シャルクの傍らを通り過ぎたようにも見えた。

それは言った。

「……アレナか？」

粘獣《ウーズ》のようなその影は、雑踏の流れに紛れて消えた。

その後ろ姿を追うことができただろう。

音斬《おとぎ》りシャルクの速度を以てすれば、追いつくことも見つけ出すことも、夜空に月を探すよりも容易なことであるに違いなかった。

彼は追わなかった。

白槍を手にしたまま、振り向くことすらできなかった。

知らぬ名だ。

骸魔《スケルトン》としての記憶のどこにも、そのような名はない。

「………………」

◆

第七試合は決着した。

「……何、寝てんのよ」

カヨンは、倒れたまま動かないメレの傍らに座り込んでいた。

遠くで試合を見守っていた観客の姿は既にない。

シャルクやヒャッカを載せたキャラバンも、既に黄都《こうと》に帰っているだろう。

壮絶な死闘は決着して、凍土には静寂だけがある。

「アンタ、本当にバカね……」

黄都《こうと》第二十五将。空雷《くうらい》のカヨン。

武勇と智謀《ちぼう》に優れ、片腕を失うほどの激戦を生き延びてきた名将でありながら、この男の正しい出自を知る者は多くはない。

冷え切った地を照らす夕陽《ゆうひ》が、カヨンの頬をも照らした。

「なんで、戦わなかったのよ……こんなに強いのに。戦いたがってたのに」

マリ荒野の大地には、メレの弓が穿った痕跡がいくつも刻まれていた。弓と矢でこれを為せるような英雄が、この星の歴史で地平咆《ちへいほう》メレ以外に存在しただろうか。

彼は戦士だった。サイン水郷から出て、確かに戦ったのだ。

〝本物の魔王〟すら退けた英雄の力を、あらゆる民の前で示してみせた。

「バカなんだから」

たとえ〝本物の魔王〟を倒した勇者でなくとも。

サイン水郷の本物の英雄がそこにいたのだと、皆に誇りたい。

全力の戦いを見せたかった。地上で最強の弓手を。

他のどのような策を弄することができたとしても、それだけで良かった。

顔を片腕に埋める。

あの日と同じように、メレに背を向けている。

「……うるせえなあ」

声が聞こえる。

「そんなんじゃねえよ。チビのくせに、バカにするんじゃねえ」

メレが……仰向けに寝転んだまま、不機嫌そうに言った。

カヨンは絶句して、目を閉じたままのメレの横顔を見た。

泣き顔を歪めて笑った。

「は……あははっ……何、寝てんのよ……」

「面倒くせえからに決まってんだろ」

「やっぱり、まだ戦えたじゃない」

「当たり前だ。この程度、爪楊枝《つまようじ》が刺さったくらいのもんだ。音斬《おとぎ》りシャルクの野郎、カッコつけやがって……こんなザコ槍、誰がいるかよ」

右脚は立てぬほど深く刻まれて、左の眼《め》が潰されていた。それだけの傷を負っても、戦士としてのメレは戦うことができただろう。

ずっと、そんな戦いを望んでいたはずなのだ。カヨンには理解できた。

誰よりも近く、メレの表情を、その心の昂《たか》ぶりを見ていた。

どれだけ間近に危機が迫っても、そんな戦いを見届ける義務がカヨンにはあったのだ。

「なんなの？　ただのガキの言葉なんて、忘れてよかったのに……み、皆……アンタを英雄だって……」

「ガハハハハ……だから泣くんじゃねえよチビ。身長伸びねえぞ」

巨人《ギガント》は寝転んだまま手を伸ばして、カヨンを人差し指で撫でた。

——それでも、メレは戦いを止めたのだ。

闘争の螺旋を渇望しながら、本当の決死の戦いに身を投げ出すことをしなかった。

「メレ……メレは……本物の英雄だったのに……ごめんなさい、メレ……」

村人達との平和な日々は、メレを弱くしたただろうか。

戦いに明け暮れていたならば、二百五十年、心の飢えを知らずに生きていられただろうか。

いつかのイーリエとの約束がなかったとしても、一日も休まず、星の光に矢を射続けることができただろうか。

違う。きっと、違うのだ。

全てがメレという英雄を強くしていた。何一つ無駄ではない。

「知ったことかよ。何言われたかなんて……とっくに忘れちまった。だから笑え」

小さい人間《ミニア》の中でもさらに小さい子供の名を彼が呼ぶことは、殆どなかった。

もしかしたら、弱すぎる命に愛着を持つことを恐れていたのかもしれない。

……けれど彼は覚えているのだ。ずっと。一人残らず。

「笑えや。ミスナ」

いつも、楽観的に笑っている。

第七試合。勝者は、音斬《おとぎ》りシャルク。

十三 ◇ 新大陸

——どれほど遠い昔だろうか。逆理《ぎゃくり》のヒロトがこの大陸を再び訪れるよりも、〝本物の魔王〟が現れるよりも、ずっと昔の話だ。

この大陸からの最初の旅立ちの記憶だ。ヒロトは仲間とともに海を眺めていた。

城壁のように広大に延びる赤い船体。白く立ち並んだ真新しい帆。新世界への航海を行うための巨大帆船がヒロト達の目の前にあった——〝智見《ちけん》の門《もん》〟号と名付けた船だ。

逆理《ぎゃくり》のヒロトの仲間は、人間《ミニア》ではなく小鬼《ゴブリン》の群れであった。この時代では下等な害獣として追われていた彼らは、科学を学び、知性と協調の力を身に着け、ついにこの〝智見の門〟号を製造した。

誰もが不可能と断言する事業を、小鬼《ゴブリン》の彼らが成し遂げるのだ。

この大陸の外の、新世界の開拓。それは一つの夢の果てだった。

「……ようやぐ。半分の道のりで、ございます。ヒロト様」

石塞《せきさい》のゲゼグ・ゾギはヒロトよりも随分早く浜辺について、船を眺めていたようであった。

十年前は一介の上座戦士階級に過ぎなかった彼も年老いて、今や氏族の長となっていた。

「ええ。しかし、もう半分です」

ヒロトも答える。ゲゼグ・ゾギとの、長い旅路を思った。

ゲゼグ・ゾギには、他の小鬼《ゴブリン》にはない才能があった。論理によって損得を捉え、未来へ向けた計画を積み上げる能力。ヒロトはゲゼグ・ゾギの戦いを助け、逆にゲゼグ・ゾギもヒロトの命の危機を守り、少しずつ氏族の中での地位を高めていった。

「これで、この世に思い残すことはない……」

短い生を生きる小鬼《ゴブリン》にとって、僅か十年はあまりに長い年月だ。

ゲゼグ・ゾギにとっては、遠い昔のことのように思えるのだろう。

「世界……新世界。よい、響きでございます。我ら小鬼《ゴブリン》の――広大な可能性の、世界」

「いいえ、まだです。ゼゲグ翁。世界を見るだけでは、足りない。貴方《あなた》には……貴方が導いた氏族の繁栄と隆盛を見届ける義務がある。それは必ず実現する未来です」

「は、は、は……そこまで、長ぐは、生ぎられますまい。三十年生ぎました。辿り着いて、ごの目で見られるなら……それができるだげで、まったぐ、報われずぎるほどでず」

「死んじゃだめだよー？」

女の声が二人の会話に割り込んだ。

二人に背を向けて、白い裸足《はだし》が波打ち際を遊んでいる。長い銀髪と、細身の体躯。

雪日差《ゆきひざ》しエフェリナという、血鬼《ヴァンパイア》の女であった。

「おじいさんがいなくなっちゃったら、またヒロトを食べたがるヤツが出るかも。そこはしっかり締めておいてくれないと、わたしの仕事が増えちゃうし」

逆理《ぎやくり》のヒロトという奇特な〝客人《まろうど》〟は、人を喰らう鬼族《きぞく》の只中で長く暮らした。エフェリナという護衛に早くに出会っていなければ、ここまで生き延びることもできなかっただろう。

「ヒロト様には、感謝してございます。滅び行くだけの定めだった我らに、ただ一人手を貸してくださった……。これほど長く、一人の人族《じんぞく》と関わった小鬼《ゴブリン》は、我々の氏族の他にはございませぬ」

「私は公約を果たしただけに過ぎません。この小鬼《ゴブリン》の氏族を、知性と協調が正しく認められる社会へと変えること。次に、小鬼《ゴブリン》そのものを人間《ミニア》という脅威から守ること。種族を滅びから救ったのは、私ではなく、ゼゲグ翁の夢です」

「何故、我々をお選びになりました」

「あなたがたが、私を選んでくださったからです」

「貴方は……困難な道を、お選びなさった」

「いいえ。こうした方が、良くなると思いました」

〝彼方《かなた》〟の世界法則を大きく逸脱した〝客人《まろうど》〟達が辿り着く異空。それがこの世界だ。

世界を渡ったヒロトが最初に欲した情報は、この世界の歴史上、自分と同じような〝客人《まろうど》〟が現れたことがあるか――そして彼らがどのような末路を辿ったかの記録である。

そうして得られた結論の一つは、三王国を中心とする人間《ミニア》の社会の変革を即座に成し遂げることは不可能だということであった。

世界に不安定をもたらす逸脱の存在――突出した技術や知識を振りかざす〝客人《まろうど》〟は、歴史上その多くが魔王と見做され、人族《じんぞく》の総力を以て排除されている。

この世界は、個人に依存した急速な発展が文明に歪みをもたらすことを知っている。彼らは魔王そのものではなく、魔王の遺《のこ》す技術や力の残骸だけを取り込むことで、この世界を安定して発展させ続けている。

それは〝客人《まろうど》〟という外来の脅威に対して長い歴史の中で育まれた、世界の抗体の如き機序でもあったのだろう。洗練された、優れた伝統だ。故に突き崩すことが難しい。

「私は、可能性のあるほうを選んだまでです。既に安定してしまった人間《ミニア》の王国ではなく……旺盛に繁殖し、社会性を持ち、意欲と熱意に満ちた、もう一つの共同体。私にとっては、あなたがたはそのように見えた」

「は、は、は。未熟で愚がな群れです。私の頭脳とて、人間《ミニア》に比べれば、子供にも劣りましょう。人間《ミニア》の群れに失望し、小鬼《ゴブリン》共の愚かさも目の当たりにして……ごの今日に辿り着くまでは、ヒロト様にとって、お辛い道のりではございませんでしたか」

「……フ。まさか！」

ヒロトは不敵に笑った。それは強がりではなく、彼は心の底から、この大事業を楽しんでいた。自分自身の辿ってきた道を愛することができた。

「――ゼゲグ翁。私は、この世界を素晴らしいと思う。人間《ミニア》への期待を捨ててもいませんし、一方であらゆる経験を吸収するあなたがたのことも、真に賢い者だと思っています。この世界には、〝彼方《かなた》〟を遥かに凌駕する可能性がある！　私とゼゲグ翁が、こうして話せているように！」

「詞術《しじゅつ》……で、ございますか。政治家であるあなたにとって、それが可能性だと」

「ええ。〝彼方《かなた》〟の世界では、人間《ミニア》は人間《ミニア》以外の社会を動かすことはできませんでした。この世界では違います。私が手を結んだ小鬼《ゴブリン》の氏族は、私とゼゲグ翁が望んだ通りに技術を育て、言葉を学び、そして新たな世界を見出そうとしている！　政治家として、これほど愉快なことがあるでしょうか！　皆を幸福に、豊かにする余地がある！　この世界が、私達を必要としている！」

この世界には言語の壁がない。寿命を持たぬ〝客人《まろうど》〟ならば、どれほどの長期計画も為すことができる。政治家にとって、これ以上に理想の世界はなかった。

ゼゲグ・ゾギとともに小鬼《ゴブリン》の文化を育てたこの長い歳月も、きっと小鬼《ゴブリン》だけを救うものではない。いずれ多くの人々の助けになるはずだ。人族《じんぞく》と小鬼《ゴブリン》がともに手を結べる、その日が来たのならば。

「おォい！　ヒロト！」

空からヒロトの名を呼ぶ者がいた。青い鳥竜《ワイバーン》だ。

濡《ぬ》れ鱗《うろこ》のラヒークという。

「危ねーぞ！　今の時間に出たらよ！　深獣《クラーケン》に丸呑《まるの》みだァ！」

「分かっていますよ。ですから、出航の時までこうして待っています」

本来、鳥竜《ワイバーン》は小鬼《ゴブリン》の天敵に当たる種族だ。

人族《じんぞく》にすら未知の航路を見出した異才ラヒークと協力関係を結び、小鬼《ゴブリン》を喰わないことを約束させたことは、この計画に果たしたヒロトの貢献の中で、最も大きなものだと自負している。

「頼りにしていますよ、ラヒーク」

「そっかぁぁ！　お前らバカだからよ！　海のこと知らねーから！　てっきりもう忘れて、出る準備してるのかって心配しちまったよ！　腹減った！」

「食事は向こうの馬車に積んできています。日没までは自由にしていてください」

「へへへへへ！　偉いヤツだなヒロト！　バカのくせに偉いぞお前《め》ぇぇ！　ああ楽しみだ！　船出だ！　楽しみだなァー！」

騒がしい金切り声が通り過ぎていく。エフェリナはその様子を、手を庇《ひさし》にするようにして見上げた。小さく肩をすくめて、ゼゲグ・ゾギを振り返る。

「バカは扱いやすくていいね。うるさいけど」

「それでも、彼は……深獣《クラーケン》に襲われることなく海を渡れる航路を、空から見つけました。ラヒークこそが、一番の功労者です」

「おじいさんにとってはそうかもだけどさ」

もう水遊びに飽きたのか、エフェリナは浜辺へと上がっていく。

仲間達の中で、彼女だけはこの出航に特に感慨を抱いていないように見えた。

エフェリナは腰の後ろに両手を回して、ヒロトの方を振り返った。

「――ね、ヒロト。〝彼方《かなた》〟の伝説だと、血鬼《ヴァンパイア》は海を渡れないんだって？」

「ああ、そういう説もありましたね」

「どうする？　海を渡った途端、わたしが溶けちゃったら」

「悲しみますよ。でも、迷信です。あなたがた血鬼《ヴァンパイア》は、長い間、自分の正体を知らない種族でした。だから、〝彼方《かなた》〟の迷信までもが伝わってしまっているだけです」

「そっか――……やめないよね。海に出るの」

「やめませんよ」

ヒロトとエフェリナとの付き合いは、ゼゲグ・ゾギよりも長い。ヒロトの唯一の護衛であり、親友でもある。

新大陸における試みを終えた暁には、いずれこの地へと戻ってくるだろう。小鬼《ゴブリン》だけでなくエフェリナも、人の世界で彼女の望みのままに暮らせる日が来るかもしれない。

逆理《ぎゃくり》のヒロトの未来には、彼らこそが……彼の代わりに夢を抱く仲間達が、これから先も必要だと思う。誰一人欠けることなく。

「ヒロト様。……いつか、私より賢い者が生まれます」

「……」

海の彼方にある未来を見たのか、あるいはヒロトの思いを読んだか、ゼゲグ・ゾギはそんな約束をした。

「私達の命は短い。しかし、新たに生まれる。一つ一つが短くとも……その短き生を新たなる世代に継いで、より強く。それが、小鬼《ゴブリン》。一つ目の名でも、二つ目の名でもない……ヒロト様に頂いた、ゾギという三つ目の名。その名に連なる一族を、必ずや賢く育ててご覧に入れます。私一人で、終わりではなく。誰よりも賢い者が、生まれます。それが私の……死して後も返すご恩です」

「へへへ。わたしはねー。ずっとヒロトと一緒に行くよ。こんな楽しいこと、子供や他のヤツに渡すなんてもったいないよ。わたしは絶対、死なないからね」

「……」

二人に見られることのないよう、ヒロトは太陽の方角を向いた。

自分は、生まれながらの人でなしなのだろう。〝彼方《かなた》〟にいた頃も、今も。

小鬼《ゴブリン》が同族である人間《ミニア》を襲うことにも心は痛まなかったし、自分自身の欲望や夢を持つことなく生きていくことができた。

「ありがとうございます」

それでも、嬉しいと思う。

信頼を寄せられれば、温かな気持ちになることができる。

彼らとともに、誰も見たことのない世界を見たいと思える。

陽の位置が低い。いずれ出航の時が来る。

そして、叶うことのない公約をした。

「いつか再びこの地を踏みましょう。皆で」


多くの月日が過ぎた。海を越え、逆理《ぎやくり》のヒロトは大きな目的を一つ果たした。

あの日の仲間達の中で彼一人だけが、元の大陸へと戻った。

彼らの夢。人族《じんぞく》と鬼族《きぞく》が共存する社会を作るために。

◆

そして黄都《こうと》。第三試合が終わり、共同住宅の三階である。

荒野《こうや》の轍《わだち》のダントはこの大陸の者の中では誰よりも早く、ヒロトがこれからの世界に示す展望と、その実現性について聞くこととなった。

人を喰らわぬ小鬼《ゴブリン》が存在しうるのだという。

――その問題は解決済みということです。

「新大陸で、私達は研究を続けました。鬼族《きぞく》は人族《じんぞく》を喰います。勿論個々の意思で抑制も可能なことですが、種族全体の傾向がそうである限り、その欲求を抑えつけるのは困難なことです。しかしそれが両者の融和の最たる障害ならば、人の代替となる家畜を育種できないか――」

「……代替食料があれば解決する問題ではないだろう。人族《じんぞく》と鬼族《きぞく》は倫理観が全く違う。狼鬼《リカント》などは積極的に人を喰わぬとは言われているが、それでも奴らは戯れに人を殺す種族だ」

「それが、偏見に過ぎないとしたら。ダント閣下。彼らと我々との違いは、思ったよりもずっと小さいのです。……現に私は、小鬼《ゴブリン》の社会で長く暮らしました。彼らが真に相互理解不能な種族であれば、そのようなことは決してできなかったでしょう」

「それは、先程のような個々の意思の問題ではなかったのか？　人族《じんぞく》全てを喰ってはならない――という禁則よりは、特定の個体を喰ってはならない、という禁則の方が、遵守させるのは容易だ」

「もちろん、その要因があることも否定できませんが」

ヒロトは苦笑した。事実、何度も捕食の危機に遭ってきたのだろう。

「ならば、小鬼《ゴブリン》が同族である小鬼《ゴブリン》を喰わないのは何故でしょうか？　……彼らは同胞ならば喰わず、敵対種族ならば喰うという、明白な禁則に従っているに過ぎません。人族《じんぞく》全てを喰ってはならないというダント閣下の出された例も、彼らにとっては単純で理解の容易い決まりごとです。人が彼らを認め、人を喰う必要が生まれない十分な糧を与える限りは、彼らの〝同胞〟の定義に、我々人族《じんぞく》を含めることができるはずです」

「それでも、倫理観の問題がある。喰らうためなら詞術《しじゅつ》の相通ずる者を襲っても構わぬという思考の者は、人族《じんぞく》の中にはいない。その差異故に、我々の社会では彼らを鬼族《きぞく》と定義しているのだ」

「……そうでしょうか？　私が〝客人《まろうど》〟だからそれを疑問に思うのかもしれません。詞術《しじゅつ》が通ずるか、通じないか。実はこの世界の者が思っているほど、その要素に重大な違いなどないのです。食味の問題で巨人《ギガント》しか食べることはありませんが、現に鳥竜《ワイバーン》は詞術《しじゅつ》が通ずるにも関わらず例外的に捕食されています。そして詞術《しじゅつ》が通ずる敵対者を殺すというのなら、人族《じんぞく》は誰しもそうしているでしょう。その後で死体を喰うか喰わないかが、それほど大きな問題でしょうか？」

「……〝客人《まろうど》〟らしい思考だな、逆理《ぎゃくり》のヒロト。それはこの世界では異質だ」

「はい。だからこそ、私のような異邦人が鬼族《きぞく》と人族《じんぞく》の共存のために動く必要があります」

「そこまでして小鬼《ゴブリン》を我々の社会に迎え入れる利益は――」

言葉を続ける途中で、ダントは沈黙した。

ヒロトがしているのは、まさにそれだ。小鬼《ゴブリン》が人間《ミニア》の社会へと参入する利益の証明のために、ヒロトとジギタ・ゾギはこの六合上覧《りくごうじょうらん》を戦っている。

彼らは黄都《こうと》と敵対していた旧王国主義者を制圧し、歩兵銃《マスケット》という技術革新でこの大陸の文明を動かしさえした。利益の証明が求められるのならば、彼らはとうにそれを成し遂げている。

「そのためにこそ、六合上覧《りくごうじょうらん》が必要でした。全ての敵を倒した勇者であるなら……誰であれ、無条件に全ての味方になれる。千載一遇の機会です。勇者という肩書きによって民の感情的反発を統制し、長い時間をかけて、制度的な浸透を行います」

「具体的にはどうする」

「まずは奴隷階級から始めます。小鬼《ゴブリン》と、他の鬼族《きぞく》の労働力としての参入を認め、生活の場を人と隔離した上で、我々の代替食料を与えます。飢えも敵対もなければ、その中から少しずつ人間《ミニア》と関わる者が現れ、文化交流が生まれるはずです」

人族《じんぞく》の権利平等が叫ばれ、この大陸ではかつての時代のように森人《エルフ》や山人《ドワーフ》を奴隷化することも困難になった。近年では奴隷の価格も高騰の一途を辿っている。人族《じんぞく》とは権利が差別化された、安価な労働力が参入する余地がそこにはある。

最初から対等の権利を求める必要はない。徐々に。いずれは社会構造からの切除が困難になるほど。それが逆理《ぎゃくり》のヒロトの戦略なのだろう。

「ならば、完成しているのか。その……代替食料とやらは」

「もちろんです」

ヒロトは部屋の隅から、両手に収まる大きさの木箱を運んできた。ジギタ・ゾギの私物である。この黄都《こうと》に来てからというもの、ジギタ・ゾギは人を喰ってはいない。配下の小鬼《ゴブリン》の軍勢も同様だ。ダントが監視していた限りでも、それは事実としか思えない。

「これが私達の、代替食料です」

「……。これは」

ダントは、箱の内容物を見て絶句した。吐き気を堪える必要もあった。

箱には腫瘍が詰まっていた。ぎっしりと、無秩序に膨れ上がった肉塊は、それでも脈動し、生きているように見えた。

たった一つ……白濁した眼球が重なる肉腫の隙間から覗いていて、その視線は微睡《まどろ》むように宙をさまよっていた。意思はない。はずだ。

「これ、は、なんだ」

「我々が……オゾネズマに報酬として六合上覧《りくごうじょうらん》の参加枠を提供した、という話は既にしましたね」

ヒロト陣営がこの戦いにオゾネズマを参戦させたのは、それによって何かを得るためではない。

オゾネズマが彼自身の目的を果たせるよう、参加枠を得ることそのものが目的だったのだと。

「それは、この貢献に対する報酬です。彼を新大陸に招聘《しょうへい》したことで、この魔族《まぞく》を量産する最後の壁を越えることができました。オゾネズマの医術は、恐らくこの世界において最先端の技術医療でしょう。ウイルスを用いた細胞の遺伝子導入と培養。かつ、脳神経を持たぬままでの最低限の恒常性維持機能の検証……」

「そ……そうではない……分かっているだろう……俺が言いたいのは。これは、貴様の言うことが正しいのなら――人なのか？」

「いいえ、断じて。食味や食感が人と同等でも、その原料が人であったとしても、断じてそうではありません。ＨｅＬａ細胞――という喩《たと》えでは伝わりませんね。変異を繰り返したこの細胞は、遺伝子的な意味においても、もはや人とは別物です」

「だが、元となった人間《ミニア》は――」

「私です」

ヒロトは肉塊の瞳を覗き込むことなく、木箱の蓋を閉じた。

ヒロトを守り続けてきたゼゲグ・ゾギもエフェリナも、この世から去って久しい。しかし小鬼《ゴブリン》がヒロトを襲うことはなくなった。その代わりを与えたのだ。

「〝客人《まろうど》〟には寿命がありません。それは超自然の要因によって不老なのです。ならば、例えば彼らの細胞が細胞学的にも不老――癌化《がんか》を遂げ、無限に増殖するとしたらどうでしょうか？　糧魔《タイサイ》と名付けました。生命として生きながらも死すことなく、栄養を与える限り再生し、鬼族《きぞく》にとって人の代替となる……人工的な新たな生命、いわば科学の手による魔族《まぞく》です」

「逆理《ぎゃくり》のヒロト……やはりそれは、愚かな試みだ。これを見て、民はどう思う……何故……こんなものを俺に明かした？」

「――信頼のためです。人喰《ひとく》いなどより、こちらの方が余程信頼できるでしょう。彼らが人を喰わぬ小鬼《ゴブリン》だと喧伝《けんでん》することは容易いことですが、それでは信頼を得ることまではできません。私欲を持たぬ政治家と同じようにです。糧魔《タイサイ》の存在は……彼らと我々が歩み寄るために最低限、必要な真実です」

「信頼だと？　俺がこれを見て、貴様を信頼するとでも？」

「そう願っています」

ダントは苦い顔で、閉ざされた木箱へと目をやった。

「……あるいは、貴様の言う通りなのかもしれん。鬼族《きぞく》の導入は、確かに世界復興の一助となり得るのだろう。大鬼《オーガ》の力や小鬼《ゴブリン》の数によって苦役から解放される民が、この国にどれだけいるか。だが……そんなおぞましいものに頼ってまで、我々にそれをしろというのか」

「ええ。協力者であるダント閣下には、全て伝えておく必要がありました」

「……考える時をくれ」

「勿論です。お待ちしております」

人族《じんぞく》に排斥され、かつてこの大陸を追われた小鬼《ゴブリン》を救う。

幼い女王一人だけが残り、維持不可能な権威と化した王族を救う。

祠神《ししん》への信仰が失われ、迫害の標的とされた〝教団〟をも救う。

「ダント閣下も、私の有権者の一人なのですから」

逆理《ぎゃくり》のヒロトは、彼らの味方をすることにしたのだろう。公約を残らず達成するつもりでいる。

十四 ◆ 獣心

第六試合は、窮知《きゅうち》の箱《はこ》のメステルエクシルの敗北に終わった。

黄都《こうと》政争において第三の派閥と目されていた円卓《えんたく》のケイテは、城下劇庭園爆破の実行犯出頭により失脚。メステルエクシルも試合直後から消息不明となり、指名手配を受けた円卓《えんたく》のケイテは、軸《じく》のキヤズナを伴って黄都《こうと》内を逃走中とされる。

——だがケイテ陣営にはもう一人、知られざる協力者が存在した。

黄都《こうと》第十五将、淵叢《えんそう》のハイゼスタ。

人知れず所属陣営を失ったハイゼスタは、久方ぶりに黄都《こうと》中央議事堂へと顔を出していた。

目的地に向かって廊下を行く途中、よく見知った顔を見かけた。無言ですれ違おうとしたので、背中を叩いてやる。

「よう」

「痛《い》ッた！　……な、なんですかハイゼスタ殿！　無意味な暴力は謹んでいただきたい！」

第十九卿、遊糸《ゆうし》のヒャッカ。粗野で大柄なハイゼスタとはまったく正反対の、小柄で神経質さを思わせる文官である。

「随分辛気臭い顔してるねえ」

「関係ないでしょう」

「試合に勝ったんだから、少しは嬉しがってもいいだろうに」

「こっちの気も知らないで……！　大体、どうして軍省ではなく議事堂に来ているんですか！　あなたが軍省への登庁を怠けていた間に溜まっている案件がいくつもあると、私は再三伝言を申し上げているのですが！」

「悪いが今日は別の野暮用でねえ……こりゃだいぶ説教が続きそうだ。六合上覧《りくごうじょうらん》の方を頑張りな、ヒャッカ」

「痛ッ！」

ハイゼスタは、さらにヒャッカの背中を二回叩いて、そこから立ち去ろうとした。

「……ハイゼスタ殿。あの！」

その背中をヒャッカが呼び止めた。思わずといった様子だった。

「私は…………真面目にやっているんです。六合上覧《りくごうじょうらん》に限らず、いつも。けれど……その……いつも……もっと何かやりようがあったのに、と思うのですが……」

「ふうん」

遊糸《ゆうし》のヒャッカは、幸運を素直に喜ぶことのできない男だ。

全身全霊で臨んだ六合上覧《りくごうじょうらん》において、自身に落ち度があったのにも関わらず勝利してしまった事実は、彼の劣等感をさらに強めてしまっただろう。

「ンッフフフ……。真面目にやれてるだけで結構なことじゃねえか。俺にはそういう才能が全然なくてねぇ……羨ましいもんだ」

「そ、そんなの……強くなければ、意味ないじゃないですか」

「どうかね。強いのがイイとは限らないだろうさ」

少なくとも、強い者が生き残れるとは限らない。

円卓《えんたく》のケイテも、軸《じく》のキヤズナも、窮知《きゅうち》の箱《はこ》のメステルエクシルも、想像を絶する強者であったはずなのだ。どこにも負ける可能性などなかったはずの者達が、それでも負けた。

この六合上覧《りくごうじょうらん》でヒャッカは勝ち、ハイゼスタは負けている。それが全てだ。

「俺の考えじゃ……弱いままで勝てる奴ってのは、強くならなきゃ勝てないような連中なんかより、よっぽど得なことだと思うがね……」

「……全然慰めになってないです」

「そりゃ、慰めてねえからさ……ンッフフフフフ……」

それだけを言うと、ハイゼスタは再び歩みを進める。


自分には何一つ関係のないことだ。柄にもないことをした、と思った。

（──俺が真面目にやれていりゃあ、ケイテも勝てたのかねえ……）

恐らく、そうではないだろう。ケイテ達は彼らなりに万全を尽くしていたはずだ。

ハイゼスタが動いたとしても、敵はさらにその一手二手上を行ったかもしれない。

だが不真面目なりに、彼らに対する義理は通そうと思った。これはそれだけの気紛《きまぐ》れに過ぎない。

廊下の突き当りの資料室に辿り着く。扉に手をかけるが、施錠されていた。

「入るぜ」

鋼鉄製のドアノブを掴む。ひねる。

グヂリ、という鈍い感触が伝わる。淵叢《えんそう》のハイゼスタは鍵開けの技術を持っているわけではない。

「……入室は許可していないが」

資料室の中に佇んでいるのは一人だけだ——第十三卿、千里鏡《せんりきょう》のエヌ。

梟《ふくろう》のように見開いた両目だけが、背後の窓から差し込む逆光の中でも白く浮かび上がっている。

「そうかい。もう入っちまったからな……次からは先に言ってくれ」

ハイゼスタは扉の前に陣取ったまま、エヌを見据えた。

極めて高い能力を持ちながら派閥に属することなく、自ら滅ぼした〝黒曜の瞳〟の生き残りを六合上覧《りくごうじょうらん》に擁立した、奇矯な男。

ケイテ陣営におけるハイゼスタの担当は、このエヌの身辺調査であった。

メステルエクシルの敗北によってケイテ陣営そのものが消滅してなお、彼は野性的な勘と執念でエヌの調査を継続しており……そして一つの結論に辿り着いていた。

「あんた、最初から従鬼《コープス》じゃあないんだろう」

「ふむ」

「血鬼《ヴァンパイア》討伐の担当者には、当然、徹底的な検疫が義務付けられてるが……従鬼《コープス》になっていなくたって、そいつが操られていないとは限らないってことだ……ンッフフフフフ。例えば誰かを人質にされて従ってるとか、いつでも殺せる何かを仕掛けられてるとか……」

「……〝黒曜の瞳〟の件か。確かに私はこの六合上覧《りくごうじょうらん》で、彼らと協調して動いていた。それは認めよう。ハイゼスタ君は、私を告発するつもりかね」

「どうだかねえ……ロスクレイやハーディのとこに話を持っていったところで、俺を信用してもらえるわけじゃなし……派閥がないってのは寂しいもんさ」

「その言葉の真偽がどちらだろうと、第一回戦が終わった今となっては遅いことだがね。ゼルジルガ君はもはや〝黒曜の瞳〟本隊へと戻った。仮にこの場で私を殺したところで、彼女らの行動が停止することはないだろう」

エヌは淡々と答えた。瞬きの少ない目だ。人が従鬼《コープス》と化しているかどうかは瞳孔の反応で分かるというが、明らかに、まだ人間《ミニア》であるように見えた。

「つまりアンタ達の計画は最初から、第一回戦でメステルエクシルを獲ることだった——とは、俺には思えないんだよな……ンッフフフフフ」

狭い資料室に、ハイゼスタの低い笑い声は不気味なほどよく響いた。

〝黒曜の瞳〟と結託し、窮知《きゅうち》の箱《はこ》のメステルエクシルを強奪する。それが千里鏡《せんりきょう》のエヌの目的でもあったとすると、彼自身の行動の辻褄が合わない。

エヌが血鬼《ヴァンパイア》討伐担当の役職を得たのは、六合上覧《りくごうじょうらん》開催が決定する前だ。微塵嵐《みじんあらし》迎撃作戦よりも早くメステルエクシルの存在を認知できたはずもない。

「エヌ。あんたは国防研究院ってところと何度かやり取りをしているな？　国防って名前のクセして、黄都《こうと》政府に公式に認可されている機関じゃあない……何をやっていたんだ？」

「……」

「──六合上覧《りくごうじょうらん》よりも前から……アンタ個人が、進めていた計画がある。そうだろう」

エヌは手にしていた資料を閉じる。

長い沈黙を挟んだが、彼はハイゼスタの目を真正面から見据えたままだった。

狭い資料室に逃げ場はない。背後の窓から飛び降りるとしても、ハイゼスタはそれよりも遥かに素早く彼を捕らえることができるだろう。

「ハイゼスタ君。警《いまし》めのタレンのことをどう思っている？」

「いい女だったねえ……そういう話じゃあないとしても、俺にとってはそうさ」

「この時代には……世界そのものを滅ぼし得る強者が無数に残っている。タレン君は、〝本物の魔王〟に代わる絶対的な恐怖によって、そうした存在を制御し、滅ぼそうとしていたのだと思う。だがそれは結局のところ、民にそれ以上の死と滅びを強要する戦争という形にしかならなかった」

「ンッフフフ……そういう残虐なところも、俺好みだった」

「今行われている六合上覧《りくごうじょうらん》も、統制のために犠牲を強いているという点ではタレンの戦争と同じだ。恐怖以外の方法で、民を統制する必要がある。ケイテ君は、〝彼方《かなた》〟の技術によってそれを成し遂げようとしていた。……私のやり方は違う。意思を統一し、かつ、支配されない手段が必要だ」

エヌの目的は、不明だ。何をしようとしているのか。

――それでも一連の捜査を進める中で、ハイゼスタに理解できたことが一つある。

〝黒曜の瞳〟を擁立した彼は、ただ血鬼《ヴァンパイア》に利用されていたわけではない。

血鬼《ヴァンパイア》を利用しようとしているということ。

「……フ。話したいことが終わったなら、一応聞くぜ……メステルエクシルを返す気は？」

「不可能だ。〝黒曜の瞳〟の手に渡った以上は、私にも干渉はできない」

「爆破事件の指名手配を解除する気は？」

「より有力な容疑者とその証拠を捏造できれば、そうなるだろう。君にそれができればの話だが」

「やれやれ。脅しがいがない男だねえ……」

「……」

僅かな一瞬、両者の間に沈黙が流れた。

一瞬。

「シッ」

ハイゼスタの口から漏れたのは、笑いではない。

野獣のような、擦過音に近い鋭い呼気。

踏み込んだ先の床板には亀裂が入り、同時に右腕がエヌの喉笛を摑んでいる。

「アンタの……持論やら、目的やらは……どうでもいいのさ。千里鏡《せんりきょう》のエヌ」

「……っ、ひゅ…………」

ハイゼスタは、極限まで手加減をしている。扉の鍵を捩じ切るほどの握力は、人体の首など骨ごと握り潰すこともできるのだから。

淵叢《えんそう》のハイゼスタもまた、魔王の時代が生んだ怪物の一人だ。人が野生の獣へと先祖返りをして生まれてきたかのような――異形の暴力を備えた強者。

「分からなくたって、殺せばいい。まったく……俺の気性に合ってた陣営だったんだがね、ンッフフフ………」

資料室の出入り口はハイゼスタの背後の一つだけだ。だが窓から飛び降りれば、建物からは死角になる位置に出ることができる。敷地《しきち》を囲む鉄柵を捩じ切り、エヌを拉致する。

後先を考えぬ野蛮な策だ。ケイテが健在なら、こんな独断行動に許可は下りなかっただろう。

「一緒に来てもらうぜ。千里鏡《せんりきょう》のエヌ」

「――ハイゼスタ殿！」

まったく別の声がその場に割り込んだ。

見慣れた顔だ。扉を開けて、遊糸《ゆうし》のヒャッカが資料室に踏み込んできていた。

彼とエヌ以外にこの資料室に用がある者などいないと見ていたが、よりによって、一番対処に困る相手が。

「そッ、それは……何を、しているんですか⁉」

トン、という音があった。

「おいおい、ヒャッカ。悪いが、今はそうい」

ハイゼスタの言葉は途切れる。

呼吸そのものが、不意の激痛で途切れていた。

「……」

ヒャッカは、右の手のひらを上に向けて前方に差し出すような、奇妙な構えを取っていた。

右手首の返しで二発目と三発目の礫を投擲した。トン、トンという音。

続けざまに、ハイゼスタの胸へと刺さる。指先が麻痺《まひ》し、エヌを捕らえていることができず、ハイゼスタの巨体は床に崩れ落ちた。

「……余計な手間をかけさせるな。千里鏡《せんりきょう》のエヌ」

遊糸《ゆうし》のヒャッカは――全く別人のような、冷たい声で言った。

先程のヒャッカの声とて、本当に彼の声だったのだろうか？

「お前が死ぬだけなら笑える話で済むが、お前から情報を聞いた奴は一々始末する必要がある」

「……けほっ、かっ……承知の上だよ。そうでもしなければ、君達は私を助けてくれないだろう」

倒れたハイゼスタには、廊下から差し込むヒャッカの影だけが見えている。それは既にヒャッカではない。背丈も、性別すらも違っている。

森人《エルフ》の女のような姿に変じたそれは、両目に包帯を巻いた。

「次もこうして助けてもらえるとは思わないことだ。特に私の場合……この目を保護せずに動ける時間は限られているからな」

（擬魔《ミミック》……）

種族未分化の細胞に改造を施し製造する魔族《まぞく》。自らの意思で変異しあらゆる形態を取るという、確認例の極めて少ない種であった。

しかもそれは、同時に〝黒曜の瞳〟の従鬼《コープス》でもあるのだ。

――一陣前衛、韜晦《とうかい》のレナという。

「……真昼間の中央議事堂だってのに……紛れてるもんかね……こんな、とんでもない奴………」

強い者が生き残れるとは限らない。まったく、その通りだ。ハイゼスタはそれを知っていた。

小さな礫で。僅か数滴の毒で。

ただ一瞬意識が逸れただけで。

「ンッフフフフフフ………」

淵叢《えんそう》のハイゼスタの意識は、そこで途絶えた。

十五　徴発

黄都《こうと》産業省。その省庁は元第四卿ケイテの管轄であったが、今は別の官僚が倉庫からの兵器の搬出を指揮している。

「はいはい、取り扱いには気をつけてねー」

白髪交じりの髪を後ろでまとめた女だ。黄都《こうと》第二十一将、紫紺《しこん》の泡《あわ》のツツリという。

「少しでも可動しそうな部品は引き金に相当する可能性があるから、触らないこと！〝彼方《かなた》〟の武器は大きさと威力が比例しないからね。小さい物でも距離を取りながら、一個ずつ運んでいこ！ゆっくりでいいからね～」

円卓《えんたく》のケイテが黄都《こうと》政府から指名手配とされた理由は、城下劇庭園の爆破容疑だけではない。

第六試合後のケイテ及びキヤズナの行方不明に乗じる勢力が、ケイテ陣営の保有兵器の捜索を強制執行するためには、劇庭園の爆破容疑は渡りに船の口実であった。

第六試合に関連する数々の容疑に加え、黄都《こうと》が認知していない、大量の機魔《ゴーレム》及び〝彼方《かなた》〟の兵器。

円卓《えんたく》のケイテが王国への反逆を計画していたことはもはや疑う余地のない事実となった。

証拠となるこれらの兵器をいずれの勢力が差し押さえるかについては、言うまでもなく黄都《こうと》の主流派閥同士の争いがあったが――

「よう、ツツリ。搬出の調子はどうだい」

「順調ですよ。面白そうな兵器もいくつか見繕ってますからね」

ツツリに声をかけたのは、右頬に長い傷を持つ、乾いた白髪の老将だ。

第二十七将、弾火源《だんかげん》のハーディ。

「しかもあのキヤズナときたら、戦車機魔《チャリオットゴーレム》まで大量に作ってたみたいでね……フ！　ハーディ閣下の方についていて良かったたって思ってますよ。ロスクレイの方についていたら、こんな面白い思いはできませんでしたからね」

「まあ、ここはロスクレイの奴に勝たせてやっても良かったんだがな」

――ケイテの遺産を巡るその暗闘は呆気《あっけ》ないほど容易に、ハーディ陣営の勝利に終わった。

眼前で運び出されていく未知の武器を前にして、ハーディは凶暴に笑う。

「いくつになってもガキみたいに、新しい玩具が好きでたまらなくてね」

「フフ！　あたしも子供の頃は、女の子なのに戦争ごっこで遊ぶなって、よく叱られてましたよ。ロスクレイの改革派だってこれからの話に備えるに越したことはないだろうに、どうして今回は本腰を入れてこなかったんでしょうかね？」

「複雑な機構の新兵器を手に入れたところで、実際の戦争までにそいつを運用できる余裕があるかどうかは未知数だからな。改革派はこちらよりも数の上じゃ勝っている。〝彼方《かなた》〟の兵器にその優位を覆すだけの力がないと判断しているか……その手の力はまた別に押さえているってことかもな」

「……というと？」

「黄都《こうと》が既に確保している魔剣や魔具があるだろう。勿論魔具なんてのは二十九官に分散して管理させているもんだが、そもそも改革派についてる二十九官の方が数は多いからな。いざとなりゃ、向こうのほうがそういう切り札は多いってことだ」

「うへぇー……じゃああたし達って、〝冷たい星〟とかを相手に戦争するかもってことですか？　面倒だなあ……」

「そりゃそうだろ？　今更何言ってやがる。……とはいえだ。そういうのを抜きにしても、連中が動けなかった一番の原因はある。改革派の頭のロスクレイ本人が第四回戦で重傷を負ってることだ。その上、救貧院襲撃事件やら第六試合周りのゴタゴタで、もう一方の司令塔のジェルキも限界以上の仕事を抱えていたはずだからな。その上でケイテの兵器接収周りの小競り合いってのは、連中にとっても少々荷が重かったんだろう」

ロスクレイ陣営は黄都《こうと》の政争において最大の派閥だが、大きな弱点も抱えている。

まず、勇者候補として必然的に象徴となるロスクレイ自身が出場する必要があり、常にその試合結果による影響を免れ得ないという点。

加えて最大派閥であるが故に、管理すべき範囲も広大であるという点。特に速《はや》き墨《すみ》ジェルキは黄《こう》都《と》の経済活動全体の責任を負っているに等しく、巨大な権限を有する反面、問題が発生する都度それらに対処する必要がある。

「改革派は、ノフトクの爺《じい》さんもやられちゃいましたしねー。見ましたハーディ閣下？　かわいそうにあの人、完全におかしくなっちゃってましたよ。噂じゃ病院抜け出して、教会の廃墟で血が出るほど頭をこすりつけてたって。怖すぎません？　怪談の狂い方じゃないですかそれ」

「ああなっちまったらもう、生きてることが逆に厄介になっちまうな。誰かが殺してやってクゼの出場枠を消すのが一番なんだが……クゼ側にその手を警戒されると、だいぶやりにくい」

第五試合終了直後、〝教団〟の救貧院が襲撃される事件があった。クゼかその協力者によって、暮鐘《ぼしょう》のノフトクに何らかの報復が加えられたことは間違いない。

医師の診断によれば、肉体的な負傷は一切なかったのだという。

「イリオルデの爺さんがいなくなって、タレンさんが抜けて――エレアちゃん、ノフトク、ケイテ、多分ノーフェルト、あとハルゲントのおっさんも終わったようなもんだから、これで七人か」

消えた二十九官の名を指折り数えつつ、ツツリは笑う。

彼女は常に陽気で、冷酷だ。

「あとはロスクレイの容態次第だけど、二十九官もこれからどんどん減っていくかもしれませんねー。あたしも気をつけないとな」

「ククククククッ、しばらくは死なんさ。俺もお前もな」

「フ。そうでなきゃ、こっちについた甲斐《かい》がないですよ」

ケイテ陣営が潰《つい》えてもなお、派閥同士の政争の火が消えることはない。

それどころか彼らは残火を取り込み、さらに火勢を強めはじめた。

黄都《こうと》第二の派閥、ハーディ陣営。

十六 凶星

黄都《こうと》郊外。湖の畔に、森の暗い影が差す館がある。

日中でもほとんど太陽の光がないこの館に、遠《とお》い鉤爪《かぎづめ》のユノは既に大一ヶ月以上滞在していた。

この暮らしで彼女が会話を交わした相手は、家政婦長のフレイと、令嬢のリナリスだけだ。

「……退屈ではございませんか。ユノさま」

「ううん。平気」

首を振る。

リナリスが彼女の部屋を訪れるのは、このような夜間であることが多い。

輝くばかりに美しいのに、陽光の下より静かな月の下が似合う少女だった。

「考えてみたら、別に……黄都《こうと》の街にいたからって、遊びに出たり、大勢の人と話したりなんてこと、私はしてないと思うから。……そういうことすると、逆に気分が悪くなっちゃって」

意識に上るか否かに関わらず、ユノの中にはずっとそのような感覚がある。

ナガンが滅んでから、生き残った自分だけが好きに振る舞ったり、楽しんだりするということが、どこか冒涜的なものに思えるようになってしまった。

そうした抑圧が蓄積して、時にユノを狂わせてしまうのかもしれない。

自分自身の正気を信じられずにいる。今、黄都《こうと》の敵の拠点でこうしていることも。

「……リナリスは、大丈夫？　その、リナリスの方は……長く外にいると、大変そうだし」

「申し訳ございません。ユノさまにまで、ご心配をおかけしてしまって」

リナリスは、胸に手を当てて笑う。

初めて会ったあの時、リナリスは日差しのせいでよろめいてしまったのだという。

しかし彼女の暮らしぶりを見る限り、恐らく日光に特別に弱いというわけではない——根本的に、体質が虚弱なのだ。僅かな外出であっても、リナリスにとっては極端な重労働にあたるはずだ。

「けれどここ最近は、ずっと良いのですよ。ユノさまとお話することもできますから。——あの。集合論の続きを、またお教えいただけますでしょうか？　ユノさまからナガンの大学校のお話を伺うのが、いつも楽しみなのです」

リナリスが身を乗り出すと、どうしてもユノはその分、身を引いてしまう。

ユノに一度危害を加えられたことを忘れてしまっているのだろうか。

リナリスはいつも大人しく怜悧《れいり》であるのに、驚くようなところで無防備で、相対する者の心を無意識の内にかき乱してしまうような何かがある。

「ま……また明日ね。リナリスは頭がよすぎて、こっちが自信なくしちゃうよ」

「それは、ユノさまがよく教えてくださるからですわ」

「あはは、そう……」

はたと、自分の口を押さえる。

また、笑ってしまった。そんな風になどなりたくないのに。

（私は……ハーディ様のもとから逃げて、リナリスの館に来て。そこから先は……どうすればいいんだろう。いくらリナリスと仲がよくなったって、〝黒曜の瞳〟が内情を知る私を逃がしてくれるはずないのに）

この館に来てからのユノは、同じ自問自答を何度か繰り返している。

いつもその答えは出ずに終わる。復讐を為すために閉塞した状況を突破しようとしても、また新たな壁に阻まれてしまっている。

（今、殺されていないことが奇跡的なくらいなんだ。不自由なく暮らしているけれど、私の今の状況は、本当は新公国に捕らわれていたあの時と同じで……しかも今度は、ソウジロウがここまで戦いに来ることだってない）

ユノが去った後――ソウジロウは、オゾネズマとの試合に勝てたのだろうか。それすらも不明だ。

リナリスに尋ねればすぐに分かることかもしれない。けれど何故か、彼女の前でソウジロウのことを口にしたくはなかった。

（そもそも、私はここから逃げるべきなんだろうか？〝黒曜の瞳〟が危険なのは間違いない、けれど……私の復讐にとっては、利益になり得るかもしれない。それがまだ私の中で、定まっていないんだ……）

「――ユノさま？」

「わっ」

また、リナリスに顔を覗き込まれてしまっていた。羞恥と緊張で、心臓の鼓動がとても速くなってしまっている。苦しい。

「リ……リナリスは、そういうこと、する子なの？」

「……そういうこととは？」

リナリスは怪訝な様子で、金色の瞳を瞬かせた。間近でその顔や胸元を見つめていると、自分が女で、まだよかったと思う。

「……あまり、誰にでも近づいたら、その……危ないでしょう」

「危なくなんてございませんよ。お友達ですもの」

「そうじゃなくて、リナリスは綺麗だから――」

「そんな」

「……本当よ」

リナリスの目を見つめ返す。彼女の態度は、ユノが女だからとか、年が近いからというだけの理由ではなくて……友人と接する経験を重ねていないせいで距離の取り方が分からない故なのかもしれない。リナリスの人生においてはきっと、近くで接することができる者の方が少なかったのだ。

「……あの」

金色の瞳が、恥じらったようにユノの目から逸れる。

「いや、うん……大丈夫。気にしてないから」

嘘だ。

「いつも、ありがとうね。話しに来てくれて」

「いいえ。ユノさまをここに連れてきたのは……私ですから。罪悪感から、逃れたいだけなのかも」

リナリスは困ったように笑う。彼女にも、ユノには語れない秘密があるのだろう。

「……それでも、ありがとう」

けれど彼女は、本来は敵だったかもしれないユノに信頼を向けて、友のように接してくれている。

(できれば……その信頼の分、私も信じてあげたい)

復讐とは関係なく、そんなことを思う。

——リナリスだけではない。ソウジロウや、ハーディにも。

憎むべき仇や、裏切ってしまった者であっても……ユノにそうできるのなら、返したいと思う。

(私なんかには、虫がよすぎる話なのかもしれないけれど)

そんな日が来ることをまだ想像できないほど、ユノはまだ無力な少女のままだ。

◆

黒い館からやや離れた地点には、雨風を凌げる程度の深さの洞窟が存在する。

そこには一日前から、人ならぬ巨大な金属塊のようなものが鎮座していた。

「メステルエクシル」

彼の足元に佇んでいるのは、杖を突いた小人《レプラコーン》の老婆である。〝黒曜の瞳〟にして、リナリスの忠実な家政婦長、目覚《めざ》めのフレイという。

「しっかり話せるようなら、返事をなさい。メステルエクシル」

「う、うう」

機魔《ゴーレム》は、不明瞭な呻きで答えた。

〝黒曜の瞳〟の最後の切り札となるべきメステルエクシルには、特に入念な精神支配が施されているはずだ。自我を再構築されるに等しい負荷を受けたはずである。

「ね、ねえさん――は？」

「お嬢様はおりませんよ。けれど、お嬢様からの言伝《ことづて》を預かっています。もちろん、お嬢様の言うことを聞くでしょうね？　メステルエクシル」

「う、う、うん。ぼくは、ねえさんの……いうことを、きく」

故にこの段階に限り、指令系統への割り込みが可能となる。

黒曜の技の脆弱性は、歴代の構成員の中でも、目覚《めざ》めのフレイただ一人しか知らぬ。黒曜《こくよう》レハートにこの事実を知られていたなら、間違いなくフレイは始末されていただろう。

――とはいえ、フレイはこの秘密を反逆に用いるつもりは毛頭ない。むしろ、敬愛する令嬢の身を守るためにこそ用いるべきだと信じている。

「中央市街のこの位置に、小さな診療所があります」

フレイが取り出したのは、黄都《こうと》市街の仔細な地図だ。一点に十字の印が刻まれていた。その横には、精密に再現された標的の人相書がある。

「この印の地点が診療所です。この建物だけを狙って、跡形もなく焼き払いなさい。この顔の者が建物の外に逃げたなら……どこまでも追跡して、殺すように。いいですね」

次の作戦は、〝黒曜の瞳〟にとって最も重要な作戦となる。万が一にも、この天敵に介入されるわけにはいかない。リナリスの盲点となっている手を、フレイが打つ必要があった。

「ね、ねえさんが……めいれいする、なら、がんばる！　はは、は、は」

「ええ。あなたの仕事、お嬢様とこのフレイが見ていますよ」

「はは、は、は、は、はは。【エクシルよりメステルへ《exilio mestel》。星の逆転《waskert bafewar》。吼える雨風《fain myuewm》。動地の暗闇《hangmot nellicon》。放て《uladzmot》】」

途切れ途切れの哄笑《こうしょう》とともに詞術《しじゅつ》を唱え、メステルエクシルは背面に新たな兵装を生成した——〝彼方《かなた》〟では、ロケットエンジンと呼ばれる機構である。

「〝XR-4A3〟」

空へと向かって死をもたらす流星の如く、悪魔の兵器が出撃した。

◆

黄都《こうと》中央市街。診療所の一室では、小鳥のような生き物が喜びで羽ばたき回っていた。

「ね、すごいね、トロア！　ぴょんぴょん跳ねたりできる!?　こんなに早くよくなるなんて、思わなかったの！　すごいね！」

小鳥ではなく、青い翼を持つ小さな少女だ。彷《まよ》いのキュネーという名の造人《ホムンクルス》。

少女の旋回中心には、やや困った表情の大柄な山人《ドワーフ》が立っている。

同じ病室の椅子には人間《ミニア》の子供が足を組んで座り、扉の前には焦げ茶のコートを纏う小人《レプラコーン》が寄りかかっていた。

おぞましきトロアと、その擁立者である鉄貫羽影《てつかんうえい》のミジアル。そして戒心《かいしん》のクウロである。

「そろそろ落ち着いてくれ、キュネー。飛んだり跳ねたりしてやるのは構わないが、あまり近くを飛ばれると、お前にぶつかってしまいそうで怖い」

「そう？　トロア、心配？　ごめんね。クウロのところで見ているからね！」

キュネーは、自らの定位置であるクウロの内ポケットへと戻る。

クウロは、安堵と呆れが入り混じったような溜息を漏らした。

「……まったく、この目で見ても信じられないな。その両膝、無尽無流《むじんむりゅう》のサイアノプが命がけでつけた傷だったんじゃないのか」

「父さんからも何度か言われたことがあるが……俺の体はどうも特別らしい。両親に……実の親に、感謝しないとな。それに」

おぞましきトロアはクウロを見て、少し笑った。

「その〝天眼〟でも信じられない話を見せてやれたのは、これから先の自慢話になりそうだ」

「ああ。魔剣以上の自慢にしていいさ」

部屋の隅に座っていたミジアルが、足をパタパタと動かす。

「ねえ、トロア。まだ黄都《こうと》にいるよね？」

「……かもな。ミジアルからもらった市民権だってあるんだ。もう少しくらいは世話になろう」

「……！　やっぱり、そうだよね！　トロアったら第一試合で大怪我したから、全然黄都《こうと》の街だって見て回れてないじゃん！　僕も、まあ……それなりにさ」

ミジアルの四肢にはまだ包帯が厚く巻かれており、右腕は固定が取れていなかった。

「それなりに怪我は治ったから、一緒に旧王国時代の城砦《じょうさい》跡とか探検しようよ！　めちゃめちゃ暗くて、めちゃめちゃ深いやつ！　絶対怖くて面白いから！　案内するからね僕！」

「ああ。そいつもいいな……」

二人の会話を眺めながら、クウロはこの魔剣士の正体を思う。

最初に彼を目撃したあの日、死人が蘇《よみがえ》ったのだと思った。星馳《ほしは》せアルスに一度殺されたはずのおぞましきトロアが蘇って、魔剣使いを全て殺し尽くすまで止まることはないのだと。

だが、そのトロアに命を救われ、顔を見て話し、ミジアルやキュネーと絆《きずな》を深めていく様を見ていると、この男が得体の知れない怪物であるとは、到底信じられなくなった。

その魔剣の技は確かに伝説のトロアと遜色なく、あるいは上回りさえする、悪夢的な殺人剣であるのかもしれない。だが、少なくとも目の前にいるおぞましきトロアは、やや口下手だが素朴で善良な、田舎の山人《ドワーフ》の青年である。

（……トロア。お前は一体、何者だったんだろうな）

叶うなら、偽者であってほしいと願う自分がいる。

血と惨劇に塗れた怪談の存在が、今ミジアルと笑い合っている彼でなければいいと。

「そうだ！　クウロはどうすんの？　何か食べたいものがあればさ、ご馳走《ちそう》するから！　僕の家ってお金持ちだから、全然遠慮しなくていいからね」

「自分でそういうことを言うんじゃない……」

トロアが呆れてため息をついた。

──鉄貫羽影《てつかんうえい》のミジアルも、魑魅魍魎《ちみもうりょう》跋扈《ばっこ》する黄都《こうと》二十九官の中では際立って表裏のない、年相応の少年であろう。トロアにとっての彼は、クウロが傍から見ていてもそう思えるほど、相性のいい擁立者だった。

これまでのクウロの人生のように、罠を警戒する必要もない。好意に甘えてしまいたくなる。

彼らとあと少しだけ、話をしていたいと。

「……いいや。俺は、もう黄都《こうと》を去るつもりだ」

「でも、クウロ」

胸ポケットの中で、キュネーが不安そうな声を上げた。

それを落ち着かせるように、コートの上から優しく撫でる。

「トロアの足が治ったら消えるのは、最初から決めていたことだ。やっぱり俺は、一つの街に長く留まっていられない巡り合わせらしい」

おぞましきトロアの負傷は、想像よりも遥かに早く完治した。

クウロにとっては願ってもないことだ。この黄都《こうと》を離れ、〝黒曜の瞳〟と互いに関わりにならないよう過ごす。生き延びる最善の道だ。クウロはそれに従う。

胸の内から、キュネーが心配そうな声を上げる。

「でもクウロ。ね。寂しくないの？」

「……。俺が？　どうかな。キュネーが寂しがるかどうかの方が心配だよ」

「わたしは……わたしは、トロア達と、まだ仲良くしたいな……」

「ああ。分かってる――」

その時だった。

(――遅すぎる)

真っ先に浮上した感情は、怒りだった。

トロアの方向でもなく、ミジアルの方向でもなく、彼は診療所の窓の外を見ていた。

(何をやっている、天眼《てんがん》のクウロ。感知するのが、遅すぎる。こんなに、寸前になるまで――命の危険を察知できないのか？)

彼の天眼は、全てを見通すことができる。現時点の超広域知覚のみならず、それらの情報を統合することで必然的に導き出される、未来の運命までも。

「トロア！」

病室の中で取り乱しているのは、クウロ一人だけだった。この地域の他の誰一人として、彼のような反応はしていないだろう。

「キュネーを預かってくれ！　ミジアルと一緒に逃げろ！」

「……何があった、クウロ……いや」

おぞましきトロアは、漆黒のフードを深く被り直した。

「これから何がある」

「トロアは戦おうとするな！　ミジアルを生かしてくれ！」

「ちょ、ちょっと待ってよクウロ、それってさ……天眼で、見えてるってこと……だよね？」

「メステルエクシルが来る！」

クウロは断言した。自分の体から、冷や汗が一気に流れ出すのが分かった。

「全員死ぬ！　俺が残るしかない！」

もう時間の猶予がない。天眼の感知が遅すぎたのではない。敵が速すぎるのだ。

音速を凌駕する継続的飛行を実現するロケットエンジンは、この世界の常識を遥かに越えた、〝彼方《かなた》〟の機構である。

（駄目だ。もう聞き返させたら駄目だ。今すぐに、信じてもらう必要がある）

クウロは、腕に仕込んだ弩をミジアルへと向けた。

キュネーが叫んだ。

「クウロ！」

「こいつを撃たれたくなければ、今すぐ二人とも連れて逃げろッ！　すぐにだ！」

「ああ」

トロアは、短く答えた。

そして大きな手がミジアルを抱えた。もう一方の手が、クウロへと差し出され――

迷う暇など一瞬たりともないはずなのに、クウロにとってそれは、ひどく長い時間のようだった。

キュネー。誰よりも大切な相棒と別れなければならない。

あの時はキュネーが、彼の命をトロアに託してくれたように。

「クウロ！」

「……頼む！」

「クウロッ！　いやあっ！」

キュネーは泣き叫んだ。何か一言でも安心させる言葉をかけてやりたかったが、その時間はなかった。トロアはクウロの言葉を信じて、すぐさま診療所の窓を蹴破り、路地を走り去っていった。

（……今。来る）

クウロが知覚していたのは、敵が動き出す前の予感に過ぎない。メステルエクシルは、今飛び立ったところだ。極限状態における天眼は、まさしく未来すらも正確無比に予見する。

それでもトロアに抱えられてこの場を離脱していたなら、間違いなく捕捉され諸共に攻撃を受けていただろう。この敵の狙いは、戒心《かいしん》のクウロだからだ。それも分かっていた。

（お嬢様ではない……フレイか、ヴィーゼか。あと少しの間だけ、俺を信頼してくれればよかった。そうすれば俺は……誰も殺さずに）

メステルエクシルの飛行速度からして、残された秒数は限りなく少ない。

数秒後の攻撃手段が見える。大量の焼夷弾《しょういだん》を内包した爆弾による診療所一帯の焦土化。〝彼方《かなた》〟ではクラスター爆弾と呼称される兵器であるが、クウロの天眼はその名までは伝えてはくれない。

メステルエクシルが爆弾を生成する座標と、投下角度。空気抵抗。地形による遮蔽。燃料特性の推定。この位置から最も近い水源はどこか。着弾してから化学物質が飛散するその数瞬を凌ぐことのできる経路はあるか。呼吸。体勢。身体操作。許容負傷。世界の何もかも、無限の情報が刹那の内に処理されていく。

キュネーとミジアルを逃がした。けれどそれは、クウロが自らの生を諦めたからではない。

(これが最善だ。俺一人なら……生き残れる。俺の天眼なら!)

空が唸りを上げた。それは一条の光が走ったようにしか見えなかっただろう。存在を捉えることができぬほど、速い。

炸裂《さくれつ》。落下。

頭上を通り過ぎる濃紺色の凶星を、クウロただ一人が屋根の遮蔽越しに見た。

かつて微塵嵐《みじんあらし》の日に、トロアとともにクウロを救った、メステルエクシルだった。

(……許せない)

診療所が融解した。

河川のように流れ、暴れ狂う炎は建物の何もかもを一瞬で呑み尽くして、入院患者を含む三十六名の市民が瞬きの内に焼死した。

——戒心《かいしん》のクウロの消息は、この日を境に途絶えることになる。

十七　泥濘

第六試合終了から半日。

旧市街の立体交差上、廃屋の一角で交わされる囁《ささや》き声《ごえ》がある。

「おい、ケイテ。寝るなコラ、バカ弟子」

「寝てはいない……！　人聞きの悪いことを言うな！　何があった」

「やべえぞ」

元黄都《こうと》第四卿、円卓《えんたく》のケイテ。そして魔王自称者、軸《じく》のキヤズナ。

彼らは第六試合における重大な不正を問われ、黄都《こうと》議会の指名手配を受けた身である——さらに差し迫った問題として、彼らの命を狙う追跡者が存在していた。

六合上覧《りくごうじょうらん》の裏で亡霊めいて陰謀を巡らせ、彼らを陥れた諜報組織、〝黒曜の瞳〟。一人一人が英雄にも迫る戦力を持つ、規模不明の部隊。

しかも彼らの切り札であった窮知《きゅうち》の箱《はこ》のメステルエクシルは、その〝黒曜の瞳〟に支配権を奪取されている。

「気づかれた。仲間に連絡してやがる」

「ラヂオ盗聴か！　まったく、抜け目のない……！」

「ヘッ！　こっちの連中はセル分割もスペクトラム拡散も知らねえからな。ラヂオ鉱石が便利すぎて、技術の方が追いついちゃいねェんだよ……それより、敵はすぐにここを囲んできやがるぞ。そうなりゃ終わりだ」

「今、打って出るしかあるまい……！　どの道、いずれそうするつもりだった！」

「その意気だ。殺《や》るぜ、ケイテェ……！」

老婆が片手を挙げると、廃屋の隙間の至る所から、蟷螂《かまきり》めいた木製の機魔《ゴーレム》がぞろぞろと現れ出た。

それは時も素材も持ち合わせない中で急造した戦力に過ぎなかったが、蟻《あり》の一匹ほどの足音も立てぬ静音性を徹底した上で、想定される敵と斬り合えるだけの性能は有している。

たとえ孤立無援の状況であろうと、床板や壁の木材からでも兵力を生産することができる。軸《じく》のキヤズナはこの地平に及ぶもののない、究極の機魔《ゴーレム》使いだ。

先程剣を失ったばかりのケイテも、自らの新たな剣を工術《こうじゅつ》で生成していた。ケイテの本分は文官であるが、剣術や詞術《しじゅつ》においても傑出した実力を兼ね備える天才である。

「敵は一人。直剣使いだ」

「了解」

蟷螂めいた木造機魔《ウッドゴーレム》の軍勢が、まずは雪崩を打って襲いかかり――

「わ」

その直剣使い――塔《とう》のヒャクライは、まずは大きく距離を取った。

飛び退《すさ》りながら剣を抜き、跳ねる機魔《ゴーレム》の刃を打ち払い、群れの包囲を抜け出す。

その間、ケイテとキャズナはヒャクライを追い込んだ路地の死角方向へと駆けていた。この敵とまともに交戦するつもりは元よりない。脱出が彼らの目的である。

走りながら、ケイテは足元を随行する機魔《ゴーレム》の一体を掴む。

「狙撃手だ！」

「ギッ」

ケイテが掲げた機魔《ゴーレム》が軋んだ。どこからか飛来した円月輪が複合装甲へと食い込み、木質の層を焦がし、やがて切断した。

三体の機魔《ゴーレム》が自動的に跳躍して、次なる狙撃を体で受け止めた。全て破壊された。

この立体交差の橋上を見下ろすことのできる、高い建造物がある。

「……やはり二人組か！」

「おいケイテ！　アタシの機魔《ゴーレム》だぞ！」

数十体の木造機魔《ウッドゴーレム》は、それぞれが人間《ミニア》の掌程度の大きさだ。それでも一体ずつが黄都《こうと》の兵士と遜色のない装甲と攻撃性能を持つ。それが一斉に四体破壊された。

そして、背後からは。

「……ああ……困った」

塔《とう》のヒャクライが迫っている。彼に群がっていたはずの木造機魔《ウッドゴーレム》は、この一瞬で相当に数を減らしている。

続けざまに三方から機魔《ゴーレム》の刃が迫った。ヒャクライはふらりと体を倒し、それを避けた。下からの最小限の刺突で仕留め、剣を持たぬ側の手で鎌の初動を抑え、蹴りで一体を破壊する。そして体重が存在しないかのような挙動で、再び身を起こしている。

起き上がった反動で剣身が一瞬消えて、機魔《ゴーレム》の一体を刃ごと両断した。

「も、もう少し……待っていて、くれれば良かったのに……逃がしてしまったら、ぼ、僕の責任になる……」

「安心するがいい」

円月輪による狙撃の死角に隠れながら、ケイテはこの敵へと向き直っている。

こちらの機魔《ゴーレム》はどれだけ減ったか。五体……十体。まだ、決して戦えない数ではない。勝機は必ずある。そう信じようとする。

ケイテは廃屋の壁を背にしている。踏み込めば斬りかかれる距離。

敵は同様に剣士だ。間合いは、腕の長さの分ケイテがやや広いか。ケイテは、言葉で注意を引きつけようとする。

「その責任とやらは、貴様の死後の話だ」

「ふ……」

ヒャクライは唐突にたたらを踏み、横に倒れた。先程と同じ、異様な初動だ。

だが今度のそれは、斬撃ではなく横の別標的を狙った投擲動作だった。キヤズナは咄嗟に腕を引いて、襲来した短刀を避けた。その刃は石壁に半ばまで突き刺さった。

ヒャクライは、倒れると同時に片足を宙に突き出していた、その爪先が、同時に飛び掛かった二体の機魔《ゴーレム》の一体に触れる。その一触れで僅かに方向が逸れたか、機魔《ゴーレム》の鎌はもう一体の機魔《ゴーレム》を破壊している。

ヒャクライが姿勢を崩しているその隙をケイテは突こうと考え、直感で踏み留まった。

「惜しいな」

一連の動きは回転動作であった。隙を突かれることを予見していたかのように、ヒャクライは脛《すね》の高さで剣を薙ぎ払っている。宙を斬りつつ、滑らかに立ち上がった。

少しでも体勢が崩れれば、そのまま橋上から落下していたはずだ。

まったく不自然な、足首だけで上半身を起こすような復帰。

(……こいつ……どういう関節をしている。姿勢の崩れが隙にならない。あの体勢から、これだけの威力を。怪人め)

塔《とう》のヒャクライは間断なく襲いかかる機魔《ゴーレム》の斬撃を凌ぎ、キヤズナを牽制しながら、それでも一歩ずつ距離を縮めてくる。まるで死神のように。

「ああ……そ、そうして隠れていれば狙撃が来ないと、思いますか? まさか」

「……!」

壁面に円月輪が突き刺さっていた。ケイテが隠れていた、狙撃の死角となる壁面である。回転で軌道を変えられる投擲武器だ。曲がり角すら越えて狙撃が可能なのか。

「……落ち着けケイテ! あの距離から投げてる以上は、曲率半径の限界がある! 動かなきゃ当たらねェ！」

「ふ、ふふ。そうですね。しかしもう遅い」

ヒャクライは上方に視線をやった。

「――レヘム！」

「チィッ！」

ケイテはその視線を追い、備えた。

たった今の円月輪の無駄撃ちが、二人を動かさないためのものだったとしたら。

敵の部隊が二人組であるとは限らない――

肋骨に肘が食い込んでいた。ケイテは剣を取り落とす。

「……！」

一瞬で加速したヒャクライが、ケイテを壁に押さえつけていた。

ケイテが串刺しにされていないのは、運が良かったからだ。ヒャクライは、背に回した剣で背後からの機魔《ゴーレム》の群れの接近を牽制しながら、回転の勢いで肘打ちを叩《たた》き込んでいた。

姿勢変化の前触れがない。敵の間合いは最初から、ケイテよりも長かった。

（こいつ……いや、こいつら……！）

三人目がいると思わせようとした。そのために、狙撃手は敢えて撃ったのか。

黄都《こうと》二十九官を上回る剣の力量に加え、遠く離れてもなお精密な連携を取れるほどの練度がある。

得体が知れない。敵はたった二人。一人ずつが異常な強さだ。

「……婆ちゃん！」

ケイテは叫んだ。目の前にいるヒャクライの肩越しに、仰向けに倒れているキヤズナが見えた。腹に短刀が突き刺さっていて、動かない。この剣士は言葉で作り出した僅かな一瞬で、二人を同時に無力化した。

右半身を制圧されたケイテは、自由な左腕で抵抗を試みようとした。それでも、敵が柄頭《つかがしら》でケイテの側頭を砕く方が早いはずだった。

「あ」

しかしその剣は、背後からの斬撃を防御した。

肉厚の包丁の如き鉈《なた》が、直剣で逸らされて地面を叩いた。

鉈。新たに現れた何者かが、ヒャクライを強襲した――

「……！」

ケイテ以上の上背を持つ、筋骨隆々の女だ。深く引きつった笑みと細められた目は、顔の傷も相まって、怪物めいた凄まじさである。

(こいつは、何だ)

「甘い……」

塔《とう》のヒャクライは、数十体の機魔《ゴーレム》を同時に相手取って遅れを取らぬ達人である。

ただ一人の加勢が加わろうと、その柔軟な姿勢によって瞬時に直剣を切り返し――

そしてキヤズナの方向に向けた。

ポポポポポ、と形容すべき爆裂音があった。

「ぐっ……！　う！　お！」

防御した直剣が爆ぜ折れる。

ヒャクライは手足から血を噴出し、もつれるようにその場に倒れた。

「――〝H&K MP5〟。油断しやがったな。ガキ」

軸《じく》のキャズナが抜き放ったものは、短機関銃と呼ばれる武装であった。メステルエクシルが製造した〝彼方《かなた》〟の兵器の残滓《ざんし》。

「ばか、な」

たった今の射撃に反応してみせたように、ヒャクライは常にキャズナの動作への警戒を怠っていなかった。だが……忽然《こつぜん》と現れた巨体の女に、注意が逸れた一瞬では。

硝煙の只中で、老婆はニヤリと笑った。

「機魔《ゴーレム》使いが……機魔《ゴーレム》の装甲を仕込んでねェとでも思ったかい」

服の内に仕込んだ複合装甲が落ちて、石畳に金属音が響いた。

もっともヒャクライの短刀はその装甲を貫いて腹筋を浅く裂いており、キャズナのそれは力を振り絞った虚勢でもあった。

「ぐ……う」

重傷を負ったヒャクライが、ふらふらと下がっていく。

ケイテは迷わず彼の寸前へと踏み込み、首を狩ろうとした。

「よせケイテ！」

ふらり、と倒れる動きで、滑らかに剣が走った。ケイテの顎を浅く掠めて、ヒャクライは仰向けに倒れていく。立体交差の橋下へと。

「……くそッ！　勝っていたはずだ……！」

「おい、狙撃手は」

キヤズナが、橋向こうの建造物を見る。

気配は消えていた。ヒャクライの戦闘不能と同時に、すぐさま撤退している。

橋の上には、ケイテとキヤズナ。そして謎めいた鉈使いの女である。

「……貴様は何者だ」

「あなたの敵ではありません。元第四卿、円卓《えんたく》のケイテ。あなたがたには、我々とともに来ていただく」

間違いなく熟練の戦士であろう。今しがたの攻防の連続に一切心を乱している様子がない。

だが円卓《えんたく》のケイテは、黄都《こうと》の兵士の中でこのような者を見た覚えもなかった。

ならば、どの勢力だというのだろうか。

「俺を、苛《いら》つかせるな。貴様は何者だ。所属を名乗れぬのか？」

「摘果《てっか》のカニーヤ」

女は肉厚の鉈を、片手だけでぐるぐると回した。

その名を聞いたことがあった。トギエ市戦線において、第二十四将ダントと交戦した異形の女傑。

巨大な鉈を振るい、戦場では常に笑みを浮かべていたという。

そして、何よりも彼女は……黄都《こうと》の兵などではなく。

「――旧王国主義者です。あなたがたに選択肢はない。……もっとも」

第六試合のこの日に全ての命運が尽きていたはずの円卓《えんたく》のケイテは、思いもかけぬ出会いによって、その命を拾うことになる。

しかしながら、それは決して状況の好転を意味するものではなかった。

「生き延びたいならば、の話ですが」

十八 第八試合

黄都《こうと》第十四将、光暈牢《こううんろう》のユカが所有する厩舎《きゅうしゃ》には、奇妙な大型獣が収容されている。遠目には狼に近い印象を受けるが、この世の他のどの生物とも似ていない。

混獣《キメラ》であるためだ。第三試合にて敗退した勇者候補、移《うつ》り気《ぎ》なオゾネズマ。

「……私ハ、モウ君達ノ戦イトハ関係ガナイ」

会話を交わしている相手は、小鬼《ゴブリン》である。千一匹目《せんいちひきめ》のジギタ・ゾギの伝令であった。

「私ガ六合上覧《りくごうじょうらん》ヲ勝チ進ム限リ、私ハヒロトノ手助ケヲスル。故ニ、ヒロトハ私ヲ勝タセルヨウ助ケル。ソレガ彼トノ対等ナ契約ダッタ。ソレ以上ハナイ」

「ジギタ・ゾギ様の作戦を助けるという話ではありません」

「ソレガ結果トシテ彼ヲ勝タセル以上ハ、同様ノコトダ」

オゾネズマの目的は終わった。六合上覧《りくごうじょうらん》に関わる理由はもはやなく、彼自身の試合が終わった後もヒロト陣営と接触を持ち続けるのは、危険を伴う以上好ましいことではない。

ジギタ・ゾギとの契約関係は終了している。その事実を踏まえてでも、オゾネズマの助けが必要な状況であるのかもしれないが——

「では、医師としてならば」

「……何？」

「この六合上覧《りくごうじょうらん》の裏で、新種の従鬼《コープス》が蔓延している可能性があります。オゾネズマ殿の技術医療ならば、従鬼《コープス》化した患者の治療も不可能ではないかと」

「……不可能トハ言ワナイガ、感染直後ニ限ル処置ダ。大量ノ輸血モ必要不可欠ニナル。ソレデモ構ワヌトイウナラ、発生シタ患者ハ……可能ナ限リ救助ショウ」

移《うつ》り気《ぎ》なオゾネズマは混獣《キメラ》でありながら、医師でもある。

かつて多くの英雄を殺した彼は、〝本物の魔王〟の死後、失意とともにこの大陸を去った。

殺し続けることと自らの改造を重ねることに用いた技術によって、それと同じだけの無辜《むこ》の人々を救い続けることで、自分自身の呪いを解こうとしてきた。

（──〝魔王ノ腕〟ナドヲ、コノ身ニ抱エナガラ。愚カナコトダ）

だが結論を言えば、現実に彼の心を蝕《むしば》んでいたものは、殺し続けてきた罪悪感ですらなかった。

最も忌むべき呪いの根源が、文字通りオゾネズマの手の内にあったのだから。

「……ジギタ・ゾギノ戦闘ヲ直接支援スルツモリハナイ。イラヌ疑イを招カヌタメ、第八試合終了後ニ到着スルコトガ理想ダ。ソレハ織リ込ンデモライタイ」

「了解しました。それでは、城下劇庭園でお待ちしています」

伝令は開け放しだった窓から抜けてその姿を消す。痕跡すら残していない。

（第八試合デ、従鬼《コープス》ノ大規模感染ガ起コル。ジギタ・ゾギノ試合ヲ狙イスマシテ、ソレヲ引キ起コ

ス者ガイル……トイウコトカ）

伝令が去った後、オゾネズマは一度眠った。

目を覚ましたのは、この厩舎の主――光暈牢《こううんろう》のユカが現れた頃である。

「調子はどう？」

「……悪クハナイ」

「ははは。すごい回復力だよね。さすが混獣《キメラ》。もう自由に戦えるんじゃない？」

「試シテハイナイガナ。捜査ノ方ハ順調カ」

「ケイテとキヤズナのこと？　全然だね。第六試合の日、旧市街の路地裏で大量の血痕は見つかってる。でも死体が上がってない――もしかしたら偽装工作かもしれないって話も出てる。相手がケイテだもんなあ。絶対に俺なんかより頭が回るし、厄介だよ」

（血痕カ。勇者候補者ノ中ニ血鬼《ヴァンパイア》ガ紛レテイルトシタラ……ソノ情報クライハ、今ノ伝令カラ聞キ出シテオイテモ良カッタナ）

この六合上覧《りくごうじょうらん》においてオゾネズマは、ギミナ市で彼我の情報を遮断し、自分自身の試合にのみ注力する戦略を取った。彼自身に関係する者以外の勇者候補の情報は持ち合わせていない。

それは意図的な戦略だ。ジギタ・ゾギが優れた戦術家であればこそ、彼から情報提供を受ける対価は無償ではあり得ない。そして他の勇者候補の情報を知りすぎることも、他の陣営から狙われる危険を招くと判断していた。

だが、これから自分は城下劇庭園へと向かうことになる。それも、従鬼《コープス》の感染が予見されるという理由だ。ジギタ・ゾギの対戦相手の情報も必要になる。

オゾネズマは時計を見た。

（第八試合ハ、モウ開始スル頃合イカ）

——不言《ふごん》のウハク。名を知っているだけで、どのような相手かは把握していない。

「ユカ。第八試合ハ、ドノヨウナ対戦ニナル？」

「ん？　どっちが勝つかこと？　小鬼《ゴブリン》と大鬼《オーガ》なら普通は勝負は見えてるけど……ジギタ・ゾギも強いだろうからなあ」

「……大鬼《オーガ》」

——その一言だけで、全身の毛が逆立つような思いだった。

頭を振る。何故思い至らなかったのか。

あの第三試合で敗北するまで、オゾネズマ自身も、ずっと狂っていた。

何を見て、何を見ようとしなかったのかなど、何一つ当てになる判断はないというのに。

「大鬼《オーガ》ダト？」

「うん。ぜんぜん喋らない、灰色の大鬼《オーガ》。って言っても、こいつの話は俺も全然聞かないんだよね。どこの出身のどういう奴だか——オゾネズマ？」

ユカが止める間もなく、オゾネズマは地面を蹴っていた。

風に巻き上げられた藁《わら》が落ちた時には、既にその姿は消えている。

◆

第八試合開催当日。城下劇庭園控室。

千一匹目《せんいちひきめ》のジギタ・ゾギの控室に、逆理《ぎゃくり》のヒロトはいない。

どれほど密接な協力関係にあろうと、六合上覧《りくごうじょうらん》において控室周辺に立ち入ることができるのは、擁立者及びその直接の関係者のみとされている。

試合を目前に控えた時、扉を開けて現れた者がいる。

「ジギタ・ゾギ。少しいいか」

第二十四将、荒野《こうや》の轍《わだち》のダント。ジギタ・ゾギの擁立者である。

「ええ。まだ時間はありますのでね」

「……試合直前になるが、ノーフェルトは黄都《こうと》に戻ってきていないそうだ」

第十六将、憂《うれ》いの風《かぜ》のノーフェルト。不言《ふごん》のウハクの擁立者である。

「なるほど。黄都《こうと》の方で捜索をしていたりは？」

「事件になってはいない。ノーフェルトの予定では、今日帰還することになっている。だが……午前の内に戻らないということがあるか？　今のところは誰も、奴の動向を摑めていない」

「仮にノーフェルトがこのまま戻らなければ、アタシはどうなります？」

「……。貴様が何かをしたと考えていいのだな」

「さて。どうやら今のところは、アタシらの運も悪くはないみたいですな」

同じヒロト陣営に属しているが、黄都《こうと》二十九官のダントはノーフェルトの顚末を知らずにいる。彼は通《とお》り禍《か》のクゼの説得に応じることなく、そのまま死の刃によって葬られた。

擁立者死亡が確認されていない以上、厳密には不言《ふごん》のウハクは失格ではない。第四試合で勇者候補が変更になったように、仮に擁立者側が不慮の死を遂げたとしても、代わりの擁立者が名乗りを上げたのならば六合上覧《りくごうじょうらん》を継続できる。

だが、ノーフェルトはこの城下劇庭園に到着し得ない。ウハクが現れる可能性も極めて低いと、ジギタ・ゾギは考えている。

（……不言《ふごん》のウハクには主体性がない）

ウハクは、そもそも自らの意思で勇者候補となった修羅ではない。ノーフェルトによって黄都《こうと》まで連れられ、勇者候補として登録され、何らの義務か指令に従って戦っているに過ぎない。

彼が自らの意思で行動を起こしたように見える事例は、アリモ列村の虐殺事件だけだ。

（何を目的に、何故六合上覧《りくごうじょうらん》に臨んでいるのか。……欲を言えば、動機に関する情報も集めておきたかった。どれだけ身辺調査をしても、そこだけがまるで見えない）

「不言《ふごん》のウハクは、何を目的に参戦しているのだろうな」

ジギタ・ゾギの思考と同じような疑問を、ダントも口にする。

「……不言《ふごん》のウハクの経歴は調査しました。アリモ列村に現れる前はとんと分かりませんが……今のウハクが唯一持ち合わせているのは、〝教団〟という繋がりだけなのでしょう。最初は環座《かんざ》のクノーディを助け、同じ〝教団〟出身のノーフェルトに従って勇者候補となり……そして、救貧院襲撃の折には通り禍《とおりか》のクゼ殿を助けたと、クゼ殿から聞いています。何故か、までは分からずとも……誰に従うか、は現在のところ明確ということです」

「……」

ジギタ・ゾギは、大陸全域の〝教団〟の子供達の情報を収集することで、通り禍《とおりか》のクゼをヒロト陣営に引き入れている。それは暗殺者としての有用性に留まらず、〝教団〟という繋がりを通して不言《ふごん》のウハクを運用する、ジギタ・ゾギの長期計画の一部でもあった。

単体では最弱の勇者候補であるジギタ・ゾギがこの六合上覧《りくごうじょうらん》を勝ち上がるに当たって、不言《ふごん》のウハクの獲得は必要条件である。

「貴様はどうなのだ？」

「……アタシ、といいますと？」

「貴様は、逆理《ぎゃくり》のヒロトという個人に従っているのか？　それとも、黄都《こうと》への浸透という目的のためならば、ヒロトの力すら利用するつもりでいるのか？　貴様の方とは、こうしてじっくり話をしたことはなかった」

「なるほど。ヒロト殿の方はそうした話を好みそうですからな。アタシは……自分から目的なり何なりを言うような柄じゃありませんから」

千一匹目《せんいちひきめ》のジギタ・ゾギは、石塞《せきさい》のゲゼグ・ゾギから連なる、ゾギの血族の末裔《まつえい》だ。祖に当たるゲゼグ・ゾギは、その時代で最も賢き小鬼《ゴブリン》であり、逆理《ぎゃくり》のヒロトが得た最初の仲間達の一人であり、新大陸探索の偉業を果たして、間もなくその生を終えたと聞いている。

ジギタ・ゾギが戦っているのは、そのゲゼグ・ゾギの悲願を果たすためでもある。

オカフ降伏の人質として、指揮官である彼自身が勇者候補として出場する必要があるという条件を突きつけられた時にも、迷わずにそうすることができた。

だがそれはあくまで、彼自身の意思でそうするべきと考えたからだ。

「ヒロト殿に従うとか、こちらが利用するとかいう話じゃあありません。そうですな。これは戦術家として少々、らしくない物言いになりますが――」

顔も知らぬ先祖の代から、小鬼《ゴブリン》達の発展に誰よりも尽力してきた人間《ミニア》だ。

弾火源《だんかげん》のハーディへの協力の見返りで得た一本しかない血鬼《ヴァンパイア》の抗血清を、自分ではなくジギタ・ゾギに与えると、迷わず口にした人間《ミニア》だ。

千一匹目《せんいちひきめ》のジギタ・ゾギさえ残っていれば、小鬼《ゴブリン》には未来があるのだと。

「好きなんですよ。ヒロト殿が」

「……そうだろうな」

ダントも、ぽつりと答えた。

「奴はやはり恐るべき政治家だ。親しみやすさや陽気さ、人を惹きつける鮮烈な才覚――奴はそんな政治家の適性とは正反対の男であるようにしか思えない。理屈っぽく、不気味で、胡散臭《うさんくさ》くすらあるというのに、何故だか望んで仲間になってしまうような気がする」

「ダント殿は……ヒロト殿の仲間にはなりたくない、と思っているわけですな」

「……そうだ」

――ダントは全ての戦術的決定をジギタ・ゾギがしていると言ったが、それは違う。勇者候補として黄都《こうと》に入り込むにあたり、ダントを選んだのは逆理《ぎゃくり》のヒロトだ。それはあの時点で取り入る要素があったというだけではなく……何かが、あるのだろう。ヒロトが未来を上手く運ぶために必要な何かが、この荒野《こうや》の轍《わだち》のダントに。

（……いずれ仲間に。誰だろうと、そうなれるなら何よりですな）

扉が開く。

「千一匹目《せんいちひきめ》のジギタ・ゾギ。ゾギ。試合は間もなく行われる」

試合場への勇者候補者の案内を担う、城下劇庭園付きの兵である。

「今のうちに装備を整え、呼び出しの者が現れるまで待て」

「……試合か？」

「はい。ダント将。いかがなさいましたか」

「いいや……大したことではない。不言《ふごん》のウハクが到着しているということだな？　……ノーフェルトも来ているのか？」

「……？　ええ、つい先程、両者現れました。それでは失礼します」

「……」

兵士はその場を立ち去る。ジギタ・ゾギとダントは、少しの間沈黙した。

――不言《ふごん》のウハクが現れた。その行動原理は依然不明のままである。

「……さて、そうなればアタシも戦う他ありますまい。気は進みませんがな」

「ジギタ・ゾギ。六合上覧《りくごうじょうらん》の裏にいる〝見えない軍〟は、血鬼《ヴァンパイア》なのだと言っていたな。ゼルジルガと繫がる〝黒曜の瞳〟が、独立した陣営として動いているのだと」

「……ええ。十中八九」

「不言《ふごん》のウハクが操作され、この試合に出ているとしたら」

「あり得ませんな。血鬼《ヴァンパイア》のウイルスは、ウハクの詞術《しじゅつ》否定の範疇《はんちゅう》に入るはずです。竜《ドラゴン》や粘獣《ウーズ》と同じように、活動そのものを消去されます」

「では、ウハクがこの試合に現れたことが、〝黒曜の瞳〟の仕組んだ成り行きである可能性は」

「そちらは十二分にあり得ますな。……ノーフェルトが現れた、というのは気にかかりますが……例えば、周囲の者の認識を操作して誤認させている可能性が」

ジギタ・ゾギは、指を一本立ててみせる。

「アタシはこの戦いで一つ、失策をやらかしました。〝見えない軍〟の潜入に対して、オカフの傭兵をこの黄都《こうと》から撤退させたことです。つまりあちらさんは、少なくともヒロト陣営の誰か——それも高い確率でこのアタシが、あちらさんの存在に真っ先に気付いたこ、と、に気付いて、い、るということになります。敵が血鬼《ヴァンパイア》、という情報は色々な陣営に撒《ま》いてはおりますが、それに本腰を入れて対応している陣営はまだ少ない。最初に狙われるとしたらアタシ、ということになります」

「それならば……ジギタ・ゾギ。この試合は危険だ。ウハクを倒したとして、別の乱入者が試合場に現れ、お前を始末にかかる可能性がある。敵が血鬼《ヴァンパイア》なら、そういう手が使える」

「おっと、よもやダント殿からご心配をいただけるとは驚きましたな。……そこは、お気遣いなく。もしあちらさんが乱入するなら、こちらが乱入者を投じても問題はないということでしょう」

「――オゾネズマか」

「彼ならば、きっと黙ってはいないはずです。加えて観客席にはこちらの軍をも何匹か仕込んであります。客席側や入退場口で不審な動きがあれば、数の力で押さえることができます」

「……フン。貴様の得意な軍勢を使う気か？　六合上覧《りくごうじょうらん》は一対一だぞ」

「ええ。向こうがそれを守ってくださる限りはですがね」

ジギタ・ゾギは声を押し殺して笑い、生真面目なダントも、釣られて口の端だけで笑った。

「……ダント殿。もし可能でしたら、ノーフェルトへの接触をお願いできませんか。近い内に、第七卿フリンスダ殿の医療部隊が到着します。そちらと合流してください。確実に、〝見えない軍〟に連なる何者かが待ち伏せているはずです。交戦想定も含めた十分な備えをお願いします」

「……医療部隊まで手配していたのか？」

「ええ。先触《さきぶ》れのフリンスダ殿は金で動くお方ですのでね。単純な資金力では、ヒロト殿はそうそう他の勢力に遅れは取りませんよ。それに、今日動かしている策はそれだけじゃありません」

「まったく、貴様らは……」

苛立ったような、しかし信頼にも近い言葉を吐き捨て、ダントは剣を取った。

「せいぜい勝てよ。千一匹目《せんいちひきめ》のジギタ・ゾギ」

「――荒野《こうや》の轍《わだち》のダント殿こそ。女王のために、気張ってください」

ダントは控室から姿を消す。

残るはジギタ・ゾギ自身の試合の準備だ。

顔を完全に覆い隠すような、厚い鉄兜《てつかぶと》を被る。

頭部を防護するとともに、試合を目撃する不特定多数から彼の面相を隠すためである――加えてその兜には、彼の戦闘に関わる第三の機能があった。

試合場には弩《いしゆみ》を持ち込むつもりだが、ジギタ・ゾギにとってそれは予備の武器に過ぎない。彼が用いる武器は、背中に背負う、長大な合金製の缶である。

一対一の真業《しんごう》では、ジギタ・ゾギの真の武器である小鬼《ゴブリン》の兵を試合場に持ち込むことだけはできない。それでもなお、最強の戦術家は必勝の戦術を用意できる。

「千一匹目《せんいちひきめ》のジギタ・ゾギ。試合の時間だ。参戦の意思確認をここで行う」

再び現れた案内の兵士に対して、ジギタ・ゾギは答えた。

「その必要はございませんな。すぐに参りましょう」

「了解した」

案内の兵は、片腕を包帯で吊っていた。ハーディとの交渉の席で聞いた会話では、第三試合の裏の騒動で兵が一人負傷したと聞いている。

(〝見えない軍〟はどこにでもいる)

試合場に到達するまでの短い通路ですら、奇襲を受ける可能性は常にある。

血鬼《ヴァンパイア》や従鬼《コープス》は、直接の粘液接触か、負傷した傷口を介して大量の血液を流し込むことで他者を感染させる。この案内の兵が〝見えない軍〟に切りつけられた際、従鬼《コープス》と化している可能性はないか。

ジギタ・ゾギの装備は、そうした敵を即座に制圧するための手段でもある。

「……血の匂いがします。その傷、医者に見せたほうがよろしいですな」

「生術《せいじゅつ》の治療は行っている」

「左様で。しかし、もっと良い医者を紹介できると思いましてね」

やがてジギタ・ゾギは、試合場へと到達した。

時を同じくして、反対側の通路からは巨大な大鬼《オーガ》が現れる――不言《ふごん》のウハク。

（――やはり、来ていた）

向かい合う両者の間で、裁定役である第二十六卿、囁《ささや》かれしミーカが叫んだ。

「両者、指定の位置で向かい合うように！」

風向きを確認しながら、ジギタ・ゾギはウハクと向かい合う。

大鬼《オーガ》の中でも、一際巨大な個体だ。ジギタ・ゾギと比べると、その身長は三倍以上にもなる。

ジギタ・ゾギを見つめる両の瞳は、鏡のように白く、奥底が見えない。

「……さてさて。できれば、戦いたくはなかったものですが」

ジギタ・ゾギは両手の指を擦り合わせた。

一対一で大鬼《オーガ》と対峙するということは、地上の大半の生命体にとっては死と同義の状況である。

小鬼《ゴブリン》は繁殖力による数を頼みとする種族であり、一体の身体能力は人間《ミニア》にすら劣る。他の種族と比べて詞術《しじゅつ》に長じてもいない。

だが、それが千一匹目《せんいちひきめ》のジギタ・ゾギである限り、その種族差すらも覆し得る。

ジギタ・ゾギがこの六合上覧《りくごうじょうらん》に用いる武器は、種族としての剛力や異能ではない。鍛え上げた必殺の技ではない。複製不可能な魔具ですらない。

食塩を電気分解することで、水酸化ナトリウムが得られる。それを自然界に存在する石英とともに加熱融解すれば、ケイ酸ナトリウムを生ずる。そのケイ酸ナトリウムからは、メタケイ酸ナトリウムを得ることができる。

彼の頭部全体を覆う鉄兜には、第三の機能が存在する。それは眼球を防護するゴーグルと、外気を通すメタケイ酸ナトリウムの吸収缶——即《すなわ》ち、防毒フィルターを内蔵するためのものである。

(不言《ふごん》のウハク。そちらには何手がありますかな。策は。仕掛けは。技は)

そしてジギタ・ゾギは、その背中に合金製の缶を背負っている。

——大掛かりな化学プラントや厳重な実験室環境が存在しない世界だとしても、その物質の製造は不可能ではない。一定温度下でコークスを燃焼させることにより、一酸化炭素を生成できる。食塩の電気分解工程からは、塩素を得ることができる。

一酸化炭素と塩素を日光下で反応させることで、生成できる物質がある。

眼球粘膜に接すれば即座に塩酸を生じ、戦闘不能の激烈な炎症を引き起こす。

さらに呼吸器すらも侵し、肺水腫を伴う後遺症を発症させる。

〝彼方《かなた》〟における化学工業の基幹物質でもあり、大戦にあって兵に恐怖をもたらしたその猛毒は……〝光により合成する〟という意味のギリシャ語から、こう呼ばれる。

二塩化カルボニル――〝ホスゲン〟。

（まずはこれが、こちらの一手）

あらゆる詞術《しじゅつ》を打ち消すウハクであっても、その力を否定することはできない。

彼が用いる力は、文明そのものの力だ。

◆

観客席。

逆理《ぎゃくり》のヒロトが見守る中、第八試合が始まろうとしていた。

（……クゼはノーフェルトを殺さなかったのか？）

不言《ふごん》のウハクが現れた。彼に擁立者がいることは確かだ。その場に立ち会わなかったヒロトはノーフェルトの死をその目で確認できてはいないが、作戦を指揮していたジギタ・ゾギが彼の死体を確かめなかったはずがない。

例えばクゼに憑くという〝天使〟が、即死ではなく仮死状態にもできるという可能性。

あるいはクゼとジギタ・ゾギの間で何らかの取引があり、今後の戦略のためにノーフェルトを生かしていたという可能性。クゼの人格を考慮すれば、その可能性も十分あり得るように思える。

（……だとしても、私にできることは少ない。戦闘においても戦術においても、私はここからジギタ・ゾギを手助けすることはできない）

「……」

周囲の観客が、波が引くように退いていることに気付いた。

ヒロトは、試合場を向いたまま呟く。

「……私との接触は避けた方がいい」

観客の退いた空間を一体で埋めるが如き巨獣が、その傍らに存在している。

ヒロト以外の全員が、その異形を恐れ、遠巻きに見ていた。

蒼銀の毛並みを持つ、巨怪な狼の如き流線型の獣。移《うつ》り気《ぎ》なオゾネズマという。

「ハーッ、ハーッ……」

息はひどく荒い。オゾネズマの如き生命体が、全速力で走行した程度でそうなるとは考え辛《づら》かった。この呼吸は心因性のものだ。恐怖している。

「それとも……オゾネズマ。私個人に用が？」

「――君ハ、知ッテイタノカ」

ヒロトがこれまでオゾネズマと接して聞いた試しのない、悪鬼の如き声色であった。

「ジギタ・ゾギノ対戦相手ガ何者ナノカ、本当ニ、知ッテイタノカ？」

「知っているさ。不言《ふごん》のウハクの素性や能力については十分な事前調査をした。だが――」

ヒロトは、天性の才覚で悟った。そうではない。

オゾネズマが尋ねていることは、断じてそのようなことではない。

彼もヒロトを見てはいない。血走った目で、試合場のウハクだけを見つめている。

「オゾネズマ。君は……何を知っている。不言《ふごん》のウハクについて、何を」

「ヒロト！　スグ……スグニ、ジギタ・ゾギノ試合ヲ中止サセロ！　アッテハナラナイ！　ソレダケハ……彼ガ、敗北スルコトダケハ！」

「何を……君は一体、何を知っている……」

ヒロトの首筋に冷や汗が流れた。それは真実への恐れだったか。

ジギタ・ゾギは、不言《ふごん》のウハクの情報を一切オゾネズマに渡してはいない。それはヒロト陣営の切り札であり、ウハクの持つ能力が他の陣営に渡ることを防ぐためだった。

ならば、ウハクと接触する機会すらなかった彼が、一体何を知っているというのか。

「知ッテイル！」

彼は真なる解呪の力を持つ。いかなる詞術《しじゅつ》も、その前では無意味だ。

何故、六合上覧《りくごうじょうらん》に挑むのか。何故、ここに来たのか。

それを誰も知らない。

もしかしたらそれは、誰にも見つけられなかったのではなく――

「最初カラ知ッテイル！　不言《ふごん》ノウハク……ソノ名モ、違ウ！」

鳴り響く楽隊の砲火が、恐ろしく遠くに感じた。試合が始まる。

今にも、ジギタ・ゾギが彼を始末するだろう。止めることはできない。

叫びだけが響いた。

「セテラ――アレノ名ハ、セテラ！　魔王ヲ倒シタ……彼ガ、本物ノ勇者ナンダ！」

第八試合。千一匹目《せんいちひきめ》のジギタ・ゾギ、対、不言《ふごん》のウハク。

二　外なるセテラ

〝本物の魔王〟の時代の終わりに、男と魔獣は一年の旅を続けた。求めるものを見出せる確証すらない、行き先の当てもない旅だった。

それでも、決して辛い旅ではなかった。移《うつ》り気《ぎ》なオゾネズマには脅威を寄せつけぬ力があり、漂《ただよ》う羅針《らしん》のオルクトには心を癒やす歌があった。

「——斯《か》くて地平に慈雨注ぎ／兵の剣は今こそ落ちる／ああ誰ぞ疑いあらん／命とかえた姫の至心／康寧なる世／そのうつくしき願い……」

オゾネズマは目を閉じて、楽器の最後の余韻が終わるまで、彼の歌を聞く。

戦闘のために生まれ、ただ殺戮を続けてきた獣が、その音色だけで救われるように思えた。

まるで魔法のように、歌が恐怖を癒《いや》すことができた。

「……。猪《いのしし》がいるな」

「アア」

森の只中である。街道脇を下った木陰で休む獣の気配に、危機に鈍いオルクトも気がついていたようだった。オゾネズマにはその数も分かる。四頭。あるいは、親子の群れなのだろう。

「攻撃意思ハナイ。放ッテオクガイイ」

「はは！　自慢じゃねえけどな？　獣だって俺の歌を聞く。なら、もしかしたら魔王にだって勝てると思わないか？」

「アリ得ナイ」

漂《ただよ》う羅針《らしん》のオルクトの歌には、確かに力があった。

心持たぬ獣が調べの美しさに魅せられ、脚や翼を止める。明白に敵対の意思を持つ存在すら、それを聞かずにはいられなくなる。

魔の域に手をかける音楽の素晴らしさを認めつつも、彼の試みを無謀だと思う。

その試みにこうして付き合っているオゾネズマ自身も、彼と同じくらいに無謀であることは変わりなかった。

「コノヨウナ方法デ、本当ニ見ツカルノカ？　君ノ求メテイルヨウナモノガ――」

「本当のところは、詞神様《ししん》にでも聞かなきゃあ分からないだろうな。分からないから、やるのさ。今日中に次の街まで行くぞ」

「……到着ハ夕刻ダ。少シバカリ足ヲ早メタ方ガ良イナ」

一つの街から、また一つの街へ。オルクトは歌で路銀を稼ぎ、次の街へと向かう。

流れ者の詩人が常に歓迎される街ばかりではない。オゾネズマが傍らで守ることのできない町中の方が、道中よりも却って危険であることが多かった。

世界そのものを響かせるような歌の才能と引き換えにしてか、戦士としてのオルクトは、呆れるほどに弱かった。体格には恵まれているはずなのだが、技も判断も絶望的に遅いのだ。

そのような男が〝本物の魔王〟を倒すための旅を続けているというのは、誰の目からもひどい冗談のように思えただろう。

「オルクト。モシモ……君ガ探シテイルヨウナ者ガ見ツカラナカッタラ、ドウナル」

「その時は、俺達はおしまいかもしれないな。全部が無駄足になって……でも、それだけで済む。それとも他の誰かが、〝本物の魔王〟を倒してくれるか？　俺達みたいにバカなことを……まともじゃない方法を試してる連中は、他にもいるかもしれない」

「……マトモデハナイ方法、カ……」

「知ってるか？　どこかの頭のいい奴が、毒で魔王を倒そうとしたんだとさ……。〝本物の魔王〟に挑もうとした英雄の荷袋に、確か、開けたら猛毒の気体が揮発するような仕掛けを仕込んだんだ。その野郎が何も知らないうちに近づいて武器を取り出せば、それだけで魔王が死ぬようにな」

「……。ドウナッタ」

「夜のうちに、そいつは自分で荷袋を開けた。罠にかけようとした英雄ごと、同じ建物の連中を全員巻き込んで死んだって話だ」

魔王の恐怖は、それに抗おうとする意思をこそ蝕む。

憎むべき全ての敵を倒してしまうことを、その意思決定を下す者自身が恐れるのだ。たとえ心のない魔族《まぞく》や自動機械や爆発物を介そうとも、それを仕組む者に心がある限り、その者は自分自身の行為を恐れて狂う。距離も時間も無関係に、作戦を実行することを忌避する。

無差別な攻撃であれば良いのか。〝本物の魔王〟を知覚しないままでいれば良いのか。自滅を織り込み済みでいれば良いのか。

近づくことも考えることもできない絶大な恐怖を倒す方法など、少しでも頭の回る者ならばいくらでも考えることができる。

数え切れない者達がそうした。

この二十五年間、人の思いつくありとあらゆる手段が尽くされてきたに違いなかった。

〝最初の一行〟すらも敗れたのである。オゾネズマを創造した最悪の魔王、色彩《しきさい》のイジックまでもが。あの七名でも勝てなかった以上、どれほどの強者であっても、〝本物の魔王〟に指一本触れることすら不可能なはずだ。

だから実際のところ彼らの探索は、作戦とは程遠い――敵を打ち倒す方法を見つけ出せぬまま、得体の知れないまじないに縋《すが》るようなものだった。

追い詰められた弱者がするようなことを、彼らはしている。

(不思議ダ)

道を行くオルクトの背について歩きながら、オゾネズマは思う。

生まれて初めて仲間とともにした旅は、決して辛い旅路ではなかった。

(コレホド無謀ナノニ、絶望ノ探索デナイヨウニ思エル――アルイハ、本当ニ……)

――果たして一年の終わりに、彼らはそれと出会う。

他の誰にも見つけることができなかったであろうその大鬼《オーガ》を、オルクトは見つけた。

オルクトが彼を見出したのは、歌唱の才能が与えた天啓であったか。

あるいは、残酷な運命の一部だったか。

今となっては誰にも分からないことだ。

◆

ただ二名の旅の仲間は、三名に増えていた。

詞術《しじゅつ》の力を持たない大鬼《オーガ》の名を、外《そと》なるセテラと名付けた。

大鬼《オーガ》にしてはひどく小さい個体で、オルクトより頭半個分高い上背しかない。

セテラが、本来はどのような名を持っていたのかも知らぬ。

あるいは最初からそのようなものを必要としていなかったのか。

セテラが自ら何かを主張することは一切なかったが、それでも、彼は何も言わずにオルクトの旅に同行した。

危機に際してはオゾネズマとともに勇猛に戦い、大鬼《オーガ》でありながら人を喰らうことなく、暮らしぶりはまるで神官《オラクル》のように規律正しく、粛々と旅をともにした。

会話を交わすことはできなかったが、オゾネズマも少しずつこの奇妙な大鬼《オーガ》を信頼し、戦いの中で命を預けられるようにもなっていった。

詞術《しじゅつ》を解さぬ大鬼《オーガ》も、オゾネズマとともにオルクトの音楽を聞いた。

そんな時のセテラは、穏やかで、心安らいでいるようにも見えた。

彼らは旅を続けた。

――そして、旅の終着点。


「……クタ白銀街。ここが、クタだ。間違いない」

焼け残った看板の街章を見て、オルクトは引き攣《ひ　つ》った笑いを浮かべる。

人と活気に溢《あふ》れ、訪れるたびに新たな建物が建つ、〝形の変わる街〟。

確かに、そうだったのだろう。今は変わり果ててしまった。全てが。

「駒柱《こまばしら》ノシンジヲ喪ッタ以上、コノ失陥モ必然ノ結果ダ。〝本物ノ魔王〟ノ脅威ノ前デハ、街ノ規模ナド全ク関係ガナイ」

「分かってる。分かってるが……こうして目の前にすると、やっぱり相当クるよな」

オルクトの動揺は、変わり果ててしまった街の様相だけが理由ではないのだろう。

陰惨な血に塗れ、死苦の痕跡が至る場に残され、全てが終わってしまった街。

そのような廃墟は、この時代にはいくらでもあった。

だがこのクタ白銀街は違う。

ここに魔王がいるのだ。地平を暗黒の恐怖で塗り潰しつつある、その元凶が。

「……オゾネズマ。魔王がどこにいるかは、分かるか……」

「……」

オゾネズマは冷静だ。足を止めて動かずにいる。

優れた戦士の多くがそうであるように、脅威の気配が分かる。

恐怖の根源が分かる。死の沈黙の只中で、ただ一つ佇んでいる生命があった。

そちらを向きたくない。近づきたくない。

オゾネズマは魔王自称者イジックの生体材料収集のために創造された、戦闘に必要な全ての機能を兼ね備える人造生命だ。

それでもただ一つ、勇気の機能だけは持たされていなかった。イジックに決して逆らわない助手として、そのように造られていた。

傍らにはオルクトがいて、セテラは油断なく背後を守っている。

それでも恐ろしかった。

「セテラ……」

「…………」

心を蝕むこの恐怖の中にあって、その大鬼《オーガ》は呻き声一つ上げずにいた。

セテラは選ばれし存在だ。ただ思うだけで、あらゆる神秘をこの世界から消し去る力があった。

詞術《しじゅつ》だけではない。明らかに詞術《しじゅつ》に由来しない古代の魔具による超常も含めた、ありとあらゆる異常は、外《そと》なるセテラの前では無意味である。

物理法則という一つの法の外にある全てを否定し、竜《ドラゴン》すら無抵抗のままに殺す、究極の異能。

それこそがオルクトが探し求め続けた、この世界にあり得ざる存在なのだ。

全てを否定する力。何も起こさない力。

彼がいるのならば、〝本物の魔王〟とも戦えるとオゾネズマは信じていた。

だが。

今になって。この場に立って、そんな確信は消え失せてしまった。

果たしてその程度で、〝本物の魔王〟を倒すことなど可能なのか？

「……オルクト。ヤハリ、コノ試ミハ、無謀ダ」

「ははは……なんだ、オゾネズマ。今更怖気づいたか」

「――ソノ通リダ。君ハ、ソウデハナイノカ」

オゾネズマは、それ以上を進むことができなかった。どれほど勇気を振り絞ろうとしても、そうできない。自分にその機能がないことが恨めしかった。

発汗。鼓動。呼吸。隣に立つオルクトが恐怖していることも分かっている。

戦士ならぬ彼にとっては、それだけで命を脅かしかねない恐れだ。

「オ、オルクト。頼ム。ココマデダ」

何も見なかったことにすればいい。

彼らの旅路が無駄であったことにすればいい。

今引き返せば、旅を始める前の彼らと何も変わらない暮らしに戻るだけで、誰にも非難はされない。そもそも彼らの方法が本当に魔王を倒せるものかどうか、確信すら持ててはいない。

ただそうするだけで、死よりも恐ろしい絶望を味わうことはない。簡単なことだ。

いずれこの世界は滅ぶかもしれないが、それは誰か一人が背負うべき重荷ではない。

「…………ウ、ウゥウ……」

——ここまで辿り着いた。

木漏れ日の街道で、オルクトの奏でる曲を聞いた。

市民の歓声を遠くから眺めて、自分自身のことのように誇らしく思いもした。

彼ら自身すら信じられていなかった不可能に等しき探索を、ついに成し遂げた。

オゾネズマが血と殺戮の責務から解き放たれて、初めて見ることのできた、美しい世界だった。

勇者ではなかったかもしれない。それでも、仲間達と冒険をしていたのだ。

冒険の日々がこのような結末のためにあったと、信じたくはない。

この先には絶望しかない。

「セテラ……！」

オゾネズマはセテラを見た。彼が、〝本物の魔王〟を倒してくれるというのだろうか？

セテラは沈黙を保ったままだ。静かにその場に佇んでいて、進む様子はない。

ならばきっと、彼らの探索は間違っていたのだ。

セテラが恐怖を前にして動けずにいるということは、その証明ではないのか。

「は、ははは……いつか……いつか、言ったよな。オゾネズマ」

死ぬのだ。この先に進めば死ぬのだと、明白に理解できる。

それをオルクトが理解できていないはずがない。

「今は進まずにいても、いつか戦いに来る。お前に言ったその強がりを……じゃあ、今の俺が守れなくて、どうする……」

「駄目ダ……！　待ッテクレ……待ツンダ……！　コンナモノニ、勝チ目ナドナイ！　最初カラ、全テ失敗ダッタ……！」

先頭に立って踏み出すことで、オゾネズマ達が進む勇気を与えようとしているのだと分かった。

戦士としての力も持ち合わせない、ただの詩人でしかないというのに。

「私ハ、行ケナイ！　スマナイ……スマナイ、オルクト……！」

「そうか。そうだな。そりゃそうだ。……まあ、いい。俺には分かってるさ……オゾネズマ。俺の勝手に付き合わせて、悪かったな」

地面に伏せた、自分よりも遥かに大きな獣の頭に手を置いて、詩人は笑った。

そして歩いていく。

「セテラをよろしく頼む」

足を止めてほしいといくら願っても、オルクトは止まらなかった。

かつてオゾネズマは、そんな光景を幾度も見た。

多くの……あまりにも多くの英雄が、そのようにして死んでいった。

――ああ。どうして、人は勇気を出そうなどと思ってしまうのだろう。

「――お前には勇気があるよ。ずっと一緒にいて、それが分かった」

「……ッ」

オゾネズマは進もうとした。前に二歩、よろめくように進んだ。

脚が震え、力が抜ける。彼が追いつかなければ、オルクトは死ぬ。

「これも最初に言ったよな！　もしもお前らが来なくたって、やってやるとも！」

死の只中の光景で、彼は両手を大きく広げた。

後姿が遠ざかっていく。

遠い。

ただの人間《ミニア》の彼と、これほどまでに遠い。

無敵の混獣《キメラ》には勇気の機能だけが存在しない。

「俺の音楽で、〝本物の魔王〟を感動させてやるのさ！」

あまりにも荒唐無稽な言葉に、男自身が笑った。

◆

〝最後の一行〟の中で、真の意味で〝本物の魔王〟に挑んだ者はただ一人である。

漂《ただよ》う羅針《らしん》のオルクトという。その男は武器を提げていない。

明白すぎる恐怖の気配を辿って、彼はこの一戸の家にまで辿り着いていた。

何の変哲もない住宅だ。赤い屋根。白い壁。そして緑の庭。

とうに住民の姿は絶えて、荒れ果てた住宅街にあって、その家だけがむしろ小綺麗といってもいいほどの姿を保っていた。

庭には細く干からびた誰かの死体が倒れているようだったが、それだけだった。

それが、魔王の最後の城。

「……何食って生きてんだかな。まったく」

オルクトは皮肉げに笑おうとしたが、くぐもった掠れ声が漏れるだけで、表情筋は到底追いついてはくれない。

(俺は狂っていない。まだ。今はまだ)

自分に向かって、必死にそう言い聞かせようとする。

(それなら俺にだって、英雄の資格があるかもしれない。そうだろ? だって俺は、ここまで辿り着いたんだ。そんなの、誰にだってできることじゃない)

そのような虚勢を張れる仲間も、今は一人もいない。

それでも、他でもない自分のためにそうする必要があった。

震える手で、ある部屋の扉へと手をかける。

もしも鍵がかかっていたのなら、十分に彼が引き返す理由になっただろう。

だが、そうはならなかった。扉は容易く動いた。

「ぐぶっ、うう」

オルクトは嘔吐《おうと》した。あまりの恐怖に、立っていられなかった。

〝本物の魔王〟は姿を現してすらいない。英雄ならぬ彼の心は、完全に折れた。

思考よりも早く、彼の体は逃げようとした。すぐにでもこの場から離れようと思った。

「う、うう……はっ、ははは……はは……」

諦観の笑いだだった。既に引き返すことすらできなくなっていることに気付いたからだ。

一度そこに辿り着いてしまった者に、他の道はないのだ。

すぐさま逃避すべき危機に対して、肉体は硬直する。考えてはならない事柄に、むしろ思考は埋め尽くされる。その現象に、合理など欠片《かけら》も存在しない。

忌避すべきものを、受け入れてしまう。すべきでないことをさせられる。

倒すこともできない。逃れることもできない。

何故なら、恐ろしいから。

世界の何よりも身近で、逃れられない、ありふれた矛盾がある。

恐れたいと思う者などどこにもいないのに、その心の機能を持たぬ者はいない。


〝恐怖〟という感情。


「……こんなに、はは、こんなに……どうしようも、ないのか……？　冗談だろ……はっ、ははは……くははははは……」

絶望と情けなさで笑いながら、それでもオルクトは家の廊下を這って進んだ。

それが何よりも凄惨な末路をもたらすことを分かっていながら、そうするしかない。
「ああ……声……ちくしょう、声が……掠れちまって……」
その廊下は、ごく一般的なリビングに通じている。
家具はそのまま残されている。テーブルを囲む椅子と、一回り小さな木製の椅子。
きっと幸せな家庭だったのだろう。それが分かる。
一つの椅子に、それが座っていた。
黒く、長く、艶《つや》やかな髪。
何をするでもなく、それは窓の外の青空を見ている。
「いい天気だね」
ゆっくりと振り向いた頬の動きを追って、さらさらと黒髪が流れる。
凄惨極まる地獄の中で、彼女一人だけがそのままだった。
艶を保ったままの長い黒髪。汚れの気配すらない肌。
黒のセーラー服には、ほつれ一つなかった。
彼女はそういうものなのだ。
あるべき存在ではない。
全ての光を吸い込むような目がオルクトを見て、笑った。
「名前を聞かせて?」
オルクトは、

呼吸の仕方を思い出そうとした。

「ぼ」

ごぼごぼという音だけが漏れた。

血の泡。

筋肉のひどい緊張で、喉の奥のどこかの血管が破れたのだと分かった。

「……あ、あんた、ごぼ」

〝本物の魔王〟は、無力な、ただの少女だ。

オルクトは最初からそれを知っていた。

彼の歌は、恐怖に狂った者を僅かに……ほんの一時、癒やすことができる。

恐怖の中では決して語ることのできない真実を語らせることができる。

〝本物の魔王〟をその目に見て帰還したごく僅かな例外――〝最初の一行〟の星図《せいず》のロムゾから
〝本物の魔王〟の真実を聞いて、その時から彼の旅は始まっていた。

世界を滅ぼしゆく最大の恐怖が、何者でもなく、理由もないという絶望からオルクトはそれを始めたのだ。

――他の誰も思いもよらない、〝本物の魔王〟を倒すための旅だった。

「……歌……歌は、聞いたことがあるか……」

「……」

彼は覚えている。

全ての生命を震わせる歌の力で、〝本物の魔王〟を倒すべき勇者を探そうとしたことを。

彼の荒唐無稽な計画を、ただ一匹笑うことのなかった、オゾネズマとの旅路のことを。

幾度とない危機を、その強さに救われてきたことを。

そして……まるで奇跡のように、求め続けた可能性に出会ったことを。

誰よりも多くの歌を、オゾネズマに聞かせたことを。

ただ一人で音楽を紡ぐだけでは、詩人は救われはしない。

ならばそれを聞く者がいつでも傍らにいた、オルクトの旅は――

「……それとも……なあ……？　う、歌なんか……忘れちまったか……」

震える指で、床に転がる食事用のナイフを手に取っていた。

自分が何をするつもりなのか、オルクトは理解している。

ひどい恐怖で、涙が溢れた。歌を聞かせたいと思う。

オルクトがただ歌いさえすれば、この少女の心も動かせるのかもしれなかった。

「かわいそうなやつだ」

そして自身の喉笛を引き裂いた。

地平の誰よりも優れた歌を紡いだ喉は、心持たぬ獣にすら通ずる声は、鈍い刃で引き破かれて、ただの醜い筋繊維と化して絡んだ。

気道からは無残な笛のように呼気が漏れて、それは歌ではなかった。

「歌……ああ、歌か……」

最大の誇りを喪って、絶望と苦悶《くもん》に死にゆく男を、〝本物の魔王〟はただ見下ろしていた。

皮肉なほどに綺麗な声で、少女は上の空で呟いている。

「……また、聞きたいな」

オルクトの旅は終わった。

残すことなく。報いを得ることなく。


ただ一つを除いて。


住宅の窓に影が差した。

窓を壁ごと破砕して、その巨体はオルクトを庇《かば》うように躍り出ていた。

巨大な狼のようでもあるが、蒼銀の光を灯す毛並みは自然のそれではない。

「――オルクト！」

オゾネズマは、オルクトの無残な死体を見た。

遅すぎる勇気だった。

オゾネズマが現れるよりも僅かに早く、喉を自ら引き裂いていた。

永遠に歌うことはなかった。

「魔王。貴様。アア」

オゾネズマは、その敵を引き裂こうとした。

「アァ……」
自分には何一つできないことが分かった。
〝本物の魔王〟。無力な、細い少女が眼前にいる。
僅かでも手を伸ばせば、殺せる距離にいる。
果てしない勇気など必要ない。たったそれだけの勇気があればいい。
その混獣《キメラ》には、生まれつき勇気の機能が存在しない。
それでも、ここまで辿り着くことができたのだ。
「ウ、アァアッ……アァアァアァアァアッ！」
彼は覚えている。
その詩人が、誰よりも多くの歌を歌ってきたことを。
伝説の英雄が強大な魔獣を倒す、偉大なる物語を。
無力な者が力ある者に立ち向かうことのできる尊さを。
勇気の歌を。
「魔王……！　貴様……貴様ダケハッ！　グ、ウウウッ……！」
ならばこの一度だけ、奇跡が起こってもいい。
勇気を。
とうに恐怖に折れた心で、それでもオゾネズマは進もうとした。
その足は、一歩も進まなかった。

〝本物の魔王〟は彼に顔を向けてもいない。

何か不思議なものでも見ているように、既に息絶えた詩人を見下ろしているだけだ。

「ウ、ウウ……ウ……！」

僅かでも手を伸ばせば、殺せる距離だ。

けれど、その僅かな距離は無限の彼方だった。

それが〝本物の魔王〟。

真なる恐怖は、心の力で乗り越えられはしない。

恐怖を乗り越えることこそが勇気だというなら――

勇気ある者は、恐怖するのだ。

彼女と戦うためにはその意思が必要であるのに、意思の根底たる心が壊されていく。

この世界の者の試みの全てが無意味だった。

遍く敵を打ち倒す絶技も、緻密で果てしない計画も、絶大量の爆薬も、小さな短剣も、強さも、弱さも、心も、力も。〝彼方《かなた》〟の全ての手段も、この地平の全ての手段も。

全て。全て。全て。

「アアアアァッ！　貴様ヲ……魔王……！　倒シ……倒シテ……！」

――だが。

恐怖の前では、何一つできることはなかったのか。

そうではない。誰しもが、その一つのことだけはできた。

誰しもが、明らかにそう願うことができた。

「――倒シテクレッ！　セテラ！」

オゾネズマにもそれができた。

誰かに託すということ。

自分ではなく……勇者が魔王を倒してくれるのだと、ただ信じるということを。

「ああ、歌……」

〝本物の魔王〟は……ふと、思い出したように、何かを言おうとした。

混獣《キメラ》の巨大な背が、ぐばりと開いた。

その内からは灰色の――オゾネズマの体躯に収まるほどに、小柄な大鬼《オーガ》が。

〝本物の魔王〟は、初めて振り返った。

信じられないほどに美しくて、そして寂しげな顔。

どの世界にも、存在を許されなかった〝客人《まろうど》〟。

少女は唇を開いた。

「――」

無骨な棍棒《こんぼう》が少女の頭部を割った。

セテラの振り下ろした一撃は、肉と骨を貫通して、床板すら砕いた。

グジュリ、とおぞましい水音が散った。

地平の全てを恐れさせた全ての敵がいた。

誰も抗うことのできない、恐怖と惨劇だけを世界にもたらす、ただ一人の敵が。


〝本物の魔王〟は――今や頭頂から腰までが、混然とした骨肉の塊に変わっていた。

まだ床に立っていた白い両脚が、くたりと倒れた。

「ハァーッ、ハァーッ！　ア……アアア……」

息を荒げて、オゾネズマは怯えた。怯え続けていた。

セテラが、〝本物の魔王〟を殺したのだ。

誰もが恐れ、誰もが成し得なかった、真に称《たた》えるべき偉業を成した。

「ソンナ、マサカ……！　セテラ……」

それでも、まだ恐怖していた。

理解してしまったからだ。

セテラが何者なのか。オルクトが何を成し遂げてしまったのか。

〝本物の魔王〟の最後の一言は、オゾネズマの知らぬ言語だった。

詞術《しじゅつ》を疎通させない力が発動していた。

ならばオゾネズマの背から飛び出したあの時に、セテラは異能を否定していたはずだった。その一瞥《いちべつ》で、恐怖は全て否定されるはずだったのに。

〝本物の魔王〟の恐怖は持続し続けていた。今も。


――原因の存在しない恐怖を、打ち消せるはずなどない。


静かで、深い思慮を湛えて、哀悼しているかのように、見える。

外《そと》なるセテラは……赤い肉の断片と化した魔王を、ただ見下ろしていた。

「セテラ……君、君ハ……」


――実験は成功だ。

オルクトは何を実験し続けていたのか。

彼の歌は、遍く存在の魂に届く音楽だ。

魔王の恐怖に狂った者。心持たぬはずの獣ですら。

もしも……〝本物の魔王〟に恐怖する心と、魂を揺るがす歌を感受する心が、同一の根源を持つものなのだとすれば。

ただ街を渡り歩き、人々に歌を聞かせ続けてきた彼が、真に求める存在があったとすれば……それは、あらゆる異能を打ち消し、絶大な身体能力で敵を打ち倒す、無敵の大鬼《オーガ》などではなかった。

彼はずっと観察していた。歌への反応ではない。その逆。

歌が聞こえていながらも、心の奥底でまったく反応していない者を。

「オルクト……ア、アアア……！　スマナイ……スマナイ……！」

とうに死したオルクトへと向かって、オゾネズマは詫び続けた。

間に合わなかった。

自分には勇気などなかった。外《そと》なるセテラすら。この世界には誰一人、〝本物の魔王〟に抗う真の勇気を持っている者などいなかった。

そうでなければ……オゾネズマの脳裏に、そんな恐ろしい考えが過《よぎ》るはずがない。

自分は、恐ろしいことを、

「ウ……嫌ダ、アアッ、アアアアッ！」

狂うほどに恐ろしいことを、しようとしている。

「嫌ダ……嫌ダ……ッ！」

オゾネズマの視界の先に、壁際まで千切れ飛んだ白い腕がある。

無残に潰れ果てた体とは違って――

とても状態のいい、綺麗な腕だ。

誰かの肉体に接合したとしても……

きっと、動かすことが、できそうなほどに。

「アアアアアッ……コンナ、コンナ……冒涜ヲ……オルクト、スマナイ……！」

セテラは〝本物の魔王〟の死体を貪り食っていた。

自分自身の手で殺したものを、食らっている。

少しでも恐怖を感じる者ならば、決して不可能なことを。

それは紛れもなく、独立した一つの意思を持っているはずだ。他者の意思に左右される機械や魔《ま》族《ぞく》ではなく。彼が何を為すかを、彼自身が自由に決めることができる。

だからこそ彼らは、魔王を倒すという願いをその大鬼《オーガ》に託すことができた。

だが……それはこの地上に、本来あり得ないはずの存在だった。

——外《そと》なるセテラ。哲学的な意味で、死者に等しかったのだ。最初から。

「…………」

「セテラ！　セテラ！　……ア、アア、ウアアアアッ……！」

混獣《キメラ》は泣き叫んだ。

その言葉は、永遠に誰の心にも届かないと分かっていた。

「ドウシテナンダ……！　ドウシテ！　ドウシテ……ココマデ、来テシマッタ！」

……三年前。漂《ただよ》う羅針《らしん》のオルクトという名の男がいた。

暗黒の時代。〝本物の魔王〟によって惨殺された、数多い英雄の一人である。

歌声を響かせることすらできず、彼はその名を残さず死んでいくことになる。

しかし。彼はついに、勇者を見つけた。

全ての心に通ずる詞術《しじゅつ》が疎通できない、存在しないはずの。

——あいつ本当は……全部憎んでるよ。この世の全部。
——人を殺した時、辛かったか。
——ウハク。あなたには心があります。私達と何も変わらない、心が。

それは生まれつき詞術《しじゅつ》の概念を理解しないままに、世界を認識している。
それは自らの見る現実を他者へと同じく突きつける、真なる解呪の力を持つ。
それは厳然たる現実としての強さと大きさを持つ、ただの大鬼《オーガ》である。
そして、それは最初から——

勇者《ブレイブ》。大鬼《オーガ》。
外《そと》なるセテラ。

十八◇第八試合

不言《ふごん》のウハクは、巨大だ。

何を食べればそのように成長するのだろうか？

千一匹目《せんいちひきめ》のジギタ・ゾギに推測できることは少ない。


戦術を立てる能力とは、選択肢を作り出す能力と言い換えても良い。

敵を正面から斬り伏せるのか。裏で策略を巡らせ、敵の勝利の道を封殺するのか。

それらの手段に優劣など存在しない。そしてこの六合上覧《りくごうじょうらん》に臨む候補者の全員が、自身が勝利するための戦術を用意している。

——だが、勝ち進むための選択肢を一つしか持たない者と、無数の選択肢を準備して臨む者とがいる。千一匹目《せんいちひきめ》のジギタ・ゾギは後者だ。

彼は多数の兵力を用いて黄都《こうと》の情勢を探らせ、黄都《こうと》から遥か離れたイマグ市に至るまで即席の測候所で天候を予測し、あるいは物流経路を掌握して市民を動かせる段階にもある。

ただ勝利するだけならば、その他の手段でも可能なことだ。

化学兵器の仕掛けをこの試合に用いることには、多くの理由がある。

ホスゲンは戦闘不能と後遺症をもたらす兵器ではあるが、即座に治療を施す限りは、死に至る確率は低い。

後遺症を発症させたならば、オゾネズマを長く治療に当たらせる理由ができる。不言《ふごん》のウハクの肉体的な戦闘能力を奪い、同時に接触の機会を増やす。より容易く制御が可能となる。ジギタ・ゾギが必要とするものは彼の異能であって、大鬼《オーガ》としての身体能力ではない。

さらに、もう一点。

ホスゲンの比重は空気よりも重く、一度使用すれば空間に残存する。

……即ち、試合直後に彼らに近づく者達に対しても作用できる。

ならば治療の名目で、その者の体を調べる機会が生まれる。

——この戦術の標的は、不言《ふごん》のウハクのみではない。

試合場のジギタ・ゾギ自身を寄せ餌として、従鬼《コープス》の乱入者を捕らえる罠。

◆

劇庭園地下。荒野《こうや》の轍《わだち》のダントは、数名の兵士と医師を引き連れて通路を進んでいる。

ジギタ・ゾギが事前に排除したはずの、不言《ふごん》のウハクの擁立者——第十六将、憂《うれ》いの風《かぜ》のノーフェルトが、不審な帰還を遂げた。その真相を確かめる必要がある。

「一つ聞くが、ノーフェルトは血鬼《ヴァンパイア》の抗血清の接種は受けていたのか？」

「いいえ。血鬼《ヴァンパイア》の発生事例自体が少なくなったので、二十九官の中でも抗血清をお買い上げになられている方は半分以下です」

医師が答える。買い上げ、という表現はフリンスダ配下に特有の言い回しだ。

「だろうな。俺も受けていない」

フリンスダ配下の医療班は、その一部の人員が先んじて到着している。

医療部門を示す白と青の旗を掲げた救急車両も、後ほど到着するのだという。

（敵に到着の時を誤認させる手か。相変わらず、抜け目のないことをする）

ダントが引き連れている兵士は、〝見えない軍〟の襲撃に備えて選抜した精鋭だ。人間《ミニア》三人、小鬼《ゴブリン》一匹。小鬼《ゴブリン》はジギタ・ゾギの配下である。さらに合流した医療班の医師が三人。血鬼《ヴァンパイア》や従鬼《コープス》と遭遇した場合、医師でなければ対処のできない事態も多い。

（……あと一人は連れていくか？）

ダントは、巡回していた年配の兵に声をかけた。

「……第二十四将ダントだ。そこの者、いいか」

「はっ……！　いかがなされましたか、ダント様」

「面映《おもは》ゆい話だが、俺の兵はどうも外回りばかりでいかん。劇庭園の構造を誰も知らんようでな。案内を頼めるか」

「ははあ、それはそれは！　何しろ改築に次ぐ改築で、地下は随分複雑ですから。どちらまで向かわれますか」

「不言《ふごん》のウハクの控室まで頼む」

「ええ、もちろんです！」

二十九官に頼られて得意になったか、老兵はやや浮かれたように先に立って歩く。とはいえ、ダントはこの男を戦力として見なしているわけではない。

ノーフェルトの控室へと続く通路まで、前方を守る盾になってもらうことが狙いだ。敵が本当に〝黒曜の瞳〟であるなら、奇襲に備えすぎるということはない。

「しかし控室までとは、ノーフェルト様へのご用事でしょうか？」

「ああ、そうだ。不言《ふごん》のウハクが出場しているということは、いるのだろう」

「はぁ。しかしノーフェルト様は先程こちらの通路を通って出ていきましたが……」

「……なんだと？」

「すれ違っておりませんでしたか？」

そのような記憶はない。老兵を見つけるより前に何人か軽装の兵とすれ違ったが、ノーフェルトの如き異常長身の男はすぐさま判別できたはずだ。

（ノーフェルトはつい先程までここにいた。少なくとも、ノーフェルトの姿をした者が）

どのような手段を使ったのか？　〝黒曜の瞳〟に知られざる潜入の技術があるのだとしても、彼の体格まで再現可能な変装術などあり得るのだろうか？

（そんな馬鹿な……）

ノーフェルトの控室前を守っているはずの兵がいない。

「……」

――やはり、仕組まれている。

この第八試合は最初から異常だった。

「……ッ！　強制捜査だ！　これより控室に立ち入る！」

老兵以外の全員に、目配せ一つで戦闘陣形を組ませる。

ダントは扉を開け放った。

この中にノーフェルト以外の何者かがいるのだとすれば。

「――誰だ！」

ダントの叫びとともに、控室に潜んでいた影が動いた。

それは歯を見せて、獣の如き嗤いを――

爆音。石畳が割れる。

踏み込みの音だった。

「ダント様ぐッ」

精鋭の一人が割り込み、ダントを守っていた。

喉は一撃で抉られて、その内奥の頚椎《けいつい》までも削がれていた。

素手の、指である。

このような芸当ができる者を、ダントは一人しか知らない。

「淵藪《えんそう》のハイゼスタ……！」

「……ン、フフ」

紛れもない人間《ミニア》でありながら、怪物じみた埒外《らちがい》の暴力を武器とする、第十五将。

（何故、ここに。──一撃で）

剣を抜く。眼前の兵士の脇下を通して刺突する。

ハイゼスタは避け、踏み出し、旋回する。

異常な敏捷性《びんしょうせい》。

回り込んだ勢いを乗せて、指が小鬼《ゴブリン》の兵の頭部を穿っている。

小鬼《ゴブリン》の抜いた小型銃は、発砲すら許されなかった。

「い……」

ずるり、と貫手が引き抜かれる。脳漿《のうしょう》が糸を引いた。

ハイゼスタは右方。ダントは喉を抉られたたまま立つ兵士が眼前にいて、剣を振るえない。

（やれるか。この状態から）

死に体の兵士を、左肩で強く押し出す。兵士の体は右方向に回転するように体勢を崩す。ハイゼスタの視界をそれで塞いだ。

息を鋭く吐く。

鎧《よろい》を纏った兵士を、その背後のハイゼスタごと切断する──

「遅い」

ハイゼスタは、その剣身を二指で摘んで停止せしめていた。あり得ざる反応速度。

ダントは呟く。

「すまんな」

ハイゼスタに掴み取られた剣は、既に手から離している。

斬撃の振り下ろしの勢いのまま、下に。

（一撃で――致命傷を、与えるしかない）

右方向に回転させるように兵士を押し出したのは、兵士の右腰の装備をダントの方へと向かせるためだ――剣の柄を掴む。すぐさま切り返す。逆袈裟《けさ》。

数本の肋骨を断って、肺腑《はいふ》を切断したことが分かった。

「……！」

どくり、と血が溢れる。

獣めいた笑みを浮かべたまま、淵叢《えんそう》のハイゼスタは絶命した。

「なんだ」

ダントは奥歯を噛《か》んだ。配下の精鋭が一人と、小鬼《ゴブリン》が一匹、一瞬で殺された。

その血溜《ちだ》まりの中にはハイゼスタも倒れている。黄都《こうと》第十五将が。

「……なんだ、これは……!?」

憂《うれ》いの風《かぜ》のノーフェルトの姿をした何者か。

ダントの到達を待ち構えていた淵藪《えんそう》のハイゼスタ。

途轍《とてつ》もなく異常な事態が発生している。

ダントは、隊列の最後尾で震えている老兵を見やった。

「貴様、見たか！」

「そう言われましても……速すぎて、細かいことはとても……それに……い、今の方は、ハイゼスタ様なのでは……！」

「――十分だ。貴様が証言しろ！　第十五将が突如乱心、兵士の殺害に及んだため、俺がやむなく反撃したッ！　従鬼《コープス》感染の疑いがあるため、荒野《こうや》の轍《わだち》のダントの責任において、この医療班による検死を執り行う！」

「ひ、わ、分かり……ました……！」

ダントが掛けていた保険が功を奏した。もしもこの敵が何らかの形で黄都《こうと》内部の同士討ちを画策していたならば、私兵ではない第三者を証言者として連れていくべきだと考えていた。

一撃で仕留める傷であれば、ハイゼスタが先に攻撃を仕掛けていたことの確実な証明になる。

ハイゼスタは一人で待ち受けていた。恐ろしい敵だ。この状況を用意した〝見えない軍〟が仕掛けていた策は……間違いなく、荒野《こうや》の轍《わだち》のダントの抹殺などではない。

その者に、第十五将殺害の罪を被せること。

「クソッ……気に食わない……！　何が起こった！　誰が、何をしているのだッ！」

まったく時間がない。この事実が判明したとして、試合決着までに間に合うだろうか。

「すぐに伝えろ！　現在、第十六将ノーフェルト不在で第八試合が行われている！」

一切の我を見せたことのないというその大鬼《オーガ》が……始めから、自らの擁立者の存在までもを意に介していないのだとすれば。

「不言《ふごん》のウハクは不正参加者だ！」

◆

——同時刻。劇庭園大通りに隣り合った路地では、一台の馬車が横転していた。

走行中に横転したと見えて、頑丈な鉄の車体は歪み、御者も木片に貫かれ息絶えている。

馬も絶命していた。両前脚の膝から下が千切れ飛んでいる。

交通事故ではない。走行中にそのような攻撃を仕掛けた者がいる。

「やめてくれ」

客車の中から現れた男は、両手を上げて無抵抗を表明していた。

「降参だ。こういうのはいい加減うんざりなんだよ」

黒衣の、どことなく不吉な印象を与える無精髭《ぶしょうひげ》の男。

「——これは暗殺ではなく交渉だ。通《とお》り禍《か》のクゼ」

声は商店の上からだ。低い姿勢でクゼを見下ろす、人型の狼がいる。

〝黒曜の瞳〟の九陣前衛、光摘《ひかりつ》みのハルトルという。

「劇庭園に向かっていたのは、千一匹目《せんいちひきめ》のジギタ・ゾギの指示だな？」

「あー……まあ、そうだよ。今更隠すつもりはないさ。全部知ってるからこうして襲ってきたんだろ？　どいつもこいつも物騒でよくないよ、ホント……」

通《とお》り禍《か》のクゼは勇者候補の一名でありながら、ヒロト陣営に協力する暗殺者である。

第八試合の場に彼が現れるのならば、確実に足止めする必要があった。

「連中に協力する理由は？　こちらも相応の条件を出す用意はある」

「それは……答えられない。あんたらには叶えられない願いだからな」

「……」

「ふへへ。攻撃してこないね……俺の理由は知らなくても、そういうことは知ってるわけだ」

ハルトルはクゼの頭上を取っている。彼が戦闘に用いる大盾は客車の中に置かれたままで、無防備な状態のこの男を、一方的に奇襲できる状況にある。

「じゃあ、馬車を撃ったのはあんたじゃないな？」

クゼは出し抜けに言った。

「悪いが、このまま劇庭園に行かせてもらうぜ。あんたはお仲間が無事かどうか見に行った方がいい。馬車を横転させたってことは、事故で俺を殺そうとしたってことで……そういうことをした奴は死ぬ。どれだけ遠くにいても、どれだけ隠れていても。必ずだ」

「……必ず？」

その瞬間に巨大な質量が降って、鉄の客車を踏み砕いた。

紺色の装甲。紫に光る単眼。

この路地に潜んでいた者は二名。光摘《ひかりつ》みのハルトルと、そして。

ガトリングガンの回転を開始しながら、メステルエクシルは箍《たが》が外れたように笑った。

「――はは！　はははははは、ははははははははははははは！」

「おいおい……！　マジかよ！」

殺害を試みた者を必殺する異能の持ち主を仕留めるためには、何をすればいいのか。

「教えてやろう。通《とお》り禍《か》のクゼ」

死んでも止まらない者を投入すればいい。

哄笑が響き渡る路地の只中で、ハルトルも牙を剝いて笑った。

「必ずなんて言葉は、情報を知る側だけに使う権利がある」

◆

――黒曜《こくよう》リナリスは、その幼少期の殆どを邸宅のベッドで過ごした。

生まれつき彼女は満足に立って歩けぬほど体が弱く、黒曜《こくよう》レハートは、その私財を湯水のように費やして娘の命を永らえなければいけなかった。

十七年の歳月の半分近くが、そのような暮らしだった。

姿形は同じであるはずなのに、血鬼《ヴァンパイア》はただそれだけで人族《じんぞく》の敵で、命を狙われることのないように、歩けるようになった後でさえ、外を自由に出歩くことはできなかった。

友人と呼べる者はいない。

仲間と言える者達も、最後には数えるほどしか残らなかった。

目覚《めざ》めのフレイ。光摘《ひかりつ》みのハルトル。韜晦《とうかい》のレナ。変動《へんどう》のヴィーゼ。塔《とう》のヒャクライ。無垢《むく》なるレンデルト。そして、奈落《ならく》の巣網《すあみ》のゼルジルガ。それぞれが蓋世不抜《がいせいふばつ》の強者ではあるが、この〝黒曜の瞳〟の存在が明らかになった時に、全員を生かせるような数では、もはやない。

組織を離れていった者達もいる。天眼《てんがん》のクウロ。ゆらめく藍玉《あいぎょく》のハイネ。瘴癘《しょうれい》のジズマ。月嵐《げつらん》のラナ。刻《きざ》み三針《さんしん》のルック——全ての者が表の世界で生きていけるほどの卓越した技を持っていて、それでもなお、例外なく戦乱に関わる生業しか選べなかった。

〝黒曜の瞳〟は、表の世界の者達とは別の生き物になってしまった者達だからだ。それは従鬼《コープス》というだけではない。生きているだけで手を血に染め続ける、終わらない闘争の螺旋に適応してしまった生物であるということ。

彼らを生かさなければならなかった。

〝黒曜の瞳〟が生き続けるための戦乱を作り出すのは、その目的のための手段だ。

戦乱を生むだけであれば、従鬼《コープス》として支配した軍勢とそうでない者を相争わせればいい。

黒曜《こくよう》リナリスは、この黄都《こうと》を滅ぼすことができる。

女王や二十九官の一部は抗血清を接種しているが、この国の民のほとんどは血鬼《ヴァンパイア》のウイルスに対する耐性を持っていない。主要な人材を直接狙わずとも、実務を担う上級官僚を片端から支配してしまえば、社会構造を崩壊させてしまうことも容易くできる。

だがそれは〝黒曜の瞳〟の勝利ではない。リナリスはそう考えている。

たとえ戦乱の世を導くことに成功しても、〝黒曜の瞳〟の暗躍と大規模感染の病原たるリナリスの存在が明るみに出てしまえば、彼女らは世界の全てを敵に回して戦い続けることになる。

黄都《こうと》を滅ぼしたとしても、六合上覧《りくごうじょうらん》に現れたような修羅が彼女らを討つだろう。ただ一息で国土を滅ぼし得る冬《ふゆ》のルクノカ。あるいは感染そのものが不可能な音斬《おとぎ》りシャルク。個の力を尽くしても、万の軍勢を操作しても太刀打ちのできぬ脅威は、この世界には無数に残っている。

そうした脅威を一斉に整理する六合上覧《りくごうじょうらん》は、〝黒曜の瞳〟にとっても必要だった。

この戦いを最後まで推し進め、〝黒曜の瞳〟の命に手が届き得る突出した強者達を一掃する。

その過程で、最強の戦略兵器たる窮知《きゅうち》の箱《はこ》のメステルエクシルを、その戦闘能力が最大限に制約される上覧試合の場を用いて強奪する。

リナリスが作り出そうとしているのは、六合上覧《りくごうじょうらん》が終結した後の戦乱の火種である。

暗躍を悟られることなく、当事者の意思で戦乱を引き起こす必要があった。

その鍵となるのは逆理《ぎゃくり》のヒロトの陣営だ。

オカフ自由都市とヒロトの背後にあるという新大陸の国家を合わせれば、国力の上でも規模の上でも、黄都《こうと》に比肩し得る勢力となるだろう。長く続く戦争状態をこの世に作り出すことができる。

〝黒曜の瞳〟は、オカフの傭兵を操ることで黄都《こうと》や勇者候補に対する挑発行動を繰り返し、黄都《こうと》とオカフに不和を生もうと試みてきた。勇者候補襲撃。使者狙撃事件。大量不審死。

しかし、そうした有形無形の工作をことごとく看破し、すぐさま手を打って阻み続けてきた者がいる——それが千一匹目《せんいちひきめ》のジギタ・ゾギ。

小鬼《ゴブリン》の天才。リナリスの思考すらも上回る軍略で、あらゆる衝突を回避せしめた戦術家。

彼は〝見えない軍〟という存在を定義し、リナリスの策謀に対して恐ろしい速度で対処してみせた。リナリスの従鬼《コープス》が彼に証拠として確保されてしまえば、〝黒曜の瞳〟の存在は完全に特定されるだろう。その結論に辿り着かれる前に、ジギタ・ゾギを確実に排除する必要があった。

最強の戦術家を仕留めるとすれば、最も適した状況はどこか。

それは敵が疑いなくただ一人であり、事前に罠を仕掛けることが不可能な、味方ではない者に囲まれている状況。上覧試合の最中に他ならない。

第三試合において、リナリスは弾火源《だんかげん》のハーディの動向を調べるべく城下劇庭園へと潜入した。

劇庭園付きの兵の多くを、その際に従鬼《コープス》と化して支配している。

本来参戦し得ないはずの不言《ふごん》のウハクを、韜晦《とうかい》のレナの擬態によって試合場へと送り込む。

ヒロト陣営最強の駒である通り禍《とおりか》のクゼの介入は、メステルエクシルによって封じる。

荒野《こうや》の轍《わだち》のダントを、淵藪《えんそう》のハイゼスタを殺害させることで失脚させる。

そして〝黒曜の瞳〟の強者達が、観客席の逆理《ぎゃくり》のヒロトを感染させる。

ヒロト陣営と黄都《こうと》との最大の差異は、ただ一人で陣営を左右する指導者が存在するかどうかである——戦術的な判断に寄与していないように見えたとしても、全ての政治的関係を束ねるヒロトこそが、やはり陣営の要なのだ。リナリスはその事実も認識している。

ジギタ・ゾギを殺害し、ヒロトを支配することで、オカフ自由都市と小鬼《ゴブリン》国家という二つの国家を最小限の関与で動かすことができるようになる。あくまで彼ら自身の意思で黄都《こうと》との戦争を選び取るように、ヒロトを動かしてオカフと小鬼《ゴブリン》国家を操作していく。

戦乱の火種は、無数に撒いた。

六合上覧《りくごうじょうらん》が終結したその後、黄都《こうと》とオカフ自由都市の間で戦争が始まる。

互いに修羅を欠いたその戦乱は……リチア戦争や旧王国主義者鎮圧とは全く性質の異なる、長い戦争になることだろう。

——ヒロト陣営にとって全ての要となる、第八試合。

黒曜《こくよう》リナリスにとっても、その試合こそが第六試合以上の重要性を持つ。

誰にも関与を疑われぬかたちでジギタ・ゾギを殺す。

他の何かを得る必要はない。他の誰かを討つ必要はない。

〝黒曜の瞳〟の戦いは、それで勝利に終わる。

◆

窮知《きゅうち》の箱《はこ》のメステルエクシルは、もはや六合上覧《りくごうじょうらん》の勇者候補ではない。

〝黒曜の瞳〟に使役される、一つの兵器である。

「ははははははは！　ははははははははははははは！」

笑い声。破壊。火線が路地を舐める。

〝彼方《かなた》〟のガトリングガンの最大掃射は、それを十全に取り回せぬような狭い裏路地であろうと、その地形ごと貫き破壊することができる。

通《とお》り禍《か》のクゼは馬車の残骸の後ろに隠れてその攻撃を凌ごうとしたが、仮に大盾がその手にあったとしても、盾と遮蔽をまとめて貫通して余りある火力であった。

「やめろ！　そんな真似をしたら――」

「は……は」

前方を薙ぎ払うような掃射は、クゼに到達する寸前で停止していた。

単眼の光が失せ、メステルエクシルは地面に膝を突いている。

クゼは、引きつったように笑った。

「ほら。すぐに……死んじゃうだろう」

クゼ自身にしか知覚できぬ白い天使が、メステルエクシルの頭上に浮遊している。

つい先程までクゼのすぐ隣にいたはずのナスティークは、瞬時に転移していた。あらゆる攻撃がクゼに到達するよりも速く、まるでその死の運命を先回りするように――ナスティークは殺す。

「噂に違わぬ異能だな。通《とお》り禍《か》のクゼ」

屋根の上で戦闘を観察しながら、光摘《ひかりつ》みのハルトルが言った。

巨体の狼鬼《リカント》だが、まるで体重が存在しないかの如く、木製の屋根は軋み一つ上げない。

「技でこんなことはできない。毒や電流、熱の気配もない。お前自身の力とは全く無関係に、そういうことができるのか——もっと、どういう戦いをするかを見せてもらおう」

（……くそ。こいつは……こいつ自身は、俺を殺すつもりなんかない）

ナスティークの絶対即死は無敵の力だ。

だが、確かに殺した者が蘇ることは阻止できない。

「【浸潤する板は積層し墨跡は魂の炬火を励起分離流動し天球は脊索の相を巻き遊星を成し《weresm otampea netehaires tesnainmestorte rwemgwis kelber quomexos》】」

クゼが知るのは、逆理《ぎゃくり》のヒロトから伝え聞いた、トロアとメステルエクシルの交戦時の情報だけだ。世界常識を遥かに越えた〝彼方《かなた》〟の兵器を無限に生産し、幾度殺してもなお蘇る不死性を有し、自身の複製の如き機魔《ゴーレム》すら作り出すのだという。

しかしヒロト陣営は、その中核を成す絶対の機構までを知り得ていない。

機魔《ゴーレム》がその命を奪われた時、核である造人《ホムンクルス》が機魔《ゴーレム》を再構築する。

造人《ホムンクルス》がその命を奪われた時、体である機魔《ゴーレム》が造人《ホムンクルス》を再構築する。

それが、窮知《きゅうち》の箱《はこ》のメステルエクシル。

「あ、あああああ……あ。ふっ、かつ」

先程のナスティークの攻撃は、弾丸がクゼを撃ち抜く前にメステルエクシルを止めた。

だが、死んでも止まらない攻撃を繰り返されたならば、生還の可能性は極めて少ない。

しかも、敵の目的は。

（こいつらは……足止めをするつもりだ。第八試合が終わるその時まで！）

「【エクシルよりメステルへ。《exil io mestel》固まる雨滴。《ueetes jodo》揺らぐ赤色。《lin hey tede》回帰の芯《wa notketm》——接げ《sinkart》】」

メステルエクシルの背部に箱状の兵器が生成される。一呼吸よりも短い。

「〝LRAD2000X〟」

「……ッ」

指向性音響兵器が起動する。

その電流が流れるよりも早く、ナスティークの刃が命を絶っている。

(ヤバすぎる。こいつは)

ナスティークは今、メステルエクシルの何らかの攻撃を防いだ。たった今生成されたこの箱は、クゼ自身の理解の範疇を越えた兵器であったことを意味している。

天使は、クゼに迫る死の脅威をどこまで認識して、どの範囲まで自動迎撃が可能なのだろうか？ 彼自身の尺度では測りしれぬ範囲にその迎撃の解釈拡大が繰り返された時、ナスティークはクゼという個人に制御できる存在ではなくなってしまうのではないか？

「こうげき、したら、し、しぬ」

そしてそれは、再度の復活を遂げつつあるメステルエクシルにも当てはまる。

「……しなければいい」

あらゆる攻撃手段に応じて学習し対応する、無敵の機械。

(強引に突っ切る。こいつが次に何かをする前に——)

「メステルエクシル、塞げ」

屋根の上で、ハルトルが冷たく呟く。

「【エクシルよりコウトの土《exili io kouto》へ。藍の顎《diel ab》。数列の蕾《meosi yuwet》。軸は地平の六《pierzi vortea 6》。拡がれ《chardketia》】」

メステルエクシルは、即座に工術《こうじゅつ》の詠唱を完了した。地形そのものが変形し、組み替えられ、大通りまでの経路を遮断する鉄の壁が生じた。突破は物理的に不可能になる。

「おい……おいおいおいおい！　めちゃくちゃだろ！」

「地形の変形。お前自身への攻撃でなければ、その即死能力も使えない。仮説は当たったな」

クゼは背後を振り返った。周囲の地形は完全に変形し、金属質にすら変貌しているが、後方に逃げ道はある。だが、それもメステルエクシルの行動次第ですぐさま塞がれるだろう。

そして、さらに。

「【エクシルよりコウトの土《exili io kouto》へ。光の縄《zavortes》。六重星《ottportel》。千転の石《shyake bibot》。起これ《chortes》】――」

メステルエクシルの傍らに、銃座から生えた砲台じみた機構が形成されつつある。

汗が伝った。それが何を意味しているのか、〝彼方《かなた》〟の兵器を知らぬクゼでも理解できた。

（死なないなければいい）

無人砲塔。武装でも機魔《ゴーレム》でもない、純粋な自動機械でクゼを殺すつもりでいる。

天使は詞術《しじゅつ》の命すらない機械を殺すことはできない。〝本物の魔王〟の恐怖とは違って、それを仕掛ける意思を咎めることもできない。

次のメステルエクシルの攻撃は止まるだろうか。次の次は。機魔《ゴーレム》であるこの敵に、体力の限界はあるのか。

突破口は――

「止めさせてくれ！　頼むよ！」

クゼは、頭上のハルトルに向かって叫んだ。

正体を隠すべき〝見えない軍〟の一人が、自らが攻撃に参加できないことを知った上で、わざわざクゼの目の前に姿を現している。恐らくはその必要性がある任務だからだ。

クゼは推測する。メステルエクシルという脅威を抑止力に、クゼに何かをさせようとしている。

「最初に言ったよな！　交渉に来たんだろう！」

メステルエクシルが設置した銃口が動く。

無防備なクゼの腹部に、頭部に照準が向けられるのが分かる。

極限の緊張の中で、クゼは息を呑んだ。

「……いいだろう。交渉の続きをしてやる。止まれ。メステルエクシル。不審な動きを見せたなら即座に殺せ」

「う……うん。いうこと、きく！」

「ず、随分……素直な奴じゃないか。どうやって手懐けたのか聞いていい？」

「こちらの要求はたった一つだ」

ハルトルは、クゼの言葉を完全に無視した。

「何かを約束する必要もないし、陣営を鞍替《くらが》えする必要もない。要求を受け入れたなら、このまま劇庭園に向かってもいいし、今後お前には決して危害を加えない。お前自身にも……オカフに保護されている、孤児の連中にも」

「…………」

クゼは沈黙した。顔は笑っていても、体幹の温度だけが冷えていくような感覚があった。

ハルトルは懐から布に包んだ小瓶を出して、地面へと放る。

「それを飲め」

「ふへへ。何だって？」

「ほぼ水だ。毒薬ではない。薬で殺すつもりなら、今メステルエクシルにやらせれば済む」

「……。ジギタ・ゾギがさ……言ってたよ。〝見えない軍〞には血鬼《ヴァンパイア》がいる可能性があるって」

血鬼《ヴァンパイア》は、傷口からの血液投与――あるいは粘膜を介した接触によって従鬼《コープス》を増やす。

裏を返せばそれだけ深い接触が必要であり、例えば、一滴や二滴の血を摂取したところで、即座に従鬼《コープス》と化すわけではない。

本来、この小瓶一つ程度で感染するような病原体ではないはずだ。

「――ほぼ水だって？　ふへへ。つまりこの中には、ほんの少しだけあんたの親の血が入っていて……こいつを飲んだら、俺もあんたらの手下になっちゃうってことかい」

「いいや。俺自身の血だ」

ハルトルは笑うように唸った。

「もしもお前の自動反撃が感染をも攻撃と見做すのなら――死ぬのは俺一人で済むからな」

「ふへへ……そっか……」

クゼはその場で屈んで、小瓶を拾い上げた。

屈んだまま小瓶を開けて、口元に運ぶ。

「あのさ。もう一つ……聞いていいかな」

周囲を押し塞ぐ鉄の壁が、彼の周りに濃い影を落としていた。

「子供に危害を加えないっていうのは本当なのか？　俺は……あの子達を守りたいんだよ。俺がどうなったって、みんなが助かればいい……」

「ああ。約束する」

「なあ」

ぐるり、と。

虚ろな目がハルトルを見上げた。

背筋にぞっと悪寒が走った一瞬、ハルトルは身に染みついた反撃行動を意志の力で止めた。

「俺に……攻撃させようとしても、無意」

ハルトルの首筋に赤い線が走っていた。

天使が通った。

ハルトルはクゼに一切危害を加えていない。殺意すらも抑え込んでいたはずだった。

その巨体は屋根からぐらりと滑って、クゼの足元へと墜落した。

「……つまりあんたらを皆殺しにしないと、あの子達を守れないってことだよな？」

もはや身動きできぬハルトルの頭上から、死神のような男が告げる。

クゼの手には瓶がある。飲んでいない。

「ツカ、ハッ」

ナスティークの即死の権能はクゼを殺そうとする者を殺す。

だが――〝黒曜の瞳〟すら知らぬもう一つの発動条件があった。

クゼ自身が、その視界に収めた相手を殺したいと思うということ。

「メステ……」

「ははは、どうしたの？」

ハルトルの命令通りに待機しているメステルエクシルを眺めて、クゼは呟く。

「俺は不審な動きなんてしていない。そうだろ？　素直な奴だな。子供みたいだ」

「グ、ッグ、ゴ」

ハルトルの頑強な肉体は死が定まってなお、苦しみにもがいた。

爪が地を掻き、呼吸をしようとする。

「邪魔をするな」

泥のように深い瞳が、ハルトルのその目を見下ろしていた。

「――俺の、邪魔をするな。俺はお前達まで救ってやるつもりはないんだ」

もはや答える声はない。

「……ふへへ。なあ、メステルエクシル」

「……？」

「俺、逃げようと思うんだけどさ……」

「はははは、そうなんだ――」

クゼの言葉にメステルエクシルは反応を見せた。殺意の動作。

同時に、周囲の無人砲塔も動く。

「右」

それよりも一瞬早く、クゼは自らの意思でナスティークを動かしていた。

クゼが告げた通りにメステルエクシルは即死して、右方向に倒れた。精密に連射された無人砲塔の銃弾は、倒れ込んだメステルエクシルの巨体と装甲に阻まれた。

全てが終わった後には、路地にクゼの姿はない。


（……くそっ）

時間がかかりすぎた。道を塞がれている。

もはや第八試合までには間に合わないだろう。

――メステルエクシルが命令に忠実に待機するのならば、現場の命令者であるハルトルを殺害することが、生き残る最も確実な手段だった。

ハルトルの死因についても、敵にはウイルスの感染自体が害意ある攻撃と見做されたと解釈する余地がある。だから小瓶を開けて、ハルトルやメステルエクシルに見せないよう口元に運んだ。

切り札を切るべき状況だった。それは確かだ。

（……言い訳だ）
〝日《ひ》の大樹《たいじゅ》〟に救貧院が襲われた時、クゼは殺さないでいることができた。
けれど、あの日にウハクがいなかったなら、彼は何をしていたのか。
あの狼鬼《リカント》から子供達の話が出た時、どうしてもそう思うことを避けられなかった。
（殺したいと思っていたんだ。本当は、俺は……）
手の中に小瓶を握りしめる。
全てを殺す天使は何故、彼一人だけに憑いているのだろう。
彼女の存在こそが、通《とお》り禍《か》のクゼの本質を表しているからなのではないか。
白い天使は、彼と並走するように飛んで、微笑んでくれている。
（世界中の何もかもを、殺したいくらい憎んでる）
予感がある。いつか、ナスティークを制御できなくなる日が来る。

◆

「皆の者。不言《ふごん》のウハクは生まれながらに、音の聞こえぬ枷を背負っている！　それはウハク本人の咎ではなく、彼が人を喰らう大鬼《オーガ》ではないことも、我々議会の保証するところである！　よってウハクには、書面の文字にて真業《しんごう》の取り決めを知る特別の権利がある！」

試合条件を定める前に、囁《ささや》かれしミーカはそのように告げた。

それはウハクの擁立者であるノーフェルトが説明した通りの触れ込みなのだろう。不言《ふごん》のウハクは詞術《しじゅつ》が通じぬのではなく、単に聴覚障害を抱えただけの、無口な大鬼《オーガ》であると。

本来の彼は何不自由なく、人の発する音声を知覚している。それを解釈するべき詞術《しじゅつ》の祝福が、まったく欠落しているだけだ。

詞術《しじゅつ》を解さぬ獣と、同質に等しい存在。

「片方が倒れ起き上がらぬこと。片方が自らの口にて敗北を認めること。この二つにて勝敗を定め、全ての武器と全ての技を、ここに認めます。二つに当てはまらぬ勝敗は、この囁《ささや》かれしミーカの裁定に委ねさせていただく。各々、よろしいか！」

両者の間に立つミーカが真業《しんごう》の勝敗条件を告げる。

ウハクには教団文字で記した書面を手渡し、彼の首肯を以て同意を確認した。

（……囁《ささや》かれしミーカ。その挺身《ていしん》に、アタシは敬意を表しますよ）

陰謀渦巻く六合上覧《りくごうじょうらん》の裁定者を敢えて担う重責と危険は、並大抵のものではあるまい。確かに、ミーカは不正行為に加担している——絶対《ぜったい》なるロスクレイを勝利させようとしている。

それでも、勝敗に大きな決定権を有する彼女を狙う勢力は数えきれぬほど存在したはずだ。敗北した勇者候補者の恨みを買うことすらあり得た。

囁《ささや》かれしミーカは、他の二十九官とは比較にならぬ脅威の矢面に立たされている。

（けれど、アタシにはよぉく分かります。どうして、そこまでの危険を冒すのか）

他の者には任せておけないからだ。

自分以外の者がこの場に立てば、その者の僅かな失言が黄都《こうと》の威信の失墜を導くかもしれない。その者が他の派閥の甘言に左右され、信念を裏切るかもしれない。真に正しい判断を下す自負があるからこそ、他の者を代わりにその立場に置いてはいられない。

ジギタ・ゾギにはそれが理解できる。それは、傑出故に抱える重責と危険だ。

小鬼《ゴブリン》という種族の未来を背負う〝勇者〟。

彼らの種族は、この十年で驚くほどに賢くなった。それでも人間《ミニア》の狡猾《こうかつ》さには及ばない。だからこそ、今はまだ、他の何者かをこの戦いの場に出すわけにはいかないのだ。

彼らがこの大陸で再び、人族《じんぞく》に後塵を拝することのないように。

ジギタ・ゾギは、六合上覧《りくごうじょうらん》が勇者候補を始末するための企みであることを知っている。

それでも勇者として表に立つ者は、如何なる取引にも屈することなく、判断を決して違えることのない者――即ち、自分自身でなければ。

「不言《ふごん》のウハクの合意を認めた！　千一匹目《せんいちひきめ》のジギタ・ゾギ！　そちらは、この真業《しんごう》の取り決めに合意するか！」

「ええ。その条件で、やらせていただきましょう」

「楽隊の砲火とともに開始とする！　両者、備えよ！」

ミーカの大柄な体が、地下通路の奥へと消えていく。

ジギタ・ゾギは、右掌の内側に金属の栓を握り込んでいる。

彼は戦術を用いるが、試合上で反則を用いるわけではない。それは敵対勢力の付け入る隙となり得るからだ。

ただし、これは真業《しんごう》の戦いである。如何なる攻撃手段も許容される、極限の戦闘。試合開始の合図の後は、化学兵器すらもその使用を咎められることはない。

楽隊の発砲音が響いた。ウハクの突進が見える。

しかし栓を捻《ひね》り、ガスの弁を開放するまで、瞬きほどの間も——

「……」

動けない。

（——アタシとしたことが）

ジギタ・ゾギの筋肉は、完全に硬直していた。指先一本すら動かすことができなかった。

他の何者かの妨害があったわけではない。

ジギタ・ゾギ自身が、従鬼《コープス》と化している。

灰色の大鬼《オーガ》が棍《こん》を振り上げる。

それがどれほど致命的な一瞬であるのかを、ジギタ・ゾギは知っている。

死に際の思考速度を以て、誰よりも優れた脳細胞を以て、彼は考えていた。

（食事。傷。あるいは虫。しっくり来ませんな。ああ……なるほど。血の匂い。ならば前提が違っていた。あと少し、これを予測する材料があれば……空気感染変異。まったく。これが、敵さんの正体。ようやく……これで、勝ち目が）

彼は千一匹目の、誰よりも傑出した天才であった。

その命の最後まで、戦術と対策を考え、そして。

（しかし、ああ。抗血清を……私ではなく、ヒロト殿に与えてよかった――）

無骨な木の棍が、目前に迫っている。

ウハクは異能を消去しない。そうするまでもなく勝てるからだ。

ジギタ・ゾギは一切の動作を許されていない。

誰よりも正しき解答に辿り着いていながら、それを伝える術は。

（――手詰まりです）

野蛮な質量が、厚い鉄兜ごとその頭蓋を砕いた。

逆理《ぎやくり》のヒロトが待ち望んだ夢。

小鬼《ゴブリン》の中に二度とは現れぬ、真の天才。

その頭脳はただの薄桃の血肉と化して、砂の地面に飛び散った。

◆

城下劇庭園を臨む、喫茶店のテラス。いつかユノと食事をともにした席だ。

壁の内からの喧騒《けんそう》を聞きながら、リナリスは静かに劇庭園の方向を見つめている。

まるで昼下がりに一人休息する、無害な良家の子女であるかのように見える。

「……さようなら。ジギタ・ゾギさま」

最大の敵の喪失に笑むことなく、むしろ憂いを帯びて、令嬢は呟く。

戦術を立てる能力とは、選択肢を作り出す能力と言い換えても良い。

〝黒曜の瞳〟が調査し積み上げてきた、膨大な情報がある。

城下劇庭園の兵の勤務形態はどうであったか。候補者の内で、ジギタ・ゾギの陣営が利用する者がいるとすれば誰か。ジギタ・ゾギを確実に暗殺し、決して関与を疑われぬ機会はあるのか。

ジギタ・ゾギほどの策士に手を出したならば、その攻撃は必ず裏をかかれ、逆の道を辿られる。

そうして、秘密であるべき彼女達の正体に到達されることだろう。……ならば彼に手を下すべきは、〝黒曜の瞳〟ではない。

彼を確実に暗殺でき、それでいて〝黒曜の瞳〟の関与を疑われぬ者は、ただ一人。

それは第八試合の対戦相手。不言《ふごん》のウハクに他ならない。

全ての準備は第三試合の最中に終えていた。

鍵をすり替え、劇庭園内に従鬼《コープス》と化した兵が出入りできるようにした。

侵入時に得た情報から劇庭園付きの兵を特定し、第八試合に携わる者を従鬼《コープス》へと変えた。

故にこの第八試合において、リナリス自身は劇庭園に立ち入る必要すらなかった。

血鬼《ヴァンパイア》のフェロモンの射程が、劇庭園の外からでも届くかどうか――エヌが推し進めていた劇庭園の測量は、最初からそのための布石であったのだから。

それは複雑な手段である必要はない。

むしろジギタ・ゾギが裏をかけぬほどに、単純なものでなければ。

――同じ頃。

劇庭園の中では一人の兵が、それを暖炉の中へと放り込んでいる。

負傷を覆う包帯の内側に隠した……自分のものではない、真新しい血に浸ったハンカチだった。

黒曜《こくよう》リナリスは、空気感染する血鬼《ヴァンパイア》の病原である。それは彼女の肉体の一部――血液のみであっても例外ではない。

全ての警戒を潜り抜け、ただ同じ空間に立つだけでジギタ・ゾギを感染させる。

最も単純にして、回避不可能な一手。


（最大の障害は消えた。これで、私の義務を……やっと、終えることができる）

ジギタ・ゾギは、〝見えない軍〟の強襲に備えた小鬼《ゴブリン》の軍勢をこの劇庭園内部に配置しているはずだった。加えて荒野《こうや》の轍《わだち》のダントと、逆理《ぎゃくり》のヒロトもそこにいる。

あるいは、かつて協力関係にあった移り気《うつぎ》なオゾネズマを呼び出すよう手引きをしていたかもしれない。それでも、問題はない。

劇庭園内の観客席には、〝黒曜の瞳〟の戦力を潜伏させている。韜晦《とうかい》のレナ。目覚《めざ》めのフレイ。

第八試合における成果を確認次第、この二人が即座に行動を開始する。彼女らの技量ならば、その事実を認識させることすらなく逆理《ぎゃくり》のヒロトを感染させることが可能だ。さらに空気感染の血液を用いれば、その護衛――恐るべき混獣《キメラ》であるオゾネズマすら抵抗の術はないだろう。

従鬼《コープス》を介さぬ、リナリス自身の血液を用いた空気感染は、正体露見の可能性と引き換えの奥の手であった。ジギタ・ゾギが死んだ今こそ、何一つ憂いなくその手段を実行できる。

〝黒曜の瞳〟の実在へと辿り着く頭脳を持つ者は、もはや存在しない。

「お嬢様」

リナリスの足元、テーブルクロスの下から声があった。四足歩行の、奇怪な人間《ミニア》だ。

変動《へんどう》のヴィーゼ。円月輪によって敵を仕留める狙撃手である。

狙撃射程内に現れた新たな存在にいち早く気付き、彼は警告を発した。

「馬車が六台。第七卿の旗が見えます」

「……ありがとう存じます。警戒を続けていてくださいませ」

狙撃手の目からは随分遅れて、リナリスにもその判別ができた。

豪奢《ごうしゃ》な銀をあしらった馬車の意匠。医師の存在を示す白と青の旗。医療部門統括、先触《さきぶ》れのフリンスダの手勢だ。血鬼《ヴァンパイア》にとって天敵とも言える存在だが、それ自体を恐れる理由はない。

しかし。

リナリスの内心に、ふと不安の影が過った。

(第八試合敗者の治療や死亡確認のためにしては、規模が大きすぎる……いいえ。劇庭園内で負傷者が発生したということだって……)

視線の先で、医療部隊の馬車が停止する。

そこから降り立った者を見て、その不安は確信に変わった。

巨大な戦斧《せんぷ》を抱えた女だ。まるで視線を遮るような厚い前髪。

第十将、蝋花《ろうか》のクウェルという。

「血人《ダンピール》……！　どうして第十将が、医療部隊に……！」

血鬼《ヴァンパイア》のウイルスに耐性を持つ護衛。それが意味するところは一つしかない。

血鬼《ヴァンパイア》の存在を確信して、その対処のために送り込まれた部隊であるということ。

（第七卿は特定の派閥に与するのではなく、金銭で動く。ヒロトさま——〝灰色の子供〟は歩兵銃《マスケット》の取引を通じて、黄都《こうと》の外貨を大量に獲得していたはず。試合前からすでにフリンスダさまを動かしていたのだとしたら……既に、私達は）

特定されていた、ということだ。

〝見えない軍〟が血鬼《ヴァンパイア》の集団であることを、あるいは〝黒曜の瞳〟であることすらも。

リナリスは可能な限り最速の一手でジギタ・ゾギを抹殺したつもりでいたが、敵の思考はそれよりも遥かに速く、そして医療部隊を手配するほどに周到だった。

（ならば……このまま劇庭園内でヒロトさまに感染させることは……本当に……可能なの？　もしこの短期間の内に黄都《こうと》と取引する機会があれば、抗血清を入手することも完全に不可能ではなかったはず。オゾネズマさまが抗血清を接種していた場合、全員が返り討ちに遭う……それどころか、私達の摑んでいない別の味方を……この襲撃を読み切って、配置している可能性すら）

「お嬢様。医療班をここで仕留めますか」

果てのない迷宮じみた思考を続けるリナリスの下で、ヴィーゼが言った。

「私だけでも、医療班は一人も逃さず殺れます。血人《ダンピール》如き、この場で殺してしまえばただの人間《ミニア》と変わりありません」

「……違います……この医療班が来たということは……私達がこの第八試合に合わせて大量に従鬼《コープス》を動かす――と、ジギタ・ゾギさまに読まれていたということです。〝見えない軍〟が血鬼《ヴァンパイア》であることに……〝黒曜の瞳〟が六合上覧《りくごうじょうらん》の裏にいることに、既に辿り着かれてしまっている……」

この第八試合で、〝黒曜の瞳〟は大きく動いた。

従鬼《コープス》と化した劇庭園の兵を用いた事前工作。リナリスの血液による空気感染。擬魔《ミミック》である韜晦《とうかい》のレナによる擁立者偽装。メステルエクシルによる通り禍《とおりか》のクゼの封殺。

――この日ジギタ・ゾギを確実に始末するためには、これほど多くの札を用いる他なかった。最強の戦術家は、この試合で血鬼《ヴァンパイア》の親個体が動くことすら見越していたのだろうか。

(それでも。ここでヒロトさまを支配しなければ、千載一遇の機会を逸してしまう。私の危惧は全てが仮定で、確かな根拠を見たわけではないのに)

作戦を続行すべきだ。既に〝黒曜の瞳〟の暗躍が暴かれているのだとしても、敵に多くの情報を与えてしまった今になって引き返すことこそが悪手なのだ。逆理《ぎゃくり》のヒロトを支配して、彼の国家を掌握してしまえばいい。リナリスの頭脳はそう告げている。

父はそうしていた。犠牲を厭《いと》わず。冷徹に、ただ最善手を。

(戦乱の時代を作る。それさえ……お父さまのその望みさえ終われば、私は自由に――)

◆

城下劇庭園観客席。

第八試合の決着に沸く会場の只中で、韜晦《とうかい》のレナは観察を続ける。

――姿形を自在に変える魔族《まぞく》、擬魔《ミミック》。憂《うれ》いの風《かぜ》のノーフェルトへの擬態という任務を果たした後、彼女は次なる任務を果たすべく観客席にまで移動していた。

逆理《ぎゃくり》のヒロトの席は特定している。そのすぐ傍に、移《うつ》り気《ぎ》なオゾネズマが控えていることも。

（ジギタ・ゾギはやはり、ヒロトの護衛としてオゾネズマを動かしている。ここまでは想定通り）

レナもまた、小瓶を携帯している。

ただし瓶の中の水に溶けているのは従鬼《コープス》の血ではなく、空気感染するリナリスの血だ。

移《うつ》り気《ぎ》なオゾネズマがいかなる戦闘能力を持っていようと、至近距離を通り過ぎる時にこの瓶を開け、呼吸をさせれば令嬢の支配が完了する。攻撃どころか、不審な動作も必要ない。

（問題があるとすれば――）

レナは試合場を見下ろした。劇庭園の観客席は、どの地点からでも試合場が見えるようなすり鉢状の構造となっている。そのすり鉢の中央からやや外れた地点に、赤い血の染みがある。

そこに潰れている虫のようなものが、ジギタ・ゾギの成れの果てだった。

（……兜）

目を覆う包帯を押し上げる。

不安定な魔族《まぞく》であるレナにとって眼球への光は強い負担であり、他者に成り代わる際の大きな制約でもあったが、それでもジギタ・ゾギの死亡状況を改めて視認する必要があった。

その死体が兜を被ったままであることを確認する。

鉄製の兜は頭蓋骨ごと木の実の殻のように砕かれ、肉に食い込んで引き剝がせないはずだ。

六合上覧《りくごうじょうらん》に挑む十六名の姿は、複数の二十九官が事前に確認し、それを以て登録を行っている。

あからさまに顔を隠す装備があれば、当然、試合の前後にその面相を検められるだろう。

故に候補者の名を詐称しての出場は起こり得ない――勇者候補自体が別の候補へと差し代わった第四試合とは話が違う。少なくとも、試合前にジギタ・ゾギ本人であることは確認されている。

この試合では試合後の確認ができなくなった。確認すべき頭部が破壊されたからだ。

(万が一……ウハクに頭を砕かれることまで折り込済みの策だったとすれば、この試合に現れた小鬼《ゴブリン》は、最初から捨て駒であった可能性がある。ジギタ・ゾギとそれ以外の小鬼《ゴブリン》を、頭部を失った状態で見分けられるか……)

さらに接近すれば、レナにも判別が可能かもしれない。だが城下劇庭園は広大で、遠目で判断する他ない。この衆人環視の下、試合場に乱入するなど不可能な話だ。

(……警戒しなければな)

警戒。そこまでだ。レナの任務に変更はない。

ヒロト及びオゾネズマに接近し、感染させる。そして現場を離脱。

令嬢がそれを命じている以上、命に懸けてもそれを完遂するだけだ。

だがヒロトの席に歩みを進めてすぐ、レナの足は止まった。視線の先――反対側の観客席には、オゾネズマとは別の勇者候補がいた。

(音斬《おとぎ》りシャルク)

遠い。逆理《ぎゃくり》のヒロトの護衛には遠すぎる席だ。

それでも、ヒロトの周囲を見ることができる位置にいる。

通信の危険を承知で、レナはラヂオを手にした。劇庭園外のリナリスとの緊急連絡用である。

「お嬢様。レナだ。不言《ふごん》のウハクは問題なく勝利した。だが気になる点が幾つかある」

〈……伺いましょう〉

「音斬《おとぎ》りシャルクが試合を観戦している。南西側第二十五列、右から二番目の席だ。逆理《ぎゃくり》のヒロトの席は東側第四列、右から十番目」

〈……〉

「離れてはいるが、仮に奴が本気で動いたら、距離など無意味だ」

音斬《おとぎ》りシャルクは、戒心《かいしん》のクウロと並び〝黒曜の瞳〟にとってのもう一つの天敵といえた。白骨で構成されたその肉体が、血液を媒介とするウイルスに感染することはない。

そして一度その槍に狙いを定められたなら、どれほどの手練であろうと逃げることは不可能だ。

〈それは……決して、おかしなことではございません。シャルクさまは、これまでもほぼ全ての試合を観戦しておられます〉

「私もそう思う。だが奴は黄昏潜《たそがれもぐ》りユキハルと接触している可能性がある。そうだな」

〈……ええ〉

あのシャルク本人を監視することは、〝黒曜の瞳〟の誰の速度を以てしても不可能なことだ。

それでも〝黒曜の瞳〟は地上最大の諜報ギルドである。追跡が不可能な相手の情報は、間接的に集めれば良い――レナが覚えている限りでも、黄昏潜《たそがれもぐ》りユキハルが音斬《おとぎ》りシャルクと会話をしていたという証言が確かにあった。

「そして」

レナは試合場を見た。そこに転がる死体を。

「千一匹目《せんいちひきめ》のジギタ・ゾギは鉄兜を被っていた。ウハクの攻撃で兜ごと頭部を砕かれ敗北している。この状況に関して、お嬢様の判断を仰ぎたい」

〈…………〉

◆

城下劇庭園外、喫茶テラス席。

（問題はない）

リナリスは祈るように、その金色の目を閉じていた。

（たとえ死を偽装するためであっても、ジギタ・ゾギさまは六合上覧《りくごうじょうらん》で敗退する策だけは取らない……それは、ジギタ・ゾギさまの目的が小鬼《ゴブリン》をこの黄都《こうと》に受け入れさせるためであるから。私達に対処するためだけに、本来の目的を捨てるようなことはしない――）

リナリスにはその力が備わっている。人の心を洞察し、それを深く思考する力。

犠牲を厭わず。冷徹に、ただ最善手を。正しい道筋から逸れてしまう可能性があるのだとすれば、それはリナリス自身の、心の弱さによるものだ。

（ジギタ・ゾギさまは、わざわざ鉄兜を被って現れた。それは自分が敗北した時、死を確認させず敵に迷いを与えるためのもの。シャルクさまの観客席の位置取りも偶然ではない――シャルクさまではなくヒロトさまの方がその席を選んで、ユキハルさまとシャルクさまとの接触経緯を知り得る者を……つまり私達を、牽制しているということ）

ラヂオ越しに、レナの声が届く。

〈この情報を踏まえて実行するならば、そう指示をしてほしい。医療部隊が来ている以上、時間の猶予はあまりない。どうする〉

「――じ」

実行。そう告げようとした。

自分自身の胸を、強く押さえている。本当にそれでいいのか。

〈お嬢様。レンデルトです〉

ラヂオ通信に割り込む声があった。

遊撃を担っている、無垢《むく》なるレンデルトの声。だが、この回線は本来ハルトルの――

〈ハルトルが殺害されています〉

「……っ」

悲鳴のような声を押さえようとしたが、できなかった。

光摘《ひかりつ》みのハルトルが、死んだ。

「そんな」

〈メステルエクシルは無事に回収しましたが、通り禍《とおりか》のクゼは逃走したようです。死亡時のハルトルの状況については不明。メステルエクシルから聞き取ります〉

「そんな……そんな」

窮知《きゅうち》の箱《はこ》のメステルエクシルがいながら、敗死したことになる。

理由を想像することはできる。ハルトルが独断で何らかの攻撃を仕掛けてしまったのかもしれない。想定外の増援が現れて、彼を殺害したのかもしれない。

この日勝てば、全てが終わるはずだ。そのために幾重もの謀略の糸を張り巡らせていた。

それでもなお、策謀の力は不確かなのだ。リナリスはそれを知っている。

「――レナさま。すぐに」

もはや、信じられない。

リナリスは、劇庭園のレナへと指示を下した。

「すぐに皆を連れて、劇庭園から退避してくださいませ。標的への感染は放棄して構いません。どうか誰にも目撃されないよう、素早く」

リナリスが実行を命じたならば、レナは迷わず進んだことだろう。

〈作戦中止。かしこまりました〉

「……こほっ、けほっ」

通信を終えると同時に、リナリスはひどく咳《せ》き込んだ。

「こほっ、う……うっ」

短期間に幾度も外出をした負担と、極度の心理的緊張が、彼女の細く弱い体を蝕んでいた。

中止するしかない。もしもリナリスが読み負けていたのなら、全てを失ってしまう。

〝黒曜の瞳〟の誰一人として犠牲にせず、彼らに生きる道を与えなければならなかった。

それなのに塔《とう》のヒャクライは、僅かな偶然の差で重傷を負ってしまった。

そしてついに、光摘《ひかりつ》みのハルトルを死なせた。

「こほっ、ああ……どうして……どうして……」

両手で顔を覆って、テーブルの上に突っ伏すように項垂《うなだ》れている。

そんなはしたない仕草をすれば、きっとひどく叱られてしまうのに。

リナリスは、父の代わりにここにいるというのに。

(私では勝てなかった。全ての策を投じて、それでも……ジギタ・ゾギさまは、本当の天才だった。

お父さまなら……お父さまなら、お父さまがここにいたなら、きっと……)

全ての使命を果たして、リナリスの人生を始められると思った。

そうすれば、きっと友人を捨てていく必要もなく。

彼女の足元で、ヴィーゼが言う。

「……お嬢様。この場には私が残ります。レナかフレイの脱出を確認次第、ともに逃げてください。医療部隊の方面を警戒します」

「ええ……ええ。お任せいたします」

リナリスは、去っていくヴィーゼに微笑みを返す。泣いていた。

躾《しつ》けられた作法の通りに、ただ涙が流れ落ちるままに微笑んでいる。

(ごめんなさい)

——千一匹目《せんいちひきめ》のジギタ・ゾギは、本当に死んでいるのかもしれない。

ジギタ・ゾギが被っていた鉄兜は、実在しない疑念の影を敵に植えつけるためのものだったのかもしれない。

音斬《おとぎ》りシャルクが逆理《ぎやくり》のヒロトを護衛できる位置にいたのも、ヒロトが意図的にその席を選んだからそうなっていただけに過ぎないのかもしれない。

全ての恐怖はリナリスの頭の中にだけあって、今戦えば、勝てたのかもしれない。

(それでも、できない。私には……皆を、犠牲にすることだけは)

〝黒曜の瞳〟で生まれ育った彼女は、その外で生きていく術がない。

ともに過ごした仲間はもはや数えるほどしかいない。彼らを失ってしまったなら、リナリスの生には何一つ残るものがない。

そして、それ以上に。

「私……私には、賭けることなんてできない……だって……お、お父さまから……借りているだけなのですもの……」

〝黒曜の瞳〟も、その構成員の全ても、どれもリナリスのものではないのだ。

彼女は〝黒曜《こくよう》〟ではない。それを父から受け継ぐことができなかった。

——あの日のことを覚えている。

愛していた父は血に染まっていて、リナリスは呆然《ぼうぜん》とそれを見ている。

誰が殺したのか。

違う。殺してなどいない。

だから黒曜《こくよう》レハートは死んでいない。

死んでいないならば、目的を成し遂げることができるはずだった。

だから、まだ思考を続けなければならない。父と同じように冷徹に、父と同じように犠牲を厭わず。万が一にも敗北は許されない。父の名を、自らの失敗で汚したくない。

黒曜《こくよう》レハートの代わりとして恥じることのない娘でありたい。

「……リナリスを、お許しくださいませ……」

許しを乞う。

リナリスを支配してくれる者はどこにもいない。

◆

地下控室における壮絶な戦闘を終えた後も、ダントはその場に残り、現場の保全に努めた。

この劇庭園の中にどれだけの敵が潜んでいるか、ダント一人では読み切れない。ハイゼスタの死体を含めた証拠を隠滅される恐れもあった。

人間《ミニア》と小鬼《ゴブリン》の兵が一名ずつ。そしてハイゼスタ。試合の最中に、三名もの犠牲が出た。

この事件は十分に試合中断とウハク失格を申し立てる理由になるが――

「……ダント様！」

数名の兵が、血相を変えて現れる。

間違いなく危急の事態であろうが、ダントはまずその兵を警戒した。従鬼《コープス》が紛れている可能性がある。

「すぐにこちらを離れてください！　現場は我々が保全します！」

「それはできん。これは重大な不正行為だ。即座に試合を中止し、六合上覧《りくごうじょうらん》を汚した不埒《ふらち》者を突き止めなければならない。それに、捜査の際にはこの俺も証言する必要がある」

「そ、それが……。その、そうではないのです。事件のことではありません」

「そうではないとは、何だ」

ダントは訝《いぶか》った。

王城試合中、二十九官が操られ死亡する事件以上に重大な事柄など存在するだろうか。

もしもあり得るとしたら、それは国家規模の――

「申し訳ありません！　恐らく、ダント様がこちらに到着した頃合と同時でしょう。第八試合は終了しております……！　千一匹目《せんいちひきめ》のジギタ・ゾギは死亡！　それからほぼ間を置かず警報が鳴ったため――」

「待て。警報だと!?　何が起こっている！」

「ジェルキ様もグラス様も、既に劇庭園を発《た》ちました！　加えて……ダント様には出撃命令が出ております！」

「……まさか」

ダントはすぐに全員の口を止めさせ、静寂の中で耳を澄ませた。

地上で鳴り続けている鐘の音を、かすかに捉えた。二回。三回。二回。三回。

それが何を意味する合図なのかを、二十九官の全員が知悉《ちしつ》している。

「おのれ！　ただでさえややこしい時に……！」

「我々はたった今、応援に寄越されたところです。従鬼《コープス》潜伏の疑いがあるということで、フリンスダ様の医療部隊も同行しております。これより劇庭園付の兵を拘束および診察し、この事件の犯人を特定します。ダント様にも、後日出頭していただくよう……！」

「この中では……貴様が、正式な医療班だな。ならば俺の瞳孔を調べてもらう。診断としては簡易だが、それで十分だろう」

駆けつけた医師の一人に瞳孔を見せ、ダントは自らが従鬼《コープス》ではないことを証明した。

血鬼《ヴァンパイア》。既にその大半が根絶されたはずの疫病。真っ先に落とすべき、ジギタ・ゾギの敵。当然、それはダントも知らされ、警戒していたことだ。

——だが、先程のハイゼスタの様子は違う。

敵は、単にフェロモンで行動を支配するよりも遥かに深い段階の操作の技を持っている。

恐らくはそれこそが〝黒曜の瞳〟。無数の組織に気づかれることなく斥候を増やせる存在が、既に黄都《こうと》に潜んでいるのだ。

「すぐに出撃する」

「御武運を。他に確認事項はございますか」

ダントは足を止めた。

「……そうだな。一つ聞きたい」

はっきりとその事実を聞いたのだとしても、確認せずにはいられなかった。

全ての展開を読み切っていた、人間《ミニア》の誰よりも聡く、狡猾なる戦術家が。

「ジギタ・ゾギは死んだのか？」

「はい。一撃で頭部を割られ、即死です」

「……」

小さく頷き、ダントは駆け出していく。

一人、苦々しく呟いている。

「ふざけるな……」

ダントの戦争に突如として現れ、全ての戦果を奪っていった小鬼《ゴブリン》。

その戦術家のことが、何もかも気に入らなかった。

死んでさえダントに喪失感を与えることも気に入らなかった。

「ジギタ・ゾギ！」

ジギタ・ゾギが死んだ。それを信じたくない。

ダントは、顔を怒りで歪めていた。

そうすべきだ。

「この俺に、勝手に、面倒を押しつけるな！」

◆

オゾネズマは、その光景を見下ろしていた。

劇庭園の中央にはジギタ・ゾギが血の斑《まだら》となって広がっていて、観客はその凄惨な結末を前に息を呑み、あるいは囁き声を交わし続けている。

そんなざわめきの中で、ヒロトだけが、ただ静かだった。

「真業《しんごう》は決着した！　勝者を不言《ふごん》のウハクとする！」

裁定者である、ミーカが叫んでいる。

彼女のよく通る声は、座り込むヒロトと、その傍らのオゾネズマにもよく届いた。

「……ヒロト……」

「……」

その結末の光景をどのように受け止めるべきか、オゾネズマは言葉を持たない。

一時とはいえ同胞であった男の死を痛むべきなのか。

それとも、〝本物の勇者〟が勝ち残ったことに安堵すべきなのか。

〝最後の一行〟の旅の終わりの記憶は、どうだったか。

〝本物の魔王〟の腕の接合手術に苦しみ、もがき、オゾネズマが正気を取り戻した――少なくともそう信じ込んだ時には、セテラの姿は消え失せていた。

真に称えるべき〝本物の勇者〟は、彼一人だ。

彼を探さなければならないと考えたが、セテラの正体への恐れがそれを拒んだ。

……死んだものと信じていた。

〝本物の魔王〟の死体を食らって平然と生きていられるような存在がこの世にあるとするなら、それは正真の怪物だ。

最後に残った旅の仲間が、そうであると思いたくはなかった。

故に彼の功績を黙して語らず、同時に、偽りの勇者の存在を許したくもなかった。

それは他の誰も成し得なかった……成してはならなかった。

あまりにも、おぞましい偉業なのだから。

〝本物の勇者〟は、恐ろしい。

だが、セテラは帰ってきた。

この世に勇者が実在することを、語れぬ口で語るために、この六合上覧《りくごうじょうらん》に。

「――」

オゾネズマはヒロトに言葉をかけようとしたが、遠くからの早鐘が響きはじめていた。

それは区画のそれぞれの尖塔《せんとう》にすぐさま伝播《でんぱ》し、けたたましく鳴り響いている。

「……コレハ」

遠くに立ち上る高い黒煙が、客席からでも視認できた。

オゾネズマは、その意味するところを悟った。

「皆の者、指示の通り、落ち着いて動け！」

客席に駆け上がってきた兵が、あらん限りの声で叫んだ。

「危急の災害である！　順に並び、誘導に従って避難せよ！　幼子や老人、病人の歩みに合わせ、統制を乱すな！　この場の全員を逃す準備は整っている！」

「東出口の近い者はこちらへ！　今、外に馬車を手配している！」

オゾネズマは――全ての勇者候補は知っている。この警報は、単なる災害ではない。

「……ヒロト……！　君モスグサマ逃ゲロ。彼ラノ言ウ通リ、コノ場ハ既ニ危険ダ」

「……ああ。そうだね」

ヒロトはごく落ち着いて、膝の上に手を組んで、試合場を眺めている。

異能の政治家は、ジギタ・ゾギの死に取り乱すこともなかった。

「後から行く。君は先に行ってくれていい」

「……私ハ……」

セテラは既に姿を消していた。この混乱の中で、為すべき仕事へと向かったのか。

彼を恐れている。彼を許している。

彼を忘れずにいる。彼を悔いている。

一言でも何かを伝えたかったが、何を伝えるべきかは分からなかった。

ジギタ・ゾギの死体は食われることなく、そこに野晒しになっている。

勇者のおぞましい真実を信じる者が一人でもいたのなら、最初から六合上覧《りくごうじょうらん》など起こらなかったのだろうか。オゾネズマが糧魔《タイサイ》を完成させなければ、ヒロトはあの海から戻らなかっただろうか。

あるいは、ジギタ・ゾギが黄都《こうと》からオゾネズマを離していなかったのなら。ウハクの情報を明かしていたなら。柳《やなぎ》の剣《つるぎ》のソウジロウに、オゾネズマが敗北していなかったのなら。

色彩《しきさい》のイジック。漂《ただよ》う羅針《らしん》のオルクト。外《そと》なるセテラ。〝本物の魔王〟。逆理《ぎゃくり》のヒロト。千一匹目《せんいちひきめ》のジギタ・ゾギ。柳《やなぎ》の剣《つるぎ》のソウジロウ。移《うつ》り気《ぎ》なオゾネズマ。

誰が仕組んだことでもない。

誰の手も及ばないどこかで、彼らの運命は絡み合っている。

この六合上覧《りくごうじょうらん》の先に待つものが、運命への答えなのか。

「……ヒロト。コノ戦イデ、私ハ何モデキナカッタ。必要ナ時ニハ、呼ベ」

「ありがたいよ。是非、そうさせてもらう」

巨獣は一飛びに劇庭園の壁を越え、消えた。


——空白と化した客席に、ヒロトはまだ座り続けていた。

逆理《ぎゃくり》のヒロトが完璧な政治家であるように、千一匹目《せんいちひきめ》のジギタ・ゾギは完璧な戦術家だった。

自身が力及ばず死んだ未来までをも見越して、あらゆる手を尽くして政治家の命を守る。

死してなお、戦術家は地上最悪の諜報群体に勝った。

生き残った政治家は戦術家の目的を果たせば良い。

完璧な政治家は私情を持たない。何一つ欲することなく、公約を果たすためだけに動く。小鬼《ゴブリン》という種族の再興。ジギタ・ゾギという個人がいなくとも、それは可能だ。

それさえ成し遂げれば彼らの願いは叶う。問題はない。誰かが願う限り、逆理《ぎゃくり》のヒロトに成し遂げられないものはなかった。これまでも、これからも。

彼は小さく笑って、拳を額に当てた。

「ああ……ちくしょう……」

——きっと、二度と生まれることのない小鬼《ゴブリン》だった。

ゼゲグ・ゾギが、エフェリナが、ラヒークが継いだ夢だった。

遠くで、警報の音が鳴り響き続けている。

だから誰一人、その呻きを聞く者はいない。

「ちくしょォォォォ……ッ！」

第八試合。勝者は、不言《ふごん》のウハク。

十九 ◆ 鳥が飛び立つ日

時は遡る。第八試合が開始するその日。日の出前の薄明だった。

鉄貫羽影《てつかんうえい》のミジアルの邸宅で与えられたベッドで、おぞましきトロアは静かに身を起こした。

他の者が寝静まっているこの早朝に発たなければならない。

木の椅子に座って、右膝を曲げ、伸ばす。左膝を同じように。

（……万全だ）

サイアノプに貫かれた両の膝が治るまで付き添い、それどころか、最後には命まで賭してトロアを守った戒心《かいしん》のクウロの尽力が、おぞましきトロアに真の力を取り戻してくれた。

あの一瞬、クウロから詳しい事情を聞くだけの時間はなかった。

僅かな言葉の断片からは、クウロが狙われていた、と解釈することもできる。

だがケイテ陣営は、以前にもトロアの魔剣を狙って診療所に襲撃を仕掛けてきた勢力である。メステルエクシルは――ケイテ陣営の勇者候補はやはりトロアを標的に定めていて、彼は無関係なクウロをその災厄へと巻き込んでしまったのではないだろうか？

「……魔剣は争いを呼ぶ、か」

再びあのような襲撃がないとは言い切れない。

自分がこの場にいることが大切な者に死をもたらすことになるかもしれない。

戒心《かいしん》のクウロに続いて、鉄貫羽影《てっかんうえい》のミジアルや、彷《さまよ》いのキュネーまで失いたくはなかった。

（……そうだな。結局は、怪談の存在なんだ）

彼は全ての荷物を持って自室を出た。

フードを深く被り、自らの顔を隠した。

無数の魔剣を背負っている。

「……」

階段のすぐ近くには、擁立者であった第二十二将、ミジアルの部屋があった。

誰もが恐れる魔剣使いを殺す怪物に無邪気に憧れて、手を差し伸べた少年。

政争や義務とは無縁に、ただ無邪気な好奇心のみで全てを決めてしまえる、嘘偽りのない彼のあり方を、ずっと羨ましいと感じていた。

「……行くの？　トロア」

階段を下りようとすると、扉越しに声が聞こえた。

起きていたのだろう。

トロアは、扉越しに答える。

「ああ。俺はワイテに帰る。今まで世話になったな」

「ふーん……そっか。まあ、あんなことがあったからね」

「迷惑をかけた。キュネーは、まだ寝ているか？」

「……僕が寝る時はまだ泣いてたけど…………ん。ちゃんと寝てる。疲れたんだね。古着の切れ端に寝せてるけど、大丈夫かな」

「預かっていてくれるか？」

「……」

クウロがいつか帰ってくるなら、必ずキュネーを探し出してくれるだろう。

「ねえトロア！　また、魔剣を集めに来るよねー？」

「……いいや。もう魔剣使いを殺したりもしない。俺はワイテの山に帰って……菜園の世話をしながら、静かに暮らそうと思う。最初から、自分のやりたいことは分かっていたんだ。こういうことは、俺で終わりだ」

「……」

「がっかりしたか？　ミジアル。俺は今から……本当のことを言う」

暗い廊下には、扉越しの沈黙がしばらく続いた。

何も言わずに姿を消してしまったほうが、きっと良かったのだろう。

子供を恐れさせる怪談の存在らしく、おぞましきトロアの名を継いだものの責務として、魔剣士の幻想を守るべきなのかもしれない。

——けれどトロアは、ミジアルを子供扱いしたくはなかった。

「俺はおぞましきトロアじゃない」

「……」

「体を大事にしろ。いつも料理の野菜を残しているな。しっかり食べろ。勉強熱心なのはいいが、夜遅くまで本を読んでいるのもよくない。お前は我儘で、誰かに迷惑をかけるかもしれない。それでも……ああ……」

トロアは、ようやく悟った。

――父が願っていたのは、そんな当たり前のことだったのだ。

「……お前らしくいろ。他の誰にもならずに、自分を、誰よりも大切にしてくれ」

「………。ありがとね」

鉄貫羽影《てつかんうえい》のミジアル。誰にも敬意を持たぬ、恐れを知ることもない第二十二将だった。

トロアの姿を見ないまま、彼は別れを告げた。

「まるで、本物のトロアみたいだったよ。……無茶ばっかり言って、ごめん」

「何も謝ることなんてなかったさ」

「ワイテに帰っても、友達でいてくれるかな」

「当たり前だ」

これが、おぞましきトロアの旅の終わりだ。

朝一番の長距離馬車で、彼は黄都《こうと》を発った。

◆

マリ荒野へと向かう馬車の斜め向かいの席には、知った相手がいた。

それは定まった形を持たぬが、生やした仮足で小さな書物を開いている。

「──奇遇だな。おぞましきトロア」

「〝無尽無流《むじんむりゅう》〟。試合の外でも饒舌《じょうぜつ》ぶりは同じか」

「口もまた、筋肉と同じだ。常に動かさなければ鈍り、必要な時に必要な言葉を発せなくなる。知性ある者なら、その武器を鍛えぬ理由はない。砂の迷宮にいた頃は、書物に書かれた言葉を口に出して、動かし続けるよう努めたものだ」

「お前との試合は……勉強になった。できればもう一度やりたいものだな」

「ならばたった今、そうしても僕は構わん。やるか」

「そんな余裕は到底ないさ」

「僕もだ」

サイアノプの表情は窺い知れぬ。しかし彼もまた冗談を言うのだと、トロアは思った。

馬車の外の風景は、少しずつ白銀を帯びていく。

トロアは、サイアノプの第二回戦の相手に思いを馳せた。

試合に勝っていれば、代わりにトロアが戦うはずであった敵である。

——冬《ふゆ》のルクノカ。地上最強種たる竜《ドラゴン》の中にあって、さらに最強の存在。

ありとあらゆる想像の限界を絶する災厄であったと聞く。

必ずや勝ち進むと思われていた星馳《ほしは》せアルスすら……おぞましきトロアを一度殺した、彼にとっての究極の敵が全力を尽くしてすら、伝説の竜《ドラゴン》の命に届くことはなかった。

「……〝無尽無流《むじんむりゅう》〟。冬《ふゆ》のルクノカと戦うつもりか？」

「奴の強さの話ならば十二分に聞いた。それをこの目で確かめに行く」

「俺ならば棄権するだろう。何のために戦う」

「……」

無限の拳打と全種の魔剣。それぞれが孤独に鍛え上げた技の頂点が同質のものだったとすれば……もしも無尽無流《むじんむりゅう》のサイアノプがおぞましきトロアを上回った理由がその心にあったのだとすれば、それを知りたかった。

饒舌な粘獣《ウーズ》は、しばし沈黙した。

「……意地だろうな」

「それは、誰もがそうじゃないか」

「誰もが持つ理由だからこそだ」

トロアは、彼の過去を知らぬ。

最強を目指す理由も、命を削るほどの生術《せいじゅつ》を躊躇いなく用いるその理由も。

「だからこそ、それで負けたくはない」

——他の十四名の勇者候補はどうだったろうか。

彼の知らぬ理由を、彼の知らぬ生き様を抱えて戦う者が、きっといるのだろう。

最強の頂点を極めてしまった者であるほど、自らの命の結論を探し続けている。

もはや戦う理由もなくなってしまった、〝本物の魔王〟の死んだこの地平においても。

「……さて。無駄話をしている間に着いたようだ」

「そうみたいだな」

窓の外は一面の白に染まっていた。

馬車の壁越しに冷気が染み込んできていた。ひどく唐突な気候の激変。

それは自然現象でもなく、長い歴史の結果でもない。

ただ一個の存在が、息を吐くほどの一瞬で変えてしまった光景だった。

滅びの景色。

「マリ荒野。……ここが」

この地に、おぞましきトロアが遺した最後の仕事がある。

◆

おぞましきトロアは、凍土に走った深い亀裂の断崖絶壁を下り続けていた。

指がかかるほどの起伏すらない垂直の断崖である。魔剣を用いて下っているのだ。

凶剣セルフェスクという。浮遊する無数の鋲《びょう》で構成された剣身の配列を、磁石のような力で操作できる。岸壁に鋲を突き立て、足場とする。上方の鋲は再び柄へと回収し、新たな足場として展開していく。

本来の使い方ではないとしても、殺し合いに用いるよりは余程良い、と思う。

「……そうだ。殺し合うよりはいい」

一度呟く。果ての見えない地の底までの探索であったとしても、凍える大地にただ一人であったとしても。

誰かを殺して奪い取るよりは、そちらの方が余程良かった。

第二試合――星馳《ほしは》せアルスは冬《ふゆ》のルクノカに敗れ、地の底にまで墜ちた。

彼が地平全土を巡ってかき集めた、数多くの財宝とともに。

アルスが所有していた数多くの魔具の中にあって、トロアの目的は最初からたった一つだ。

竜鱗《りゅうりん》を含む全物質を切断せしめる、地上究極の魔剣。ヒレンジンゲンの光の魔剣という。

「寒いな……」

孤独でいれば、むしろ饒舌になる。

サイアノプへの指摘は、他ならぬトロア自身にも当てはまっているのかもしれない。

……やがて、長く続いた断崖の終わりが見えてくる。

かつてのマリ荒野には、深い地の裂け目を川が流れていて、その名残で、地の裂け目の底には平坦に削られた道があるのだという。

まるで地獄の最果てのような、誰も立ったことのない大地だ。

「……」

視界の左右に聳《そび》える壁は、空が見えぬほどに高い。

細く曲がりくねった道が伸びている。

彼には時計を持ち歩く習慣がなかったが、時刻は昼に近づいているだろう。日が沈む前に光の魔剣を見つけて、地上へと帰還せねばならない。

ランタンに火を灯し、太陽の光届かぬ深淵《しんえん》を歩く。

靴底で凍土がザリザリと鳴る音だけが、しばらくの間響いた。

星馳《ほしは》せアルスが墜ちた位置はおおよそ特定していたものの、真に辿り着く保証まではない探索でもある。発見したとて、光の魔剣は別の亀裂に散逸している可能性もあった。

歩き続ける。

生まれついて人並み外れた体力を持つトロアは、休息の必要を持たない。

果てのない暗闇の凍土。

隔絶された孤独の大地。

歩き続ける。

歩き続ける。

……そして。

「……見つけた」

茶色くすんだ鞘《さや》と、同様に薄汚れた木の柄を持つ、細身の剣。

僅かに鍔《つば》が欠けてはいたが、それは大地に投げ出されたままでいた。

ヒレンジンゲンの光の魔剣という。

彼の父から奪われた、最強にして最後の魔剣。

おぞましきトロアが求めた……自分自身の人生の、最後の一欠片が。

トロアは近づいた。そして、曲がりくねる道の先――岸壁の影にうずくまっている、もう一つの存在を見た。

「…………」

それは沈黙している。

まるで本物の竜《ドラゴン》がそうするように、強欲に財宝を守り続けているだけだ。

死をもたらす不死身の魔剣士が、最後に殺すべき敵がそこにいた。

「…………」

「……また会ったな。俺は、おぞましきトロアだ」

それは生きていた。その代わり、半身が真鍮《しんちゅう》めいた輝きの金属機械に置き換わり、生物として当然備えるべき内臓すら失い、この凍土と化した地の底で……あらゆる全てに打ち捨てられている。

体内で増殖し、生体を模倣し、無理矢理に駆動させる。

生命活動すら必要とせず、身体機能を使用者の意志に関わらず維持し続ける。

その冒険者が最後の戦闘で用いた魔具の名は、チックロラックの永久機械という。

「光の魔剣を、取り立てにきたぞ」

「…………おれの、宝に」

無数の伝説を踏破した、鳥竜《ワイバーン》の英雄。

――星馳《ほしは》せアルスは、生ける翼と、金属の翼を広げた。

「さわるな」

あとがき

お世話になっております。珪素《けいそ》です。異修羅もそこそこ長く続いたもので、応援してくださった読者の皆様のおかげでなんと五巻まで刊行することができました。今巻で第一回戦の全八試合が終了となり、第三巻から始まった六合上覧までの修羅登場エピソードを第一部と位置づけるならば、次に刊行される六巻のラストエピソードをもって、異修羅の第二部が完結するというかたちになるかと思います。

異修羅というシリーズをここまで続けてこられたのも、いくつもの素晴らしいイラストを担当してくださったクレタ様と、いつも締切関係でご迷惑をおかけしまくっている担当の長堀《ながほり》様、異修羅の出版や宣伝に関わってくださった全ての方々、そして読者の皆様のおかげです。本当にありがとうございます。異修羅のお話が完結するまで、今後も頑張っていきたいと思います。

五巻にちなみまして、五食分食べれるナポリタンの作り方を書きます。

まず、底の深い鍋に油を引いて、みじん切りにしたタマネギ半個分ほどを透き通るまで炒めます。粗熱が取れたら、その鍋の中に直接牛豚合挽肉を３００g直接投入します。塩５g、卵一個、コショウやナツメグを気が済むまで投入したら、さっきまでタマネギを炒めていたターナーなりおたまなりがあるはずなので、それを使って鍋の壁面に押し付けるようにして肉とタマネギをこねあわせていきます。こうすることで手を一切汚すことなくハンバーグのタネを鍋の中に生成することが可能になります。パン粉などのつなぎを使う方針の方はそれも入れてください。余ったごはんとかでもできるみたいですよ。私はあまり味に違いが生まれないと感じるので、使わない方針です。

鍋の中のタネをターナーかおたまで三等分し、鍋の壁面を使って形を整えると、それぞれがラグビーボール状にまとまるはずです。そしてこのまま火にかけ、強火で片面に焦げ目をつけたら形を整えた時の要領でひっくり返し、鍋に蓋をして弱火～中火で中まで火を通せば、ハンバーグの出来上がりです。三個分あるので、これから三食ハンバーグが食べられますね。

今思い出したのですが、そういえば私は最初にナポリタンの作り方と書いていました。ハンバーグを完璧にまとまりある形で焼ける方でない限り、この鍋の底には調理過程で崩れたハンバーグの破片や油が残っているはずです。この油を使って、ベーコンや挽肉の余りを炒めていきます。タマネギも半個分余っているはずなので、薄切りにして炒めてしまいましょう。十分に炒め終わったら、ここにケチャップとバターを適当な塩梅で入れ、そして茹でたパスタを入れれば、ナポリタンが出来上がるという寸法です。ソースの分量はケチャップの割合でも調整可能なのですが、タマネギ半個分を目安にすれば、おおよそ二食分のナポリタンが食べられるかと思います。肉をこねるボウルすら使わず、鍋とターナーを洗うだけで良いので、掃除も完全に楽です。

牛豚合挽肉をグラム150円とすれば450円、卵一個は30円、タマネギ一個は80円と概算して、調味料やパスタ分を抜きにすれば560円で五食分のご飯をまかなうことができる計算です。一食あたり112円とちょっとでハンバーグやナポリタンを食べることができる！　これが自炊の大きな強みです。皆様も試してみてはいかがでしょうか。そうして節約した分のお金で、次の第六巻もお買い上げいただければ、これ以上の喜びはありません。

電撃の新文芸

異修羅《いしゅら》V
潜在異形種《せんざいいぎょうしゅ》

著者／珪素《けいそ》
イラスト／クレタ

2021年9月17日　初版発行

発行者／青柳昌行
発行／株式会社ＫＡＤＯＫＡＷＡ
〒102-8177　東京都千代田区富士見2-13-3
0570-002-301（ナビダイヤル）
印刷／図書印刷株式会社
製本／図書印刷株式会社

【初出】……
本書は、カクヨム(https://kakuyomu.jp/)に掲載された『異修羅』を加筆、修正したものです。

ISBN978-4-04-913739-2　C0093　Printed in Japan

ファンレターあて先
〒102-8177
東京都千代田区富士見2-13-3
電撃の新文芸編集部

「珪素先生」係
「クレタ先生」係

Unnamed Memory I
青き月の魔女と呪われし王

読者を熱狂させ続ける
伝説的webノベル、
ついに待望の書籍化!

「俺の望みはお前を妻にして、子を産んでもらうことだ」
「受け付けられません!」
　永い時を生き、絶大な力で災厄を呼ぶ異端——魔女。強国ファルサスの王太子・オスカーは、幼い頃に受けた『子孫を残せない呪い』を解呪するため、世界最強と名高い魔女・ティナーシャのもとを訪れる。"魔女の塔"の試練を乗り越えて契約者となったオスカーだが、彼が望んだのはティナーシャを妻として迎えることで……。

著／古宮九時
イラスト／chibi

電撃の新文芸